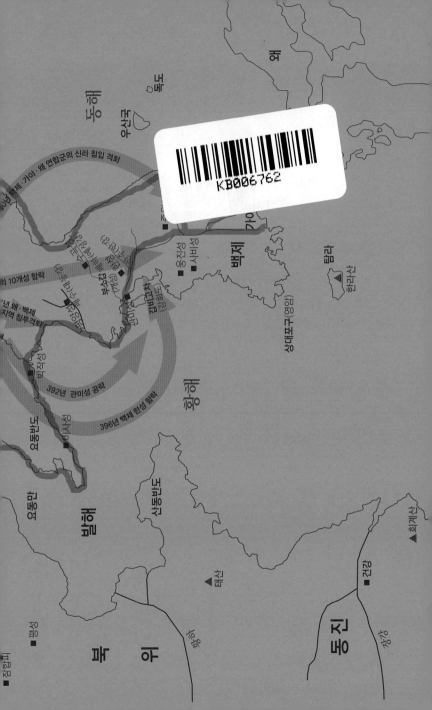

광개토태왕

담덕

3

광개토태왕 담덕 3

초판 1쇄 발행 | 2022년 9월 23일

지은이 엄광용
발행인 한명선

책임편집 김세권 **마케팅** 김예진
관리 박미실 **디자인** 모리스

주소 서울시 종로구 평창길 329(우편번호 03003)
문의전화 02-394-1037(편집) 02-394-1047(마케팅)
팩스 02-394-1029
전자우편 saeum98@hanmail.net
블로그 blog.naver.com/saeumpub
페이스북 facebook.com/saeumbooks
인스타그램 instagram.com/saeumbooks

발행처 (주)새움출판사
출판등록 1998년 8월 28일(제10-1633호)

ⓒ 엄광용, 2022
ISBN 979-11-92684-00-0
ISBN 979-11-90473-88-0 04810(세트)

• 잘못된 책은 바꾸어 드립니다.
• 책값은 뒤표지에 있습니다.

엄광용 역사소설

광개토태왕

담덕

3

여명의 기운

새움

제3권 여명의 기운

전쟁과 흉년

1

고구려 대왕 구부가 수곡성(신계)을 공격할 때, 백제 대왕 구는 병이 위중하여 직접 원정에 나서지 못했다. 그때 태자 수도 병중인 부왕을 염려하여 출전하지 않았다.

어찌할 수 없었던 일이지만, 부왕이 병중일 때 고구려군에게 수곡성을 내준 것에 대해 태자 수는 이를 갈았다. 그래서 부왕의 병세가 호전되면 곧바로 출병하리라 마음먹고 따로 정예 군사들을 뽑아 강훈련을 시켰다.

그런데 그해 흉년이 들어서 백성들 중에는 굶어 죽는 사람이 많았다. 추수가 끝날 무렵, 대왕 구는 병상에서 태자 수를 불렀다.

"흉년에는 전쟁을 일으키는 법이 아니다. 경거망동을 삼가고 백성들을 보살피는 일에 열중하라."

대왕 구는 패기만만한 태자 수가 젊은 혈기에 군사를 일으킬까 심히 염려스러웠던 것이다. 그런데 그 한마디가 유언이 될 것이라고는 대왕 자신은 물론 태자조차도 짐작하지 못했다. 그로부터 며칠 후 아무도 곁을 지키지 않는 깊은 밤에 대왕 구는 혼자 조용히 눈을 감았다.

을해년(375년) 11월에 백제왕 구는 그렇게 허무하게 세상을 떠났다. 건국 이래 가장 크게 영토를 확장했던 그는, 백제를 대표하는 불세출의 영웅이었다. 그는 왕위에 오르기 전 청년 장수 시절부터 바다 건너 요서지역을 공략해 대륙백제를 세웠다. 그리고 왕위에 오른 후에는 요동을 장악하고 위세를 떨치던 연나라 모용황에게 기가 꺾여 국력이 극도로 약화된 고구려의 북변을 쳐서, 한수 이북을 넘어 패하(예성강)까지 진출하는 공과를 거두었다. 재위 30년에 죽으니, 그가 바로 백제 제13대 근초고왕이었다.

부왕의 뒤를 이어 백제의 대왕이 된 수는 그다음 해인 376년 외삼촌 진고도를 내신좌평으로 삼아 정사를 맡겼다. 진고도는 근초고왕 시절 조정좌평으로 권세를 휘두르던 진정의 동생이었다. 진정은 성품이 사납고 어질지 못하여 백성을 괴롭혔으나, 같은 핏줄인데도 진고도는 비교적 너그러운 편이었다. 대왕 수는 태자 시절 진고도의 딸과 결혼했다. 따라서 진고도는 그의 외삼촌이자 장인이기도 했다.

아무튼 그해 11월에 고구려가 부소갑(개성)을 쳤을 때, 대왕
수는 진고도에게 내정을 맡기고 자신은 백제군을 이끌고 원정
에 나서려고 했다. 그만큼 부소갑은 백제에게 중요한 곳이었다.

부소갑은 백제나 고구려나 서로 넘겨줄 수 없는 노른자위
땅이었다. 낭림산맥이 끝나는 곳인 마식령에서 시작한 산맥의
줄기가 북에서 남으로 뻗어내려 일단 주춤하고 멈춘 곳이 바
로 부소갑이었다. 북쪽에는 천마산이, 남쪽에는 송악산이, 동
쪽에는 용수산이, 서남쪽에는 진봉산이 분지 형태의 부소갑을
마치 병풍처럼 두르고 있었다. 그런 데다 패하와 한수를 곁에
두어 부산대수負山帶水의 지세를 형성하고 있었다. 또 바다로 나
가면 한발 건너뛰어 섬 가운데 마니산이 우뚝 솟아 한수로 들
어오는 길목을 경계하기에 좋았다. 그 섬이 갑비고차(강화도)였
다.

이처럼 부소갑은 지형적으로 군사적 요충지인 데다 특산물
인 인삼의 재배지로 유명해서, 나라 경제를 부강하게 만들 수
있는 최적지로 손꼽히고 있었다. 그런데 고구려 땅이었던 부소
갑이 근초고왕에게 점령당하면서 이 지역의 경제권이 거의 다
백제로 넘어갔다.

그 무렵 백제는 요서를 경략하면서 발해만에서 서해에 이르
는 해상권을 장악하고 있었고, 갑비고차의 승천포는 바로 부

소갑 서쪽에 패하와 바다가 연결되는 예성항을 마주하고 있어, 두 곳이 모두 인삼을 중원 땅으로 실어 나르는 무역항으로 크게 번창했다. 백제는 이렇게 지형적으로 완벽성을 갖추고 있는 부소갑에서 인삼 농부들을 아예 갑비고차로 집단 이주시켜 인삼 재배단지를 확장해 나가고 있었다.

고구려 대왕 구부가 흉년임에도 불구하고 군사를 일으켜 백제의 북변인 부소갑을 친 것은 인삼 경제권을 되찾기 위한 고육지책이었다. 그 역시 흉년을 이유로 대신들이 만류했지만 끝내 고집을 꺾지 않았던 것은, 백제와 마찬가지로 고구려에게도 부소갑은 계란의 노른자위 같은 곳이었기 때문이다.

"고구려 놈들에게 부소갑을 빼앗길 순 없다."

백제 대왕 수는 부왕이 유언을 하듯 남긴, 흉년에는 전쟁을 일으키지 말라는 말을 한쪽 귀로 흘려버렸다.

"폐하! 선왕의 유지를 받드소서. 흉년에 군사를 일으키면 백성들이 도탄에 빠지게 되옵니다. 적의 군사는 1만이라 들었사옵니다. 부소갑을 지키는 우리 군사로도 충분히 방어할 수 있으니 섣불리 원군을 출정시키는 것은 무리라고 판단되옵니다."

막고해가 말렸으나 대왕 수는 듣지 않았다.

"연전에 고구려왕 구부에게 수곡성을 내주었소. 수곡성은 짐이 출전하여 그곳에 승전비까지 세웠던 곳임을 장군도 잘 아시지 않소이까? 이번 기회에 반드시 그 치욕을 씻어야 하오. 우리 백제만 흉년이 든 게 아니오. 고구려 역시 끼니조차 잇지 못해 굶어 죽는 자가 부지기수라 들었는데, 지금 구부는 군사를 일으켜 부소갑을 한입에 집어삼키려 하고 있소. 적군이나 아군이나 피차일반이니 뭐 두려울 게 있겠소? 내정은 내신좌평이 맡아 다스리도록 하시오. 짐은 부소갑의 인삼 재배지를 지켜 흉년으로 도탄에 빠진 백성들을 구휼할 것이오. 지금 이 순간 짐의 앞을 가로막는 자가 있다면, 이 칼이 그의 목을 칠 것이오. 이번에 우리 백제군의 선봉을 맡을 장수는 없는가?"

성격이 불같은 대왕 수는 칼을 빼어서 번쩍 어깨 위로 치켜올렸다. 그가 두 눈에 핏발까지 세워가며 소리치자, 대신들 중에서는 감히 아무도 나서는 자가 없었다. 장수들도 침묵을 지킨 채 함부로 선봉을 자원하려고 들지 않았다.

그때 젊은 장수 하나가 선뜻 앞으로 나섰다. 내신좌평 진고도의 아들 진가모였다.

"폐하! 소장에게 군사 5천만 주시면 능히 고구려왕 구부의 목을 베어 바치겠나이다."

그 소리에 모두들 놀라 진가모를 쳐다보았다. 그는 겨우 변성기를 넘긴 청년 장수였지만, 이미 백제의 무술시합에서 장원을 하여 여느 장수 못지않은 실력을 인정받고 있었다. 창검을 잘 다루고, 팔이 길어 활솜씨도 뛰어났다.

'아니, 네가?'

내신좌평 진고도는 문득 놀라 마음속으로 이렇게 외쳤다.

그때 대왕 수가 진가모를 바라보며 득의만면한 웃음을 머금었다.

"음! 그 패기가 좋구나. 짐도 저만한 나이 때 가야를 정복하러 가서 전투 경험을 한 적이 있었지."

대왕 수의 머리가 비상하게 돌아갔다. 그는 진가모를 보자 치밀한 정치적 계산을 하기에 바빴다.

부왕인 근초고왕 초기에 진고도의 형 진정이 포악한 성품으로 국정을 뒤흔들었던 것을 그는 기억하고 있었다. 그때 만약 진정의 경거망동을 좌시하고 있었다면 반역을 도모했을지도 몰랐다. 그래서 부왕은 진정의 관직을 삭탈한 후 멀리 바다 건너 요서로 보내버린 것이었다.

대왕 수는 장인 진고도 역시 믿을 수 없다고 생각했다. 따라서 자신이 먼저 선봉장이 되겠다고 나선 진고도의 아들 진가모를 이번 전쟁에 참가시키기로 마음먹었다. 일종의 볼모와도 같은 것이었다.

"폐하! 진가모는 아직 나이가 어려서 선봉에 서기 어려울 것이옵니다. 고구려와의 중요한 일전을 치르는데 자칫 실수를 할까, 그것이 염려되옵니다."

아버지로서 아들을 염려하는 마음이 앞선 진고도가 더 이상 참지 못하고 나섰다.

"허허헛! 내신좌평께선 염려 놓으시오. 진가모를 선봉에 서게 하되, 전쟁 경험이 많은 막고해 장군의 지시를 받도록 할 터이니 안심해도 좋을 거요. 이번 전투는 용맹한 장수가 이길 것이오. 그만하면 진가모의 패기와 용맹을 살 만하니, 짐은 마음이 든든하오. 노장 막고해를 대장군으로 삼고 진가모가 선봉장이 되어, 각기 군사 5천씩을 이끌고 서둘러 부소갑으로 출진토록 하시오. 짐은 1만 5천의 병력을 모집하여 후군으로 이끌고 곧 뒤따라갈 것이니 그리 아시오."

대왕 수는 거침없이 출진 명령을 내렸다. 청년 장수 진가모가 선봉군 5천을 앞세워 먼저 출발했고, 대장군 막고해는 중군 5천을 이끌고 그 뒤를 따랐다. 막고해는 수시로 전령을 보내 선봉장 진가모와 서로 긴밀한 연락을 취하기로 했다.

대신들이 예견했던 대로 모병은 쉽지 않았다. 그러나 대왕 수는 끝까지 고집을 꺾지 않았다. 대대적으로 징집령을 내려 반강제로라도 군사를 징발토록 했다.

군사만 징발하는 것이 아니라 군량미도 확보해야 하므로 세수를 늘렸다. 그리고 그것을 거둬들이기 위해 전국의 강과 바닷길을 통해 세곡선을 띄웠다. 집집마다 장정들을 군사로 징집하는데, 젊은이가 없는 경우에는 나이 40에 가까운 중년의 가장들까지도 군량미를 나르는 후군으로 삼기 위해 반강제로 세곡선에 태웠다.

백성들은 어차피 굶어 죽을 판이니 저항이나 해보자며, 강제징집에 나선 백제 군사들과 뜻하지 않은 충돌을 일으키기도 했다. 개중에는 군사들과 몸싸움을 하다 도망치는 장정들도 있었고, 낫을 휘두르다 군사들의 칼에 찔려 죽는 젊은이도 부지기수로 생겨났다.

한편, 가야 땅 서남부 지역을 정복하여 그 지역을 관리하던 장군 목라근자는 차마 백성들의 어려움을 알고도 군사들을 강제로 징집할 수가 없었다. 추상같은 어명이지만, 그는 담로의 직책을 맡고 있는 지방관으로서 군사 징집은 물론이거니와 군량미 명목으로 세곡을 강제로 징수하는 일에도 나서지 않았다.

"아무리 어명이 지엄하다 하나, 나는 백성을 괴롭힐 수 없다."

목라근자는 휘하 군사들에게 백성들을 괴롭히는 자는 엄중히 치죄하겠다고 명을 내렸다.

"아버님, 대체 어찌하려고 그러십니까?"

아들 목만치가 두려움 가득한 얼굴로 아버지를 쳐다보았다.

"백성이 하늘이다. 백성을 위하지 않는 대왕은 이미 그 자격을 상실한 것이다. 내 어찌 하늘인 백성을 놔두고 백성의 뜻을 모른 체하는 대왕의 명을 따라야 한단 말이냐?"

목라근자의 흰 눈썹이 서느렇게 일어서며 부르르 떨렸다. 그는 어느새 머리와 수염까지 하얗게 세어서 백호 같은 기세를 내보이고 있었다. 환갑이 지났지만 노장의 기백은 아직까지 서릿발처럼 살아 있었다.

목만치는 목라근자가 가야를 정벌하기 전에 신라의 여인에게서 얻은 아들이었다. 어느 날 그는 사냥을 나가 사슴을 쫓다가 자신도 모르는 사이에 국경을 넘어 신라 땅에 이르렀는데, 그때 그곳에서 젊은 여인을 만나 인연을 맺었다. 일찍 상처를 하고 홀로 살다가 불혹의 나이가 되어서 젊고 아름다운 여인을 후처로 삼았던 것인데, 그 사이에서 낳은 아들이 벌써 스무 살의 건장한 청년이 되어 있었다.

"아버님, 어명을 어기는 것은 역린逆鱗에 해당됩니다. 대왕의 성정이 매우 거칠다고 소문났는데, 이를 건드리시면 차후에 닥쳐올 일을 어찌 감당하려 하십니까?"

"임금도 백성을 위해 있는 것이니라. 백성을 위하는 것이 어찌 역린이 되겠느냐?"

목라근자가 눈을 부릅떴다.

"왕의 명을 듣지 않는다는 것은, 자칫 다른 마음을 품고 있다는 의혹을 사기 십상입니다."

목만치는 젊지만 매사 신중한 성격이었다.

"두고 봐라. 나라는 곧 어지러워질 것이다. 지금의 대왕은 용맹하나 지혜와 덕이 모자란다. 태자 시절 저 평양성 전투에서도 자신의 강한 의지만 앞세웠을 뿐 지혜로 승부를 겨루려 하지 않았다. 당시 선왕이 고구려왕의 전사 소식을 듣고 철군을 결심하자, 오히려 태자는 그 기회를 이용해 평양성을 탈취하자고 억지를 부렸다. 그때 태자의 말대로 평양성을 공격했다면, 왕을 잃고 분개심이 최고조에 달한 적군이 목숨을 걸고 덤벼들어 아군에게 큰 피해가 올 수도 있었다. 선왕은 그것까지 계산하여 철군을 결심했던 것이다. 당시 덕이 부족하다는 이유로 선왕께서 태자를 심하게 꾸짖었었던 기억이 나는구나. 자고로 덕이 부족한 군주는 결국 신하들을 핍박하고 죄 없는 백성들만 괴롭힐 뿐이지. 아아, 우리 백제의 앞날이 심히 걱정되는구나."

목라근자는 하늘을 우러러보며 한탄을 거듭했다. 평양성 전투 때 대장군이었던 그는, 당시 태자였던 수와 매사 엇박자로 얽혀 의견 다툼을 했던 기억을 새삼 떠올리지 않을 수 없었다.

하늘에는 구름도 없는데 어디선가 마른번개가 치고, 저 멀리 산 너머에서 아련하게 천둥소리가 들려왔다. 목을 빼고 비를 기다리는 백성들에겐 그 소리가 타들어가는 가슴을 더욱 감질나게 만들 뿐이었다.

2

부소갑 북변에 진을 친 고구려 대왕 구부는 백제군의 군세가 의외로 강한 데 놀랐다. 한 해 전 수곡성을 공략할 때 너무 쉽게 백제군이 무너져 얕잡아본 것이 실수였다.

대왕 구부는 수곡성처럼 부소갑도 기습으로 공격하면 쉽게 탈취할 수 있을 것이라고 생각했다. 그래서 대신들이 모두 말리는데도 불구하고 서둘러 군사 1만을 동원해 부소갑을 들이쳤던 것인데, 방비가 너무 견고하여 몇 날 며칠 거듭하여 공격을 가했으나 결국 성벽을 넘지 못했다.

이렇게 되자 대왕 구부는 초조해져 심리적으로 쫓길 수밖에 없었다. 백제의 원군이 오기 전에 부소갑을 차지해야 하는데, 그것이 좀처럼 계획대로 되지 않으니 마음만 다급할 뿐 이렇다 할 전과를 올리지 못하고 있었다.

백제는 373년(근초고왕 28년)에 청목령을 중심으로 하여 부소갑 서북변에서 서해에 이르는 지역에 견고한 성을 쌓았다. 청목령은 송악산에 포함된 큰 고개로, 바로 이 길이 북쪽에서 부소갑으로 통하는 관문 역할을 하고 있었다. 백제가 이곳에 튼튼한 성을 쌓은 것은 고구려의 침공으로부터 부소갑을 방어하기 위해서였다.

고구려군은 청목령의 산성을 점령하지 않고 곧장 부소갑으로 진입하기가 어려웠다. 이 산성을 지나쳐 다른 길로 우회하여 부소갑으로 들어갈 경우, 앞뒤로 백제군의 공격을 받게 될 위험이 있었다. 적어도 청목령을 손아귀에 넣고 나서 부소갑으로 진입해야만, 뒤에 적군을 두지 않아 계속 공격을 가할 수 있기 때문이었다.

따라서 대왕 구부는 청목령을 공략하는 데 오직 속전속결 밖에 없다고 판단하고 기습작전을 폈던 것인데, 상황은 생각과 달리 지구전 양상으로 가고 있었다. 청목령의 백제군은 한성에 원병을 요청한 후 성문을 굳게 닫아걸고 오직 철저하게 방어만 할 뿐이었다.

이때를 당해서야 대왕 구부는 뒤늦게 후회를 했다. 출정을 하기 전, 태학박사 을두미가 특별히 알현을 청해 여러 가지 여건상 불리하므로 군사를 일으키지 않는 것이 좋겠다며 다음과 같이 간언했었다.

"전쟁에서 군사보다 중요한 것이 물자입니다. 물자가 풍부해야 강한 군사를 키울 수 있고, 기습 공략에 실패하더라도 장기전에 충분히 대비할 수 있기 때문이옵니다. 그러나 올해는 가뭄으로 흉년이 들어 백성들이 굶주리고 세수가 제대로 들어오지 않아 나라 재정이 어렵습니다. 백제 역시 우리 고구려와 마찬가지로 흉년으로 어려움을 겪고 있으므로 전쟁을 원하지 않을 것입니다. 천재지변이나 흉년 등으로 적이 어려움에 처해 있을 때 거병을 하는 것은 가급적 피하는 것이 좋습니다. 왜냐하면 전쟁은 적의 군사뿐만 아니라 아국 백성들까지도 괴롭히는 일이 되기 때문이옵니다. 그래서 병법에서도 적의 환난을 절호의 기회로 삼아 전쟁을 일으키는 것은 삼가고 있습니다. 적국의 백성도 아낄 줄 아는 군주가 큰 나라를 다스리는 패자가 될 수 있습니다. 평양성 전투에서 선왕 폐하가 적의 화살을 맞아 승하하실 때 백제군이 더 이상 싸우지 않고 물러간 것은 적의 환난을 기회로 삼지 않았기 때문이옵니다. 백제의 근초고왕이 당시 스스로 군사를 거두어 물러간 것은 그 원칙을 철저히 지킨 것이옵니다. 적의 군주지만 본받을 만한 좋은 예라 할 수 있습니다. 부디 거병을 거두어주시옵소서."

그러나 대왕은 을두미의 간언을 받아들이지 않았다. 당장이라도 부소갑을 차지해야만 인삼의 교역을 통해 물자를 확보할 수 있으므로, 국가 재정을 위해서라도 거병이 불가피하다고 판단했던 것이다.

전쟁에서 무리수를 두는 것은 금물임을 대왕 구부도 모르지 않았다. 이제 와서 생각하니 부소갑을 치기 위해 거병을 한 것은 지나치게 욕심에만 치우친 결단이었다. 그러나 이미 저질러진 일이었다. 후회를 해봤자 도움 될 것이 하나도 없었다.

대왕 구부가 이러한 고민에 빠져 있을 때, 미리 백제 진영에 내보낸 세작들의 전언을 정탐병이 가지고 왔다. 백제 지원군 선봉부대가 한수를 건너 빠른 속도로 부소갑을 향해 진군해 오고 있다는 것이었다. 그리고 그 뒤에 중군이 따라붙고 있는데, 중군을 지휘하는 장수는 대장군 막고해라고 했다.

"막고해라? 백잔의 지장으로 알려진 바로 그자로군!"

대왕 구부는 입술을 질끈 깨물었다.

"병력은 얼마나 된다더냐?"

고구려 대장군 고계가 정탐병에게 물었다.

"선봉 5천, 중군 5천, 도합 1만이라 하옵니다.."

"선봉장은 누구라던가?"

"아직 스무 살이 안 된 청년 장수 진가모입니다. 내신좌평 진고도의 아들이라 하옵니다."

"뭐라? 청년 장수라고?"

대왕 구부는 고개를 갸우뚱거리지 않을 수 없었다. 선봉장이 청년 장수 진가모라면, 그가 어떤 인물인지 고구려군으로서는 알지 못했다. 적장에 대한 정보가 전혀 없었던 것이다. 그런데 중군을 이끄는 장수는 전투 경험이 많은 노장이면서 지략을 겸비하고 있는 막고해였다. 도무지 백제 지원군의 전략을 짐작하기 어려웠다.

"아무래도 막고해의 계략 같습니다. 죽음을 두려워하지 않는 젊은 장수를 선봉에 내세운 것을 보면 기습작전을 할 가능성이 높습니다. 폐하, 이에 대하여 철저한 대비를 해야만 하옵니다."

대장군 고계가 대왕에게 고했다.

"짐의 생각도 그러하오. 적의 기습작전에 대비하여 특단의 계책을 마련해야 할 듯싶소."

대왕 구부는 그날 밤, 대장군 고계를 따로 불러 비밀리에 작전을 논의했다. 백제 원군의 행군 속도를 감안할 때 하루하고도 한나절이면 부소갑에 당도할 것으로 예상되었다. 그날 밤이 깊도록, 대왕 구부와 대장군 고계는 군막에서 머리를 맞대고 고심을 거듭했다.

"이곳 부소갑의 백제군 병력만 해도 1만 가까이 됩니다. 그런데 한성의 원군 1만이 당도하면 우리 고구려군의 두 배 병력이 됩니다. 더군다나 백제왕이 군사를 징발하여 후발대를 끌고 오게 된다면 적어도 1만 이상은 될 터이니, 3만 대 1만으로는 대결이 안 됩니다. 애초 부소갑을 치러 올 때 속전속결로 결판을 내려고 했으나 그 전략은 이미 물거품이 되어버리고 말았습니다."

고계의 말에 대왕은 연신 고개만 주억거리고 있었다. 대신들의 말을 듣지 않고 군사를 일으킨 걸 다시 한번 깊이 후회하지 않을 수 없었다. 전쟁이란 모든 준비가 완료된 뒤에 비로소 움직여야 한다는 것이 병법의 기본인데, 부소갑을 손에 넣겠다는 욕심이 앞서 그것을 무시했던 것이다.

깊은 생각에 잠겨 있던 대왕은 고계를 똑바로 쳐다보며 물었다.

"그러니 대장군께선 어찌하자는 말이오? 대책이 있소?"

"지금은 전쟁을 벌일 때가 아닙니다. 애초 군사를 일으킬 때 대신들 대부분이 반대하지 않았사옵니까? 흉년인 데다 전쟁까지 겹쳐 백성들의 원성이 높습니다. 군사 징발은 물론 군량미를 거두어들이기도 쉽지 않습니다. 병법에도 승기라 판단되면 싸우되, 승산이 없으면 단 한 명의 군사도 움직여선 안 된다고 했사옵니다. 더군다나 아군은 공격 장비가 허술한데, 적군의 성은 견고합니다. 이러한 여러 가지 상황이 우리에겐 매우 불리한 입장입니다. 회군하는 것이 좋을 듯싶사옵니다."

"우리에게 부소갑은 매우 중요한 지역이오. 백잔에게 인삼 경작에서부터 교역권까지 넘겨준 것은, 우리 고구려로서는 곰의 쓸개를 잃어버린 것과 다를 바 없소. 짐은 반드시 부소갑을 찾아올 것이오. 그러나 대장군의 말대로 지금의 상황은 좋지 않소. 회군을 하긴 하되, 적의 추격이 있어서는 안 될 것이오. 진작부터 짐은 그것을 고민하고 있었소. 만약 지금 우리 고구려군이 회군한다면 적은 반드시 추격해 올 것이고, 그러면 수곡성은 물론 평양성까지도 자칫 위험에 처할 수 있소. 그에 대한 방비가 우선되어야 회군도 가능해지니 그것이 걱정이란 말이오."

"내일 오후면 백제의 원군이 부소갑에 도착할 것이옵니다. 그러므로 적들이 기습을 한다면 내일 밤 자시쯤이 될 것이옵니다. 여기에 대비해 아군은 내일 낮부터 기치를 더욱 세우고 밤이 되기를 기다렸다가 허수아비에 군복을 입혀 군막 곳곳에 경계병으로 위장해 세워놓은 후, 어둠을 이용하여 소리 없이 군대를 이동시켜 수곡성으로 철수하는 것이 좋을 듯싶사옵니다.

그리하면 적들이 기습을 해오더라도 허허실실의 전법인 줄 알고 더 이상 추격하지 못할 것이옵니다. 적들은 진채가 텅 비어 있는 것을 보고 우리 고구려군이 퇴각한다고 생각하기보다는 퇴로 중간에 복병을 숨겨두었을 것이라 판단할 것이기 때문입니다. 그리하면 적의 추격을 염려하지 않고도 안전하게 우리 군대가 전부 수곡성까지 이동할 수 있을 것이옵니다."

"좋은 전략이오. 그러나 적의 선봉장이 젊은 혈기에 공을 세울 욕심으로 추격을 해온다면 우리 군이 위험해질 수도 있질 않겠소?"

대왕 구부는 만에 하나라도 실수가 따라선 안 된다고 생각했다.

"그 점은 염려하지 않으셔도 될 것이옵니다. 폐하께서 먼저 군대를 이끌고 수곡성으로 퇴각하십시오. 소장은 군사 1천을 뽑아 적의 추격을 차단할 수 있는 요로에 매복해 있도록 하겠사옵니다. 만약 적이 추격해 오면 근접해서 싸우지는 않고 함성으로 겁만 주어 물러가도록 하고, 적이 완전히 퇴각한 뒤에야 수곡성으로 뒤따라가도록 하겠사옵니다."

"일단 그렇게 수곡성으로 군사를 물린다고 하더라도 그다음은 어찌할 것이오?"

"수곡성을 지키는 군사들과 합세하여 대열大閱을 할 것이옵니다. 폐하께서 군사를 점고하시면, 백제군은 우리 고구려군이 전투 준비를 하기 위해 일보 후퇴를 한 것으로 알고 부소갑의 방비에만 치중할 것이옵니다. 그 후 연일 계속하여 대대적으로 군사훈련을 실시하면서 밤을 도와 조금씩 군사들을 평양성으로 이동시켰다가, 단계별로 국내성으로 회군하면 안전을 도모할 수 있을 것이옵니다."

"짐의 생각도 바로 그와 같소. 반드시 적들이 모르게 밤을 도와 단계별로 여러 차례에 걸쳐 회군토록 해야 할 것이오."

대왕 구부는 그때서야 비로소 마음을 놓았다. 결국 부소갑 공략은 후일을 기약할 수밖에 없었다.

다음 날 아침, 대장군 고계는 군사들에게 명하여 기치와 허수아비를 많이 만들도록 했다. 그리고 그는 퇴각로를 따라가며 군사들의 매복 장소를 미리 살펴두었다.

대왕 구부는 밤이 되기를 기다렸다가 고구려 대군을 이끌고 수곡성으로 후퇴를 했다. 한 해 전에 적군의 눈을 속이기 위해 부소갑을 치는 척하고 송악산 앞까지 왔다가 야간 행군으로 수곡성을 향해 진군했던 경험이 있었으므로, 길이 눈에 익어 전보다 더 속도를 낼 수 있었다.

3

"적을 너무 가볍게 보았군! 기습은 적에 대한 정보를 정확히 알고 나서 공격해야 하는 걸세. 아군의 힘이나 자신감만 가지고 적을 대했다가는 낭패를 보기 십상이네. 이번 경우가 바로 그래. 전투는 경험인데, 이번 실수를 타산지석으로 삼도록 하게."

뒤늦게 부소갑에 도착한 백제의 지장 막고해는 전날 밤 고구려 진채를 기습했다 허탕을 친 청년 장수 진가모를 점잖게 꾸짖었다. 아니, 꾸짖는다기보다는 한 수 가르침을 준다는 심정으로 다독여주었다.

"장군! 소장의 실수를 용서해 주십시오."

진가모는 자신의 성급함에 대하여 뼈저리게 후회했다.

"앞으로는 용서라는 말을 입에 담지 말게. 장수는 함부로 그런 말을 쓰는 게 아니야."

막고해의 말에 진가모는 무안해서 차마 고개를 들지 못했다.

진가모는 젊은 혈기에 대장군의 지시가 떨어지기 전에 먼저 공부터 세워야겠다는 욕심 때문에 병사들을 닦달하여 전속력으로 진군했던 것이다. 그리고 그날 밤 곧바로 적의 진채를 들이쳤으나 적병은 눈을 씻고도 찾아볼 수 없었고, 군막 앞에 허수아비들만 뻗정다리로 서 있었다. 그런 낭패가 없었다. 그는 생애 처음 출전하는 전투에서 적에게 능욕을 당한 느낌이었다.

"이미 진군할 때 그대가 어찌하려고 그리 서두르는지 짐작했네. 굳이 말리지 않은 것은 그것도 경험이라 생각했기 때문이네. 크게 마음 쓰지 말게나."

"예에?"

진가모는 막고해의 빙그레 웃는 모습을 바라보다 얼굴을 붉히고 말았다. 자존심이 부쩍 상했고, 선봉장으로서 부끄러움을 감출 길이 없었던 것이다.

"그대가 이끄는 선봉군이 전력을 다해 진군 속도를 높일 때, 젊은 혈기에 충분히 그럴 수 있다고 생각했네. 우선 대장군인 내 말을 듣기 싫었겠지. 그래서 그대가 적의 진채를 기습할 거라는 짐작을 하면서도 굳이 전령병을 보내 말리지 않았던 걸세. 젊은 패기도 소중한 것이니까."

"장군의 말씀을 듣고 나니 도무지 어떻게 처신해야 할지 몸 둘 바를 모르겠습니다. 그런데 적군은 멀찌감치 물러갔습니다. 앞으로 어찌하실 작정이십니까?"

"적의 허장성세를 보면 짐작이 가지 않겠나? 세작들로부터 지금 고구려군이 수곡성에 진을 치고 맹훈련을 하고 있다는 보고를 받았네만, 그건 우리 백제군에게 보여주기 위한 허장성세에 불과하네. 적은 앞으로 이곳 부소갑으로 쳐들어오지 않을 걸세. 그러니 적이 물러가면 우리도 철군해야지."

막고해의 말을 들으며, 진가모는 점점 더 의혹 속으로 빠져들었다.

"장군! 적은 우리 백제의 원군을 두려워하고 있는 것입니다. 이때를 틈타 적을 대대적으로 공격해 빼앗긴 수곡성도 되찾아야 하지 않겠습니까?"

"모르는 소리! 적은 우리 원군이 무서워 후퇴를 한 게 아닐세. 내부적으로 그럴 만한 이유가 있을 것이네. 우리 대왕 폐하께서도 후군을 이끌고 이곳 부소갑으로 오지 않을 거라고 보네. 우린 이곳에서 폐하의 전령병이 회군 명령을 갖고 오기만을 기다리면 되는 일이니, 경거망동을 삼가고 진중하게 적의 동태나 살피며 기다리도록 하세."

막고해는 백제의 내부 사정을 이미 꿰뚫어보고 있었다. 백제의 남쪽 진영을 책임지고 있는 달솔 목라근자가 징집 명령을 어기고 꼼짝 않고 있는 것이 결국 대왕의 발목을 잡았다.

만약 대왕이 강제징집으로 군사들을 모아 후군을 거느리고 부소갑으로 출동할 경우, 남방의 목라근자가 어떤 행동을 보일지 알 수 없는 노릇이었다. 전쟁 경험이 전혀 없는 진가모를 선봉장으로 내세운 것도 대왕이 내신좌평 진고도를 경계하는 뜻에서였음을 이미 막고해는 간파하고 있었던 것이다.

그로부터 채 열흘이 지나지 않아 한성으로부터 백제 대왕수의 명을 받은 전령병이 부소갑에 도착했다. 막고해의 짐작이 그대로 맞아떨어져, 회군 명령이 내려진 것이었다. 진가모는 명불허전이란 말을 떠올리며 속으로 막고해의 예지력에 감탄하지 않을 수 없었다.

막고해는 고구려 대군이 수곡성에서 단계별로 철군을 하자 백제 원군을 이끌고 한성으로 돌아왔다. 그는 한성에 도착하자마자 편전에 들어가 대왕 수에게 부소갑에서의 전투 상황을 보고했다.

대왕 수가 막고해의 보고를 받고 나서 대뜸 물었다.

"장군께선 고구려군이 제대로 싸워보지도 않고 철군한 이유가 무엇이라고 생각하시오?"

"애초 고구려왕이 부소갑을 친 것은 무리수였습니다. 흉년에는 군사를 일으키지 않는 법인데, 부소갑을 차지할 욕심이 앞섰던 것이지요. 선왕께서 부소갑을 방어하기 위해 청목령에 튼튼한 석성을 쌓은 것이 이번에 큰 도움이 되었습니다. 고구려가 반드시 부소갑을 노릴 것이라는 걸 선왕께선 미리 꿰뚫어보는 혜안을 갖고 계셨던 것이 아니겠습니까?"

막고해는 선왕인 근초고왕의 선견지명을 은근히 내세웠다.

"짐도 부왕의 예견이 적중했다는 사실에는 공감하고 있는 바이오. 그러나 이번에 고구려왕 구부의 작태를 생각하면 괘씸하기 짝이 없는 일 아니겠소? 지난 평양성 전투에서 고구려왕 사유를 저승길로 보냈을 때, 아예 고구려군을 저 압록강 북쪽으로 몰아냈어야 했소. 그렇게 했다면 저들이 감히 부소갑을 넘보지 못했을 것 아니겠소? 이번 고구려가 부소갑을 공격하다 은근슬쩍 후퇴한 것은 우리 백제를 농락하기 위한 수작 같아 심히 불쾌하단 말이오. 언젠가는 이 찜찜하고 쓸개 씹은 듯한 기분을 두 배, 세 배로 고구려왕 구부에게 그대로 갚아주고 말 것이오."

대왕 수는 이번에 고구려군의 허허실실 전략에 감쪽같이 속아 넘어간 사실에 속이 쓰려 소화조차 제대로 되지 않았다. 그는 더부룩한 배를 쓸어내리며 이를 갈았다.

"폐하! 지금은 고구려에 대한 보복보다는 내부를 먼저 단속할 때이옵니다. 우선 흉년으로 원성이 높은 백성들을 다독여주어야 하고, 이런 혼란한 시기에 자칫 왕권이 약화되는 것을 사전에 막아야 하옵니다."

"짐이 이렇게 건재한데 어찌 왕권이 약화된단 말이오? 장군은 대체 무슨 뜻으로 그런 말씀을 하시는 것이오?"

대왕도 막고해가 갑자기 내부 단속을 주장하고 왕권 약화를 걱정하는 이유를 모르지 않았다. 남쪽의 목라근자 세력을 특히 경계해야 한다는 충언이었던 것이다.

그러나 대왕 수는 목라근자의 세력을 두려워해야 하는 자신의 내면심리를 애써 강하게 부인하고 싶었다. 그러다 보니 자연 언성이 높아졌고, 그 말투가 엉뚱하게도 막고해를 질책하는 쪽으로 나갈 수밖에 없었다.

"자고로 흉년을 제대로 다스리지 못하면 민란이 일어나는 법이고, 민란으로 나라가 어수선해지면 망상에 사로잡혀 나랏일을 그르치려는 무리들이 창궐하게 되어 있사옵니다. 소장은 바로 그것을 경계해야 한다는 말씀을 드리는 것이옵니다."

"장군은 남방 세력을 경계해야 한다는 말씀 같소만……. 허면 짐이 어찌하면 좋을 것이라 생각하오?"

대왕 수도 목라근자를 곧바로 지칭하지는 않았다.

"미리 인질을 잡아두는 것이 경거망동을 막는 길 아니겠사옵니까? 지방 각지의 호족 세력을 다스리려면 그 자제들을 불러올려야 하옵니다. 지방 호족의 자제들에게 학문과 무술을 가르쳐 미래 인재를 육성한다고 하면, 저들도 크게 의심을 하거나 다른 마음을 먹지 못할 것이옵니다. 그리고 이번에 진가모를 선봉에 내세웠듯이 앞으로 고구려와의 전투가 벌어질 때 지방 호족 자제들을 앞세운다면, 내부를 단속하고 외침을 막는 일거양득이 될 것이옵니다."

막고해는 오래전부터 마음에만 심어두고 있던 생각을 대왕에게 털어놓았다. 지난 평양성 전투 때 대장군을 맡았던 목라근자와 당시 태자 수 사이에 의견 반목이 되는 경우가 종종 있었다는 사실을, 막고해는 누군가에게선가 전해 들은 바 있었다. 그때부터 은근히 두 사람의 상반되는 기질이 충돌하면 어떻게 하나 걱정을 해오고 있던 터였다.

이번 군사 징발과 군량미를 위한 세수 확보에 목라근자가 적극 나서지 않고 있다는 소문을 접하면서, 막고해는 반드시 이에 대한 특단의 대책이 필요하다고 생각했던 것이다. 자칫 잘못하면 긁어 부스럼을 만들 우려가 있으므로, 강하게 책임을 묻기보다는 우회적인 방법으로 목라근자의 세력 강화를 막아야만 했다.

그래서 막고해가 궁여지책으로 묘안을 찾아낸 것이, 목라근자가 신라 여인에게서 낳은 아들 목만치를 한성으로 불러올려 인질로 삼는 비책이었다. 겉으로는 호족 자제들의 교육이란 명목을 내세웠지만, 실제로는 인질로 붙잡아 두어 목라근자가 반기를 들지 못하게 하자는 의도였다.

"그것 참 대단한 혜안이오. 장군께서 짐의 무거운 마음을 단번에 해결해 주셨소. 허나 지방 호족세력 중 가장 강한 것이 목라근자인데, 그자가 아들 목만치를 순순히 내주려고 할지 그것이 의문이오."

대왕 수는 목소리를 한껏 낮추었다.

"그래서 지방 호족의 자제들을 한꺼번에 불러올리자는 것이옵니다."

"좋은 생각이오. 고구려왕 구부도 태학을 설립해 왕실과 귀족 자제들에게 학문과 무술을 가르치고 있다 들었소. 그에 맞서 우리 백제도 호족의 자제들을 가르칠 제도가 필요하다고 역설한다면 목라근자도 반발하지는 못할 것이오. 막고해 장군께선 경전에 무불통지하고 무술도 최고의 경지에 가 있으니 호족 자제들의 교육을 맡아주시오."

대왕은 오래간만에 흡족한 미소를 지었다.

백제의 호족들은 갑자기 대왕의 칙서가 하달되자 적이 당황했다. 자제 중 한 명씩 한성으로 보내야 하는데, 그 숨은 의도가 무엇인지 짐작하기 어렵지 않았다. 그러니 겉으로 불만을 표시하지는 못하고 서로들 속으로만 전전긍긍하고 있었다.

목라근자 역시 대왕의 칙서를 받는 순간 자신을 견제하기 위한 계략이라는 것을 금세 알아차렸다.

'이건 인질을 삼자는 게야.'

이렇게 생각하는 순간, 목라근자는 아들 목만치의 얼굴을 떠올렸다. 늦은 나이에 어렵게 얻은 외아들이었다. 자제가 많은 다른 호족들은 대체 누구를 한성으로 보내야 하는가를 가지고 가족들 간에 설왕설래한다고 들었다. 그러나 목라근자는 선택의 여지없이 외아들 목만치를 보내지 않을 수 없었던 것이다.

목라근자는 아들 목만치를 불러다 앉혀 놓고 단단히 일렀다.

"네가 염려하던 대로 어명을 따르지 않은 것은 내 불찰이었던 모양이다. 그러나 백성이 하늘인데 그들이 흉년으로 신음하는 걸 번연히 알면서 군사를 징발하고 군량미를 거둬들일 수는 없는 노릇이었다. 이번 호족의 자제들을 한성으로 불러올리는 것은 우리 부자의 발목을 잡기 위한 계략이다. 너를 보내지 않을 수 없는 노릇이니, 이번에 한성에 가게 되면 부디 몸조심

을 하기 바란다. 또한 매사 행동에 실수가 있어서는 안 될 것이
야."

"아버님, 염려 마십시오. 결단코 아버님을 실망시켜 드리지는
않을 것입니다."

목만치의 검푸른 눈이 빛을 내뿜었다.

"이것은 우리 가문에 내려오는 가보다. 너의 조부께선 검술
에 뛰어난 분이셨고, 이 아비가 전수받은 것도 우리 가문만이
지니고 있는 비기였다. 너에게도 내가 검술을 전할 만큼 전했으
니, 남은 것은 네가 그 비기를 얼마만큼 연습하여 기량을 닦느
냐 하는 것이다. 이제부터 가보로 물려받은 이 보검을 네가 몸
에 지니도록 하거라."

목라근자는 그러면서 아들에게 보검을 건넸다.

"아버님 말씀 명심, 또 명심토록 하겠나이다."

목만치는 무릎을 꿇고 두 손으로 받들어 부친에게서 보검을
건네받았다.

그로부터 며칠 후, 가족과 헤어진 목만치는 어깨에 보검을
멘 채 한성을 향해 말을 달렸다.

4

하늘은 높고 투명하도록 맑았으나, 땅은 죽음처럼 회갈색을

띤 채 누워 있었다. 삼족오가 새겨진 붉은 깃발을 날리며 말을 탄 기병이 초겨울의 텅 빈 들판을 전속력으로 질주하고 있었다.

"이랴, 이랴, 이랏!"

기병은 고삐를 단단히 틀어쥔 채 양발로 말의 뱃구레를 걷어찼다. 들판에 내려앉아 주인 없는 시체의 살점을 뜯던 까마귀들이 말발굽 소리에 놀라 푸드득거리며 날아올랐다. 털빛에서 검은빛이 번들거리는 까마귀들은, 멀리 가지는 않고 조금 날아올랐다 다시 그 자리로 내려앉아 시체를 향해 그악스럽게 달려들었다.

들판 여기저기서 시체 썩는 냄새가 바람결을 타고 날아들었다. 기병은 천으로 코와 입을 가렸으면서도 다시 한 손으로 가끔 코를 틀어쥐었다. 역병이 떠돌아 곳곳에 버려진 시체들이 널려 있었다. 백성들은 감염이 될까 무서워서 집 안에 들어앉은 채 아무도 시체들을 거들떠보지 않았다. 유독 까마귀 떼들만 들판 곳곳에 떼 지어 몰려들어 시체를 차지하기 위해 서로 아귀다툼을 벌이고 있었다.

까악, 깍, 까악, 까르르!

가래 끓는 듯한 소리를 질러대는 까마귀들은 날카로운 부리로 시체의 눈이며 허파와 심장을 쪼아댔다. 간혹 배가 터져 흘러나온 시체의 내장을 끊어내느라 날개를 푸득거리며 안간힘을 써대는 놈들도 있었다.

기병을 태운 말은 황량하기 그지없는 들판을 지나고 산자락 밑에 엎드려 있는 농촌 마을도 거침없이 내달아 어디론가 급히 달려가고 있었다. 사립문을 닫아건 농촌 마을에는 사람의 그림자 하나 얼씬대지 않았고, 인가에서 좀 떨어진 골짜기에선 연기가 피어오르면서 이상한 누린내를 바람결에 실어 왔다.

　기병은 코를 감싸 쥔 채 계속 말을 달렸다. 누린내는 다름 아닌 송장을 태우는 냄새였다. 여름부터 발생한 역질이 가을을 지나는 동안 이 마을 저 마을로 번져나가, 하루에도 죽어 나가는 송장을 헤아리기 어려울 정도였다.

　흉년에 역질까지 나돌아 민심은 더욱 흉흉해졌다. 초겨울로 접어들면서 창궐하던 역질이 조금씩 수그러드는 기미를 보이고는 있지만, 완전히 사라진 것은 아니었다. 그래서 마을마다 무당을 불러다 서낭당에서 굿을 하고, 역병에 걸려 죽은 송장을 매장한 집에서는 씻김굿을 해 원혼을 달랬다.

　말을 달리는 기병의 등 뒤로 보이는 압록강 인근의 높은 산 봉우리에서 봉화가 타오르고 있었다. 나라에 위기가 닥쳐 봉화대에서 연기로 신호를 보내고 있는 것이었다.

　국내성에서도 봉화의 타오르는 불길과 연기를 보고 분주한 움직임이 일어나고 있었다. 궁궐 수비대장이 대왕 구부에게로 급히 달려가 보고를 올렸다.

　"봉화가 올랐다니, 대체 무슨 일이오?"

대왕 구부가 용상에서 벌떡 일어서며 외쳤다.

"폐하! 백제군이 쳐들어온 것 같사옵니다."

"무엇이? 어디로?"

"곧 전령병이 올 것입니다. 봉화는 평양성에서 올린 것 같은데, 아무래도 백제와의 경계인 수곡성 쪽이 위험하지 않겠사옵니까?"

"흐음, 무례하기 짝이 없는 놈들이구나."

대왕 구부는 백제의 침공을 괘씸하게 생각했다. 여름부터 고구려에 역질이 나돌고 있다는 소식을 접하고 그 기회를 노린 것이 틀림없었기 때문이다.

가을걷이가 끝나 10월이 되었는데도 비나 눈은 오지 않고 마른번개에 우레만 요란했다. 거듭되는 흉년에 역질까지 창궐하면서 백성들은 도탄에 빠져 허덕이고 있었다. 그런 백성들이 봉화를 보고 근심덩어리만 하나 더 생길 것을 생각하니, 대왕은 오장육부가 뒤집히는 듯했다.

대왕은 문무 대신들을 정전으로 불러들였다. 그는 내관에게 특별히 명을 내려 태학박사 을두미도 호출했다. 곧 정전으로 대신들이 몰려들었다.

"경들도 봉화를 보아서 짐작하듯 백잔들이 또다시 국경을 침범한 모양이오. 곧 전령병이 도착하겠지만, 미리 대책을 세워야 할 것 같소. 경들은 어찌 생각하시오?"

대왕이 양편에 늘어선 대신들을 둘러보며 의견을 물었을 때, 정전 밖이 소란스럽더니 궁궐 경비를 맡고 있는 수문장이 평양성 전령병의 도착 사실을 알렸다.

"폐하! 평양성이 백제군에게 포위되었다고 하옵니다."

"뭐라? 평양성이? 전령병에게 직접 들어봐야겠다. 어서 들어와 보고토록 하라."

대왕의 명이 떨어지기 무섭게 등에 깃발을 꽂은 전령병이 양편에 대신들이 늘어선 가운데로 성큼성큼 걸어 들어와 군례를 올렸다.

"폐하! 백제군 3만이 평양성을 포위하였사옵니다."

"어찌 놈들이 수곡성을 놔두고 평양성까지 왔단 말이냐?"

대왕이 소리쳤고, 대신들 사이에 웅성대는 소리가 들려왔다.

"백제군은 수백 척의 배를 타고 서해로부터 패수(대동강)로 올라왔사옵니다."

"흐음……. 수곡성이 막고 있어 육로로는 곤란하니, 서해 바다를 거쳐 수로를 통해 배를 타고 올라왔단 말이렷다? 허허, 이런! 평양성이 위험하구나."

대왕은 갑자기 뾰족한 칼끝에 폐부를 깊이 찔린 기분이었다. 전혀 예상치 못한 일이었다.

지난해 부소갑을 쳤던 고구려에 대해 백제왕 수가 보복전을 감행한 것이란 생각이 들었다. 당시 부소갑을 기습했다가 한성에서 백제 원군이 도착하기 전에 감쪽같이 군사를 빼돌린 고구려군의 허장성세에 속은 것이 분하여, 이번에는 역으로 예상치 못한 진군으로 평양성을 급습한 것임에 틀림없었다.

그런 생각을 하자 대왕은 자신도 모르는 사이에 이를 빠드득 갈았다. 백제왕 수는 부왕의 원수였다. 몇 년 전 평양성 전투에서 당시 백제 태자였던 수가 이끄는 기병대의 화살을 맞아 부왕이 세상을 떠났기 때문이다.

"폐하! 이번에는 제가 원병을 이끌고 평양성으로 가겠사옵니다."

문득 앞으로 나선 것은 왕태제王太弟 이련이었다.

"아우는 안 된다. 이곳 국내성을 지켜야 하지 않겠느냐? 짐이 직접 가서 백제왕 수의 목을 단칼에 베어버릴 것이다. 이번에는 반드시 원수를 갚고야 말겠다."

대왕은 오른손 주먹을 불끈 쥐었다.

"폐하! 이 아우에게도 원수 갚을 기회를 주시옵소서."

"아니 되느니! 아우에게는 어린 아들이 있지 아니한가? 우리 고구려의 희망인 담덕을 누가 보호하겠느냐? 아우는 담덕의 곁을 지키는 것만으로도 선대왕들께 큰 효도를 하는 셈이 되느니라."

이제 담덕의 나이 네 살이었다. 어린 아들을 두고 아비가 출전한다는 것을 대왕 구부로서는 허락할 수 없었다. 또 지난번처럼 담덕을 노리는 무리들이 범궐하지 않는다고 누구도 장담 못할 일이기 때문이었다.

대왕은 설사 자신이 전쟁터에서 죽더라도 동생 이련이 다음 왕위를 이으면 되겠기에 마음 놓고 출전할 수 있었다. 그가 왕위에 오르면서 곧바로 아우에게 다음 대를 이을 수 있도록 왕태제로 봉한 것도 다 그런 뜻이 있었기 때문이었다. 더구나 이제는 다시 그 뒤를 이을 왕손 담덕까지 있으니, 고구려 왕실로선 계보를 잇는 큰 근심거리 하나가 사라진 셈이었다.

"폐하의 말씀이 맞습니다. 왕태제 전하를 대신하여 이번에는 소신이 출전하겠나이다."

이렇게 선언을 하며 나선 것은 태학박사이자 왕태제 이련의 태부인 을두미였다. 대왕이 내관을 보내 자신을 정전으로 부를 때부터 그는 그 깊은 뜻을 짐작하고 있었다.

"오, 그렇지 않아도 짐이 을두미 선생을 이번 출전 때 군사軍師로 삼고자 했소. 그런데 먼저 짐의 뜻을 알고 출전을 하겠다고 나서 주시니 고맙소이다."

대왕은 을두미가 국상의 자리에서 물러나 태학박사이자 왕태제의 태부 역할을 맡으면서 특별히 그를 '선생'이라 불렀다. 태학박사와 태부를 두루 이르는 호칭이었다.

머리가 백발인 을두미는 이미 육순을 바라보는 나이였다. 그러나 혈색은 잘 익은 홍시처럼 붉은 기운이 감돌고, 형형한 눈빛은 매의 그것처럼 날카로웠다.

"소신은 이제 물러나야 할 때가 되었사오나 아직 우리 고구려를 위해 이렇다 할 공을 세운 바 없어, 이번에 출전을 허락해 주십사 달려온 것이옵니다."

"물러나다니요? 그런 말씀 마세요. 을두미 선생께선 오래도록 짐 곁에 있어 주셔야 하오. 태학의 수장이 아니십니까? 더구나 짐의 아우를 가르치는 태부이신데, 어찌 그런 서운한 말씀을 하십니까? 이번에 을두미 선생께서는 군사가 되어 고계 대장군과 함께 선봉군을 이끄십시오. 짐은 인근 성의 군사들을 모집해 곧바로 뒤따를 것입니다."

"무거운 책무를 맡겨주시니 그저 감읍할 따름이옵니다. 이번에 반드시 선왕 폐하의 원수를 갚도록 하겠나이다."

이렇게 말하는 을두미의 얼굴은 더욱 붉게 달아올랐다. 지난 평양성 전투에서 백제군에게 선왕 고국원왕이 훙거한 것은 고구려인 누구에게 있어서나 원한에 사무치는 일이었다.

그런데 을두미에게는 또 하나 백제군에게 갚아주어야 할 원한이 있었다. 아무에게도 이야기하지 않았지만, 바로 애제자 추수의 한쪽 눈을 앗아간 원흉이 또한 그들이었던 것이다.

대왕은 곧 선발대로 갈 군대를 조직하기 위해 국내성은 물론 그 인근의 각 성으로부터 시급히 군사들을 모으고, 동부·서부·북부와 변방을 지키는 성에 평양성을 지원할 군사를 보내달라는 파발마를 띄웠다.

국내성과 인근 성에서 급히 징발한 군사는 1만이었다. 곧 고구려 원군은 대장군 고계를 선봉장으로 하여 을두미 군사와 함께 압록강을 건넜다.

을두미는 고계와 비밀회의를 거쳐 날랜 군사 50명을 조발, 사공인 양 복장을 꾸미며 패수 중류를 통해 수곡성으로 건너가게 했다. 수곡성에는 청년 장수 동관이 군사 1만 병력으로 지키고 있었다.

패수를 사이에 두고 강북과 강남에서 양동작전을 편다면 충분히 승산 있는 싸움이 될 것이라고 을두미는 판단했다. 거기에다 평양성을 사수하고 있는 성주 손원휴의 1만 5천 병력을 합치면 백제군 3만과 당당하게 맞서 싸워볼 만하다고 생각했다. 만약 장기전으로 돌입해 대왕 구부가 변방의 병력을 동원해 지원군을 이끌고 오게 된다면 백제군도 더 이상 버텨내기 힘들 것이었다.

장기전이 될 경우 백제군은 배를 이용하여 바다를 통해 패수로 진입해야만 군량미를 조달을 할 수 있을 터인데, 문제는 고구려군이 패수 중류에서 그것을 어떻게 막아내느냐 하는 것이었다. 따라서 을두미는 먼저 사공으로 변장한 군사 50명을 패수 중류를 통해 건너가 수곡성의 군사들과 함께 특별히 비밀 작전을 꾸미도록 했던 것이다. 그래서 그들 편에 서찰을 보내 수곡성 성주 동관에게 기밀을 요하는 작전명령도 하달했다.

"이번 전투는 속전속결로 끝내야 합니다. 대왕 폐하께서 변방의 군사를 동원하는 것은 위험천만입니다. 후군이 평양성에 도착하기 전에 백제군을 섬멸하여 변방의 군사들을 다시 각자의 성으로 되돌아가도록 만들어야 합니다."

평양성 서쪽의 패수 지류인 보통천 인근에 도착한 고구려군은 일단 진영을 갖추고 작전을 짰다. 을두미는 지휘소 막사에서 대장군 고계와 머리를 맞댔다.

"평양성으로 들어가지 않고 성 밖에서 백제군과 일전을 벌일 작정이십니까?"

대장군 고계가 매우 궁금한 눈빛으로 군사 을두미를 바라보았다.

"장기 농성을 하겠다면 우리 군사를 이끌고 평양성으로 들어가야겠지요. 방금 전에도 말했지만, 후군이 오기 전에 백제군을 섬멸하려면 패수 양편에서 우리 군사와 수곡성 군사가 적을 강으로 몰아넣어야 합니다. 오도 가도 못하는 지경에 이르렀을 때 화공작전을 쓴다면 적은 독 안에 든 쥐 꼴이 되고 말 것입니다. 이때 평양성의 군사들까지 성문을 열고 나와 협공을 벌인다면 백제군을 모조리 수장시킬 수 있을 것입니다."

을두미는 이미 국내성을 떠나기 전부터 작전을 짜두고 있었다.

"수곡성 군사는 패수 건너편에 있습니다. 그들을 뺀다면 강북의 우리 군사가 적군보다 열세인데, 그 작전이 먹혀들겠습니까?"

"그래서 전략이 필요한 것입니다. '눈에는 눈, 이에는 이'라는 말이 있지 않습니까? 이번에 지난날 백제군에게서 받았던 치욕을 그대로 되갚아줄 생각입니다. 대장군께선 화공작전에 쓸 기름 묻힌 섶을 되도록 많이 준비해 주십시오. 이 사실을 적들이 절대 알게 해서는 안 되니, 비밀이 새어나가지 않도록 군사들에게도 특히 주의를 시키세요. 그래서 미리 준비하지 않고 밤을 기해 기름 묻힌 섶을 마련토록 하는 것입니다."

을두미는 대장군 고계에게도 더 이상의 작전은 말해 주지 않았다.

고계는 을두미의 그런 태도에 조금은 서운한 생각이 들었다. 그러나 전장에서는 작전상 대장군도 군사의 말에 따라야 하므로, 그는 조용히 마음속으로 읊조리기만 할 뿐이었다.

'눈에는 눈, 이에는 이라!'

5

아침 햇살이 퍼지기 시작하면서 안개 속에 묻혀 있던 강물도 서서히 모습을 드러냈다. 평양성에서 서쪽으로 20여 리 떨어진 패수 중류 지점에는 백제군의 군선 수백 척이 정박해 있었다.

안개 속에서 강바람에 펄럭이는 깃발들이 희끗희끗 끄트머리만 겨우 드러내고 있었다. 그래서 그것은 마치 구름 속으로 날아가는 철새들의 날갯짓처럼 보이기도 했다.

백제군 3만은 군사를 둘로 나누어 공격과 방어 전략을 구사했다. 공격군 2만은 평양성 서쪽의 너른 들판이 잘 바라다보이는 야산에 진채를 내리고 매일 공성전투를 벌였다. 그리고 나머지 1만은 군선을 지키는 방어군으로 편성되어 패수 중류의 개활지에 집결해 있었다. 방어군의 경우 별도의 진채를 마련하지 않고, 낮엔 개활지에서 마치 시위라도 하듯 군사 조련에 힘쓰고 밤에는 배 안에서 잠을 잤다.

고구려 군사 을두미는 비밀리에 평양성 안으로 밀사를 보내 성주 손원휴 장군에게 작전명령을 하달했다. 방어만 하지 말고 군사를 이끌고 나와 서쪽 다경문과 선요문 밖에 주둔해 있는 백제군을 강하게 밀어붙이라는 군령이었다. 그러면 고구려 원군이 백제군의 후미를 공격하겠다는 전략이었다.

해가 뜨면서 패수의 수면을 가득 메웠던 안개는 거의 걷혔다. 푸른 하늘은 전형적인 가을 날씨를 보여주고 있었다. 그동안 방어만 하던 평양성 군사들이 다경문과 선요문을 통해 한꺼번에 몰려나오자 백제군은 적이 당황하지 않을 수 없었다.

진채를 내린 야산 언덕에서 평양성을 바라보던 백제 대왕 수는 마음이 다급해졌다. 뒤에서 고구려 원군이 공격을 가해 온다면 앞뒤로 적을 맞아 진퇴양난에 빠질 위험이 있었다. 군사도 수적으로 불리했다. 고구려군은 평양성의 1만 5천과 원군 1만, 도합 2만 5천 병력이었다. 그러나 백제 공격군은 2만이니, 만약 앞뒤로 공격을 받는다면 퇴로를 개척하기 쉽지 않을 것 같았다.

백제 대왕 수는 긴급히 파발마를 띄워 패수 중류에 주둔하고 있는 방어군 병력 1만 중 5천을 지원병으로 차출하여 공격군에 가담토록 명했다. 곧 백제군의 지원병이 공격군에 가담하였고, 그래서 머릿수로 볼 때 군세는 양군 모두 2만 5천으로 대등하게 되었다.

"군세가 대등할 때는 기 싸움에서 이기는 쪽에 승산이 있다. 초반부터 강하게 밀어붙여 우리 백제군이 먼저 승기를 잡아야 한다. 후방의 고구려 원군보다 전방의 평양성 고구려군을 집중 공격하여, 이 기회에 성안까지 밀고 들어간다."

백제 대왕 수는 자신감에 찬 목소리로 군사들에게 공격 명령을 내렸다. 고구려 원군이 뒤에서 공격할 경우 백제군이 앞으로 더욱 빠르게 진격할 수 있도록 하자는 전략이었다.

평양성에서 나온 고구려군과 맞서게 되면 백제군은 뒤에 있는 고구려 원군까지 앞뒤로 적을 두게 된다는 사실을 백제 대왕 수는 잘 알고 있었다. 그러나 이러한 악조건을 역으로 이용하여 병사들로 하여금 목숨 걸고 싸우게 함으로써 사지死地를 생지生地로 만들겠다는 초강수의 전법을 구사했던 것이다.

그런데 이러한 백제 대왕 수의 전략은 빗나가고 말았다. 백제군이 평양성 성주 손원휴가 이끄는 고구려군을 강하게 밀어붙이고 있을 때, 당연히 뒤에서 백제군을 공격할 것으로 예상했던 고구려의 원군이 보이지 않았다.

고구려 원군은 백제 공격군의 뒤에서 함성만 질러대며 엄포를 주다가 갑자기 공격의 방향을 바꾸었다. 군사를 돌려 질풍노도처럼 백제군의 군선들이 정박해 있는 패수 중류를 향해 치달았던 것이다. 군선을 지키던 백제군 5천은 당황하지 않을 수 없었다.

이미 고구려 원군 1만은 화공전을 펼치기 위해 기름에 적신 건초와 불화살을 충분히 준비해 두고 있었다. 먼저 백제의 방어군을 들이친 것은 고구려 원군의 개마무사들이었다. 철갑으로 무장한 개마무사들은 적진 깊숙이 침투해 백제 진영을 쑥대밭으로 만들어놓고 있었다.

"발석거를 이용해 건초를 적의 군선으로 날려라!"

고구려 원군을 진두지휘하는 대장군 고계는 군사 을두미의 전략대로 화공전을 펼쳤다. 발석거 부대가 앞으로 나섰다. 수십 대의 발석거가 패수 기슭에 매어 있는 백제 군선을 향해 기름 적신 건초에 돌을 매달아 날려 보내기 시작했다. 공중으로 까마득하게 떠오른 건초 덩어리들이 강가에 묶여 있는 백제의 군선들 가운데로 날아가 떨어졌다.

"불화살을 날려라!"

대장군 고계의 목소리가 한층 격앙되었다.

불화살 부대가 앞으로 나와 기름 먹인 솜방망이에 불을 붙여 일제히 공중으로 쏘아 올렸다. 어떤 화살은 멀리 날아가 강물에 떨어지기도 했고, 또 어떤 화살은 백제의 군선 쪽으로 날아가 먼저 쏘아 보낸 건초 더미에 불을 붙이는 역할을 했다. 얼마 지나지 않아 강가의 갈대밭도 불바다가 되고, 군선에서도 불길이 솟았다.

한편, 평양성 성주 손원휴는 백제 공격군을 맞아 싸우는 척하면서 군사를 점차 후퇴시켰다. 군사 을두미의 전략대로 백제군을 유도하기 위한 속임수였다. 그것도 모르고 백제 대왕 수는 고구려군이 밀리는 듯하자 더욱 군사들을 독려하여 강하게 공격해 들어갔다.

"폐하! 큰일 났습니다."

군사를 독려하던 백제 대왕 수는 뒤에서 급히 말을 달려오는 젊은 장수를 바라보았다. 내신좌평 진고도의 아들 진가모였다.

"무슨 소리냐?"

"적의 함정에 빠졌습니다. 고구려 원군이 우리 공격군의 후미를 치는 척하다가 군사를 돌려 패수에 정박해 있는 우리 군선들을 공격했습니다. 화공전으로 인해 우리 군선들이 불타고 있습니다."

"무엇이?"

백제 대왕 수는 급히 말 머리를 돌렸다.

"군선이 다 타버리면 우리 백제군은 오도 가도 못합니다. 군선에 붙은 불부터 꺼야 합니다."

뒤미처 말을 달려온 목만치가 외쳤다.

백제 대왕 수는 이번 전투에 젊은 장수들을 모두 참여시켰다. 진가모와 목만치를 비롯하여 지방 호족의 자제들을 앞세우고 평양성 공략에 나섰던 것이다.

아무래도 젊은 장수들만 보낼 수는 없다며 막고해가 따라나서는 것을 백제 대왕 수는 애써 말렸다. 권력을 틀어쥐고 있는 외척인 진씨 세력을 견제하기 위해 막고해로 하여금 한성을 지키도록 했던 것이다.

이번 전투에 막고해를 참여시키지 않은 것이 백제 대왕 수의 큰 실수였다. 고구려 군사 을두미를 상대하려면 지장이 필요한데, 그것에 대한 대비책이 서 있지 않았던 것이다. 그러나 지금은 후회하고 있을 틈조차 없었다.

백제 대왕 수는 징을 쳐서 군사들에게 후퇴 명령을 내렸다.

점점 뒤로 밀리는 고구려군을 공격해 들어가던 백제군은 돌연 징소리에 주춤했고, 뒤쪽부터 후퇴를 시작하자 앞에 섰던 공격군은 이제 평양성에서 나온 고구려군에게 쫓기는 입장으로 돌변했다.

백제군의 후퇴 명령이 떨어지자, 이를 기다리고 있었다는 듯 뒤로 주춤주춤 밀리는 척하던 평양성의 고구려군이 곧바로 돌아서서 적들을 추격했다. 공격할 때 강한 기세로 밀어붙이던 백제군은 후퇴를 하면서 오합지졸이 되었다.

고구려군의 공격으로부터 벗어나기 위해 서로 앞을 다투어 뛰다 보니 갈팡질팡 넘어지고 자빠지는 군사들이 부지기수로 늘어났다. 한번 넘어지면 같은 편 군사들이 몸뚱어리를 짓밟고 달아나기에 바빴다.

백제 대왕 수가 이끄는 백제군은 강가에 정박해 둔 군선들이 불타는 것을 보고 모두 강물로 뛰어들었다. 더러는 헤엄이 서툴러 물에 빠져 죽기도 했지만, 나머지 군사들은 겨우 군선에 올라가 불을 끄기에 바빴다.

가장 먼저 군선에 올라가 불 끄는 작업을 독려하던 목만치는 아직 불타지 않은 군선을 끌어내 백제 대왕 수가 있는 강가로 몰고 왔다.

"폐하! 어서 배에 오르시옵소서! 적군이 곧 추격해 올 것입니다."

목만치가 외치는 소리에 정신을 차린 백제 대왕 수는 급히 강으로 뛰어들어 배에 겨우 올라탈 수 있었다. 뒤를 따르던 호위 군사들도 배에 탔다. 금세 배는 만원을 이루었다.

추격해 온 고구려군의 화살이 하늘로 까마득히 날아올라 그 가운데 일부는 뱃전에 와서 떨어졌다. 호위 군사들이 백제 대왕 수의 전면을 방패로 가려주었다.

"어서 배를 강 가운데로 저어라!"

목만치가 외쳤다. 그의 목은 어느새 쉬어 있었다. 군선 위에서 군사들에게 불을 끄라고 독려하다 보니 목이 쉬는 줄도 몰랐다.

바로 그 즈음, 고구려 군사 을두미는 패수 중류에 미리 매복해 두었던 군사들에게 신호를 보내게 했다. 대장군 고계는 군사들로 하여금 소리 나는 화살, 명적鳴鏑을 쏘아 올리라고 명했다.

수십 개의 명적이 하늘 높이 날아오르며 강한 소리를 냈다. 언뜻 높은 음의 피리소리 같은데, 그것은 바로 명적이 공기를 가르며 날아오를 때 내는 일종의 군호였다.

을두미는 원군을 이끌고 국내성을 떠날 때 날랜 군사 50명을 뽑아 뱃사공으로 위장시켜 수곡성으로 보낸 적이 있었다. 이들은 백제군에게 들키지 않게 몰래 패수 중류에서 배를 타고 건너가면서 굵고 튼튼한 밧줄에 쇠로 된 추를 매달아 강을 가로질러 묶어놓게 했다. 밧줄 중간중간 매달린 추가 물속에 깊이 잠기도록 하여 적이 눈치채지 못하게 한 다음, 명적의 신호가 울리면 강의 양편 기슭에서 밧줄을 감아올려 적의 군선들이 도망치지 못하도록 하라는 지시를 내려놓았던 것이다.

백제군의 군선들이 묶여 있는 상류 쪽에서 명적이 날아오자 강의 양편에 매복해 있던 고구려 군사들은 밧줄을 감아올리기 시작했다. 밧줄이 수면 위로 완전히 떠오르지 않고 장정의 허리 깊이만큼 잠길 정도로 감아올려 단단히 고정시켜 놓도록 을두미는 이미 지시를 내려놓고 있었다.

이때 백제 대왕 수가 탄 군선을 필두로 퇴각하는 백제군은 불타지 않은 군선들을 겨우 끌어내 패수 하류를 향해 도망치기 시작했다. 그러나 곧 고구려군이 설치해 놓은 밧줄에 걸려 모든 배들이 오도 가도 못하는 꼴이 되고 말았다.

"어어, 배가 왜 이래?"

"뭣에 걸렸나?"

노를 젓던 군사들이 여기저기서 당황하여 소리쳤다.

"무슨 일이냐?"

백제 대왕 수도 다급하게 외쳤다.

그도 그럴 것이, 추격하던 고구려 대군이 백제군의 도망치는 군선을 따라 강둑으로 말을 달리며 화살을 퍼부어댔던 것이다. 그뿐만이 아니었다. 그 반대편에서는 수곡성에서 지원 나온 젊은 장수 동관의 군사들이 남쪽 강둑에서 역시 화살을 쏘아댔다.

배를 돌려 상류로 올라가고 싶어도 이미 평양성에서 나온 고구려의 수군들이 배를 타고 밀고 내려와 백제군은 졸지에 독 안에 든 생쥐 꼴이 되고 말았다. 그것도 패수는 비어 있는 독이 아니라 물이 가득 찬 독 역할을 하고 있었다. 백제군은 물독에 빠진 생쥐 신세나 다름이 없는 처지에 놓였다.

"배들이 강물 속의 무엇엔가 걸린 듯합니다. 소장이 물 밑으로 들어가 살펴보겠습니다."

목만치는 서둘러 갑옷을 벗으며 외쳤다. 백제 대왕 수가 뭐라고 대답하기도 전에 그는 이미 강물 속으로 첨벙 뛰어들었다.

'아아, 나의 오만이 불러온 죄과로다!'

백제 대왕 수는 마음속으로 외쳤다. 돌이킬 수 없는 실수였다. 호위 군사들의 방패에 가려 조각난 하늘밖에 볼 수 없는 상황에서 그는 절치부심했다. 분하지만 어쩔 수 없었다. 그는 자신의 실수를 인정했다.

'폐하! 고구려는 지금 역병이 돌아 백성들이 고통을 당하고 있사옵니다. 역병은 나라 군주도 어쩌지 못하는 천형과 같은 것이옵니다. 이런 때 전쟁을 일으킨다는 것은 도리가 아닙니다. 군대의 출정을 멈추어 주시옵소서.'

백제 대왕 수가 고구려를 치려고 군사를 모을 때 막고해가 그렇게 간언했었다. 그러나 그는 절호의 기회를 놓칠 수 없다면서, 막고해가 계속 전쟁을 반대할 것 같아 아예 한성에 떼어놓고 왔던 것이다.

사실상 막고해에게 진씨 세력을 견제하라는 밀명을 내린 것은 이유에 불과했다. 그를 전쟁에 참여시킬 경우 계속해서 입바른 소리만 해댈 것이 우려되어 진고도와 함께 한성을 지키라는 명을 내린 것이었다.

'아아, 막고해 장군의 말을 들어야 했는데…… 천형을 내가 받는 모양이로구나!'

백제 대왕 수는 방패에 가려져 아무도 보는 군사가 없으므로 양손으로 가슴을 마구 두드리며 몸부림을 쳤다.

6

해가 중천에 뜬 한낮의 패수는 불과 연기와 군사들의 아우성으로 인하여 그야말로 유황불 타는 지옥을 방불케 했다. 화염으로 가득한 군선들 중 백제군들이 불을 끄고 겨우 건져낸 배 수십 척이 패수 한가운데로 나왔다.

군선마다 백제의 패잔병들로 가득했다. 그들은 서둘러 하류로 노를 저어 갔으나, 고구려군이 강을 가로질러 매어놓은 밧줄에 걸려 더 이상 나가지 못하고 중간에 멈출 수밖에 없었다.

군선과 군선끼리 부딪치고, 그 충격으로 배 가장자리에 겨우 붙어 서 있던 병사들은 강물로 곤두박질쳤다. 그렇게 한데 뒤엉킨 군선들을 향해 강 양안에서 고구려 군사들이 화살을 쏘아대자 백제군은 그야말로 갈팡질팡 정신을 차리지 못했다.

화살에 맞거나 서로 화살을 피하려다 밀려서 강물로 떨어져 죽는 자가 속출했다. 자신이 탄 배에 불이 붙자 다른 배로 옮겨 타려다 강물에 빠지고, 물속에서 헤엄쳐 비좁은 배에 오르려고 갑판 위에 있는 군사의 갑옷 자락을 붙잡았다 같이 떨어져 영원히 물귀신이 되기도 했다.

한편, 강물로 뛰어들어 배 밑을 살펴본 목만치는 군선들이 밧줄에 걸려 있는 걸 보고 칼로 밧줄을 끊어내려고 안간힘을 써댔다. 그는 숨을 쉬기 위해 잠시 수면 위로 올라왔다 다시 내려가 밧줄 끊기를 여러 번. 그러나 삼 껍질로 꼬아 만든 밧줄은 질긴 데다 물에 잔뜩 불어 쉬이 끊어지지 않았다. 몇 차례나 수면 위에 올라와 숨을 쉬고 다시 잠수하기를 반복한 끝에 마침내 팽팽하던 밧줄이 툭 끊어졌다.

그러나 밧줄이 끊기자 한군데 몰려 있던 군선들이 급물살에 쓸려 내려가면서 배에 탄 백제군들은 강물에 빠져 허우적거렸다. 개중에는 군선이 뒤집어져 군사들이 무더기로 익사하는 사태까지 발생했다.

밧줄을 끊은 다음 간신히 물 위로 올라와 헉헉대며 그 광경을 목격한 목만치는 곧 자신의 실수를 깨달았다. 그러나 그가 밧줄을 끊지 않았다면 더 큰 사상자가 생겼을지도 몰랐다.

급히 백제 대왕 수가 탄 군선을 찾아 배에 오른 목만치는 다음과 같이 보고를 했다.

"폐하! 강물 속에 밧줄이 좌우로 걸쳐져 뱃길을 막고 있었습니다. 겨우 밧줄을 끊었는데, 그 바람에 아군의 배가 여러 척 침몰되었습니다. 소장의 실수였습니다."

"허헛! 밧줄이라고? '눈에는 눈, 이에는 이'라더니, 이번에는 우리가 역으로 당했군!"

백제 대왕 수는 오래전 평양성 전투에서 목만치의 아버지 목라근자가 고구려 철갑기병들을 쓰러뜨렸던 밧줄 작전을 떠올렸다.

그런데 문제는 패수 양안에서 백제 군선들을 향해 계속적으로 활을 쏘아대는 고구려 기병들이었다. 군선보다 말의 속도가 빨라 고구려 기병들을 도저히 따돌릴 수가 없었다.

"폐하! 군선을 버리고 육지로 나가는 게 좋겠습니다. 이렇게 바다까지 나가려면 하루 종일도 모자랄 판입니다. 군선들이 바다에 이르기도 전에 우리 군사들이 고슴도치 꼴이 되고 말 것입니다."

어느 사이 갑옷을 걸쳐 입은 목만치가 소리쳤다.

"할 수 없다. 배를 버리고 군사들을 모두 남쪽 강 둔덕으로 올라가게 하라. 일단 육로를 개척해 부소갑으로 철수하는 길밖에 없을 것 같다."

백제 대왕 수도 군선으로 퇴각하는 것은 무리수임을 간파했다.

"소장이 먼저 뭍으로 올라가 아군의 퇴로를 확보하겠나이다."

목만치는 군례를 올린 후, 휘하의 날랜 군사들을 이끌고 다시 강물로 뛰어들어 남쪽 강 둔덕을 향해 헤엄치기 시작했다.

패수 남쪽에선 수곡성에서 지원 나온 동관의 군사들이 강둑을 장악하고 있었다. 그들은 강둑에 늘어서서 백제군의 군선을 향해 마구 화살을 쏘아댔다. 두 겹, 세 겹으로 배치되어 번갈아가며 화살을 쏘는 고구려군의 포위망을 뚫기란 결코 쉬운 일이 아니었다.

마침내 목만치는 강에서 둔덕으로 올라설 수 있었다. 갑옷에서 물이 뚝뚝 떨어졌지만, 그의 칼끝은 예리하게 고구려 군사들의 가슴과 옆구리와 목으로 파고들었다. 그는 적군 한 명당 두 번 칼을 휘두르는 법이 없었다. 정확하게 찌르고 벨 때마다 비명소리와 함께 고구려 군사들이 나무토막처럼 쓰러졌다. 추풍낙엽이란 말이 실감나는 칼솜씨였다.

목만치의 칼은 금세 고구려 군사들을 좌우로 갈라놓았다. 그의 좌충우돌하는 칼을 피하기 위해 고구려 군사들은 뒤로 슬금슬금 물러섰고, 그러다 보니 어느 사이 두세 겹씩 둘러쌌던 고구려군의 방어벽이 뚫렸다. 그는 계속 칼을 휘두르며 앞으로 나갔고, 그 뒤를 백제군이 무리지어 바짝 따라붙었다.

목만치는 고구려의 기병 하나를 칼로 베어 말에서 떨어뜨리고, 기병이 타고 있던 말을 가로채 그 위로 날렵하게 올라탔다. 그는 이제 말 위에서 고구려 군사들 사이를 이리저리 치달으며 칼을 휘둘렀다.

백제 대왕 수는 휘하 군사들의 무리 속에 섞여, 목만치가 뚫어놓은 퇴로를 따라 달렸다. 그 뒤로 군선에서 나와 뭍으로 올라선 백제군이 대열을 이루며 따라붙었다.

바로 그때, 말을 타고 전력질주하며 소리치는 고구려 장수가 있었다.

"백제 대왕 수는 게 섰거라!"

수곡성의 젊은 성주 동관이었다. 그는 말 위에 우뚝 서서 장창을 비껴든 채 후퇴하는 백제군을 추격했다. 그의 창날이 햇빛에 번쩍일 때마다 후퇴하던 백제군들이 비명을 지르며 쓰러졌다.

"저놈이 누구냐?"

백제 대왕 수가 호위병에게 물었다. 그때 호위병 가운데로 진가모가 뛰어들었다.

"폐하! 이곳을 빨리 벗어나야 하옵니다. 저 말을 탄 젊은 장수는 수곡성 성주 동관이란 자이옵니다. 무술이 뛰어난 자라고 소문이 나 있으니 피하고 보는 것이 상책이옵니다. 소장이 폐하를 호위하여 안전한 곳으로 모시겠사옵니다."

"흠, 짐이 어떻게 차지한 수곡성인데 저놈에게 빼앗기다니…… 태자 시절 짐이 수곡성 언덕에 전승을 기념하는 표석까지 세우지 않았던가? 언제고 다시 수곡성을 차지하고 말리라. 분하도다!"

백제 대왕 수는 진가모의 뒤를 따를 수밖에 없었다.

"폐하! 저 적장은 소장이 맡을 것이니 어서 피하시옵소서."

언제 되돌아왔는지 목만치가 소리쳤다. 그의 갑옷과 얼굴은 온통 피투성이로 얼룩져 있었다. 그의 손에 쥐어져 있는 칼에서도 핏물이 뚝뚝 떨어졌다.

"목 장군! 폐하는 소장이 안전한 곳으로 모실 테니 건투를 비오!"

진가모가 대왕 수를 호위하고 달리며 소리쳤다.

그때서야 목만치는 안심하고 백제군을 추격하는 고구려 군사들을 향해 돌진했다. 그의 뒤를 검술에 뛰어난 휘하 군사들 10여 명이 따르고 있었다.

목만치는 고구려군과 맞닥뜨렸다.

"나는 이곳을 무덤으로 삼으리라. 너희들도 죽기로 싸워 적들이 우리 백제군을 추격하지 못하도록 막아야 한다. 여기서 최대한 시간을 벌어야 후퇴하는 대왕 폐하와 우리 군사들을 보호할 수 있다. 알겠는가?"

목만치는 휘하 군사들에게 소리쳤다. 이들은 그가 특별히 조련시킨, 칼솜씨가 뛰어난 군사들이었다. 일종의 별동대라고 할 수 있었다.

"예, 장군! 저희들도 죽을 각오가 되어 있습니다."

목만치가 이끄는 별동대는 고구려군을 향해 말을 몰았다. 쐐기처럼 고구려군의 중앙을 돌파하고 들어가자, 삽시간에 일대 혼란이 일어났다. 고구려군은 더 이상 후퇴하는 백제군을 추격하지 못한 채 허둥대고 있었다.

"무엇들 하느냐? 백제 군사 몇 놈을 당해 내지 못하다니. 저리 비켜라! 내가 상대해 주마!"

장창을 비껴든 동관이 고구려 군사들 틈을 헤치고 목만치와 그가 이끄는 별동대들이 분전하는 곳으로 말을 달려 돌진해 들어갔다.

"오냐, 어서 오너라! 네가 연나라 오랑캐 아들 동관이란 놈이냐?"

고구려군을 수수목 따듯 베어 넘기던 목만치가 동관을 향해 말 머리를 돌렸다.

"어린놈이 가상하구나. 네놈 이름은 무엇이냐?"

동관이 여유 있게 장창을 비껴들며 물었다.

"나는 목라근자 장군의 아들 목만치다! 이 칼이 벌써 우는구나. 오늘이 바로 네 제삿날인 줄이나 알아라!"

목만치도 숨을 돌리며 여유를 찾았다.

"목만치! 네가 바로 신라 여인을 겁탈해 낳은 목라근자의 아들이로구나?"

동관도 지지 않고 대거리했다.

"무엇이? 우리 부모를 모욕하지 마라. 이 칼이 무섭지 않느냐?"

목만치가 이를 부드득 갈아붙이며 일갈했다.

"네놈이 먼저 내 부친을 모욕하지 않았느냐?"

"연나라를 배반하고 고구려로 도망쳐 온 네 아비 동수야말로 오랑캐가 아니냐? 오랑캐를 오랑캐라 하는데 그것이 뭐가 잘못이냐?"

원래 목만치는 말을 많이 하지 않는 성격이었다. 특히 적과 싸울 때는 말 대신 칼이 먼저 나갔다.

그런데 이번에는 달랐다. 백제군이 충분히 후퇴할 수 있는 시간을 벌어야만 했다. 그러기 위해서는 고구려군을 진두지휘하는 동관을 오래도록 붙잡아 둘 필요가 있었던 것이다.

"내 너하고 입씨름할 틈이 없다. 이 창으로 네놈의 뱃구레를 뚫어 창자가 줄줄 흘러내리도록 한 후에 나머지 백잔의 무리들을 소탕하리라."

동관도 목만치의 얕은꾀를 알아차리고 먼저 창을 꼬나잡고 달려들었다. 마상에서 두 젊은 장수의 불꽃 튀는 싸움이 전개

되었다. 창이 칼을 막고, 칼이 창을 튕겨내며 서로의 약점을 노렸다. 두 장수 다 한 수를 노리고 있는데, 쉽게 상대의 허점을 발견할 수가 없었다.

창이 칼보다 길었으므로, 목만치는 공격해 오는 동관의 창을 피해 가까이 접근하려고 노력했다. 반면에 동관은 목만치의 칼이 미치지 못하도록 거리를 두면서 창으로 상대의 가슴을 한순간에 산적 꿰듯 뚫어버릴 심산이었다.

그러나 두 장수의 싸움은 쉽게 결판나지 않았다. 공중에서 칼과 창이 부딪칠 때마다 쇳소리만 요란했다. 그때마다 불꽃이 일어나며 서로 빗나간 창과 칼이 허공을 갈랐다.

이렇게 동관과 목만치는 30여 합을 싸웠다. 두 장수 다 실력이 비등했고, 혈기가 넘치는 데다 힘까지 좋아 지칠 줄 몰랐다.

"오랑캐 아들놈이지만 창 다루는 솜씨는 제법이구나!"

목만치가 잠시 숨을 돌리면서 말했다.

"네 아비 목라근자가 백제 제일의 칼잡이라더니, 그 아비에 그 아들이로군! 너를 사로잡아 내 휘하에 두고 싶을 정도로 그 실력이 아깝구나."

동관도 지지 않았다.

바로 그때였다. 후방의 고구려 진영에서 징소리가 울렸다. 푸르른 창공으로 깨질 듯이 울려 퍼지는 그 소리는 싸움을 중지하고 회군하라는 명령이었다.

목만치와 싸우던 동관이나, 그가 이끌던 고구려 군사들은 순간 싸움을 멈추었다. 전세가 불리한 것도 아닌데 군사를 거두라는 것이 좀 이상했다.

"사주팔자에 네놈이 오늘 죽을 목숨은 아닌 모양이구나."

목만치가 빙그레 웃었다. 그도 고구려 진영에서 들려오는 징 소리의 의미를 알았던 것이다.

"아깝구나. 네놈을 말 아래로 떨어뜨려 무릎을 꿇게 하고 싶었는데."

동관도 꼬나들었던 창을 거두며 말했다. 곧 동관은 목만치와 헤어져 고구려 군사들과 함께 서둘러 회군했다.

목만치 휘하에 있던 별동대 대원 10여 명 중에서 거의 다 죽고 두 명만이 살아남았다. 고구려 군사를 뒤로하고 목만치는 두 명의 군사와 함께 백제 대왕 수가 후퇴한 부소갑을 향해 말을 달렸다.

한편, 고구려 진영에는 강을 건너 백제군을 추격하던 원군과 평양성 군사들이 들판을 가득 메우고 있었다. 그들은 멀리서 회군하는 동관과 수곡성 군사들을 바라보고 있었다.

을두미와 대장군 고계, 평양성 성주 손원휴가 군사들 앞에 나와 있었다. 패수 북쪽에 있던 그들이 남쪽으로 강을 건너온 것은 백제군의 패잔병들을 도륙하기 위해서였다.

백제군이 군선을 포기하고 패수 남쪽 기슭으로 상륙하자,

을두미는 고구려군으로 하여금 도강해 후퇴하는 백제군을 추격케 했던 것이다. 쫓기는 자와 쫓는 자의 입장 차이는 그 기세부터 달랐다. 고구려군은 백제군의 후미를 들이쳐 도망치는 적들을 마구 살상했다. 그렇게 죽은 백제군이 기천을 넘었다.

을두미는 그만하면 백제군에게 당한 지난날 평양성의 오욕을 충분히 씻었다고 생각했다. 전투 상황으로 볼 때 백제 대왕수를 사로잡기는 힘들다는 판단이 서자, 더 이상 쫓기는 백제군을 추격하는 것은 힘만 소모하는 일임을 알고 징을 쳐서 동관의 군사들을 회군시킨 것이었다.

급히 말을 달려 고구려 진영에 도착한 동관은 군사 을두미에게 군례를 올린 후, 숨을 헐떡이면서 급하게 물었다.

"아군이 유리한 입장인데 어찌하여 군사를 거두게 하셨는지요?"

동관으로선 그것이 매우 궁금했던 것이다.

"그만하면 되었네. 적을 끝까지 추격할 셈이었던가? 부소갑에서 구원병이 나서리라는 건 예측하지 못했단 말인가? 백제의 패잔병들이 구원병을 만나게 되면 용기백배하여 뒤돌아서서 아군을 치게 될 걸세. 그땐 복수의 칼을 갈고 덤빌 것이므로 감당하기 어렵게 되네. 그래서 회군을 명한 것일세."

군사 을두미의 말을 듣고 나서야 동관은 수긍하고 조용히 물러났다.

7

    패수와 그 좌우 양안의 들판에는 싸우다 죽은 군사들의 시체가 즐비했다. 강물에 있던 시체들은 떠내려가다 가라앉은 경우도 있고, 강가의 나무들에 걸려 퉁퉁 불어터진 것들도 있었다. 들판에 널브러진 시체들은 부패하기도 전인데 벌써 까마귀 떼들이 귀신같이 냄새를 맡고 몰려들었다. 머리가 훌렁 벗겨진 독수리들도 큰 날개를 퍼덕이며 시체를 하나씩 차지하고 긴 부리로 창자를 찍어 올리고 있었다.

    "아군 적군 가리지 말고 시신들을 거두어 양지바른 언덕에 매장토록 하라."

    군사 을두미의 지시를 받은 대장군 고계는 휘하 장수들을 불러 명령했다. 장수들은 각기 자기 군사를 이끌고 나가 패수에서 시체들을 건져 올리고, 들판의 시체들도 까마귀와 독수리의 밥이 되기 전에 거두어 매장하기 위해 바삐들 서둘렀다. 그러나 어느새 까마귀와 독수리의 날카로운 부리에 눈알을 잃어버리거나 가슴이 파헤쳐 내장이 밖으로 흘러나온 시체들도 많았다.

    고구려 군사들은 시체를 수습하는 부대와 백제의 패잔병들이 버리고 달아난 무기들을 수거하는 부대로 나뉘어 일사불란하게 움직였다.

한편, 을두미는 국내성으로 파발마를 띄워 승전 소식을 알렸다. 그러나 대왕 구부는 승전 소식에 더욱 흥분하여 각 지방에서 차출한 군사들을 돌려보내지 않고, 오히려 그들을 이끌고 급히 평양성으로 달려왔다. 그 병력이 자그마치 1만이었다.

"폐하! 어찌 군사들을 이끌고 오셨나이까?"

깜짝 놀란 평양성주 손원휴가 성문 밖까지 달려 나와 대왕과 군사들을 맞아들였다.

"폐하! 승전보를 알리는 파발마를 띄웠는데, 보고를 받지 못하셨나이까?"

을두미도 전혀 예상치 못한 일이라 어리둥절할 수밖에 없었다.

"승전보는 들었소. 모두들 수고가 많았소. 일단 들어가서 논의들을 합시다."

대왕 구부는 성주 손원휴의 안내를 받아 내성으로 들어갔다.

평양성에 입성한 대왕 구부는 곧 군사회의를 소집했다. 군사을두미를 비롯하여 대장군 고계, 평양성주 손원휴, 그리고 휘하의 젊은 장수들까지 모두 참여한 군사회의였다.

"먼저 을두미 군사가 이번 전투에서 신출귀몰한 작전으로 부왕의 원수를 갚아준 것에 대해 치하를 드리는 바이오. 허나 아직 백잔왕 수는 멀쩡하게 살아 있소. 수가 살아 있는 한 짐은 아직 부왕의 원수를 다 갚지 못했다고 생각하오. 하여, 이제 짐은 부소갑을 쳐서 지난날 빼앗긴 고구려 땅을 회복하고, 백잔왕 수의 목을 베어 부왕의 한을 풀어드릴까 하오. 그래서 짐은 이번에 애서 변방에서 차출한 군사 1만을 이끌고 오다 파발마를 통해 승전보를 들었지만, 계속 진군하여 이곳 평양성까지 내려온 것이오. 지금 이 자리에서 제장들은 부소갑을 탈환할 계책들을 내놓도록 하시오."

대왕 구부의 눈은 어떤 결연한 의지로 인하여 붉게 충혈되어 있었고, 장수들을 바라보는 그 눈빛은 매의 그것처럼 날카롭기 그지없었다. 그러나 장수들은 누구 하나 먼저 입을 여는 사람이 없었다. 회의석상에 긴장감이 돌아 숨소리조차 들리지 않을 정도로 무거운 침묵에 휩싸여 있었다.

이때 군사 을두미가 성큼 앞으로 나섰다.

"폐하! 지금은 때가 아닌 줄 아옵니다. 백제군이 기습으로 서해를 통해 패수를 거슬러 올라와 평양성을 공격할 줄은 소신도 몰랐사옵니다. 그러나 이제 백제군은 패주하여 다시 평양성을 넘보지는 못할 것이옵니다. 차제에 우리 고구려도 난국을 수습하여 수년 동안 거듭된 흉년으로 허덕이는 백성을 구휼하는 데 진력해야 할 때이옵니다. 더 이상의 전쟁은 백성들의 삶을 피폐하게 만들 뿐이오니, 통촉하여 주시옵소서."

"짐이 군사의 뜻을 모르는 바 아니오. 그러나 연전에 짐이 부소갑을 치러 갔다가 실패한 것을 군사도 잘 알 것이오. 이번 기회에 부소갑을 우리 손에 넣어야 하오. 부소갑은 인삼의 산지이고, 인삼은 국고를 튼튼히 할 수 있는 고구려의 특산품이오. 부왕께서도 부소갑을 잃고 나서 매우 안타까워하셨던 것을 짐은 기억하고 있소. 이번에야말로 부왕의 원수를 갚고, 부소갑을 되찾아 우리 고구려의 국익을 도모할 때요. 거듭된 흉년으로 백성들이 도탄에 빠져 있는 것을 모르는 바 아니지만, 부소갑만 되찾는다면 인삼 교역만으로도 흉년을 능히 극복할 수 있을 것이오."

대왕 구부의 결심은 확고했다.

이렇게 되자 누구도 더 이상 대왕과 반대되는 의견을 내놓는 자가 없었다. 을두미조차도 그동안 백제에게 빼앗겼던 인삼 교역의 실리를 되찾아와야 한다는 대왕의 뜻만큼은 거스를 수가 없었다. 부소갑의 인삼을 전진에 판매할 수만 있다면 흉년으로 텅 빈 국고를 채우고, 그 여력으로 백성들을 구휼하는 일도 어렵지 않을 것이었다.

평양성에 운집한 고구려 군사들은 곧 부소갑을 치기 위한 준비에 착수했다. 군사 을두미가 이끌고 온 제1차 원군 1만과 대왕 구부의 제2차 원군 1만, 그리고 평양성에서 1만, 수곡성에서 5천의 병력을 동원하여 도합 3만 5천의 고구려군이 부소갑 출정에 나서게 되었다.

며칠 전 백제군을 패수에 수장시키는 공훈을 세운 덕분에 고구려 군사들의 사기는 여느 때보다 드높았다. 부소갑 북쪽 야산에 군진을 편 고구려군은 곧 작전회의를 열었다.

대장군 고계의 군막으로 장수들이 모여들었다. 작전회의는 대왕 구부가 주도했다.

"연전에 부소갑을 칠 때 우리 고구려군은 청목령에서 발이 묶였소. 청목령은 산세가 험하고 성을 새로 쌓아 튼튼하므로 공략하기 쉽지 않소. 군사의 수에서 우리 고구려군이 우세하니, 군사를 둘로 나누어 공략하면 적들이 제정신을 못 차리고 갈팡질팡할 것이오. 제장들의 의견은 어떠하오?"

대왕이 주위를 둘러보았다. 탁자 가운데는 부소갑의 지도가 놓여 있었다.

"폐하의 말씀대로 청목령은 부소갑의 서북쪽 요새로, 공략하기 쉽지 않습니다. 그렇다고 청목령을 놔두고 부소갑을 점령하는 것 또한 어렵습니다. 설사 점령을 하더라도 적을 배후에 두는 꼴이 되어 청목령의 적들에게 기습공격을 당할 우려가 있기 때문입니다. 군사를 둘로 나누어 부소갑을 치되 동쪽으로는 기마대를 동원하여 적의 기세를 꺾어 놓고 나서, 그 뒤를 이어 보병이 총공격을 감행하면 어렵지 않게 부소갑까지 점령할 수 있을 것이옵니다. 그러나 청목령의 전투는 다릅니다. 공성전을 벌이되 우리 군사를 일진과 이진으로 나누어 교대로 싸우는 척하다 물러나고, 다시 방심한 틈을 노려 느닷없이 공격하면서 적으로 하여금 잠시도 쉬지 못하게 해야 합니다. 즉, 우리 고구려군이 먼저 부소갑을 점령했을 때 청목령의 적들을 묶어놓아 구원병을 보낼 수 없게 만들어야 한다는 것입니다. 이렇게 하면 부소갑이 이미 우리 손에 들어온 것을 알고 청목령의 적들도 지칠 대로 지쳐 제풀에 항전을 포기하고 항복해 올 것입니다."

군사 을두미가 의견을 내놓았다.

"좋은 전략이오."

대왕 구부가 고개를 끄덕거렸다.

"우리 고구려군의 사기는 여느 때보다 드높습니다. 소장에게 날랜 군사 5천만 주시면 단숨에 청목령을 넘어 부소갑으로 달려가겠습니다. 지금 적들은 우리 고구려 대군의 모습을 보고 도망갈 궁리만 하고 있을 것이옵니다."

우렁우렁한 목소리의 주인공은 대왕 구부가 이끌고 온 제2차 원군 소속의 젊은 장수 해평이었다. 그는 이번에 동부에서 기병이 아닌 보병 1천을 이끌고 원군에 참여했다. 고국원왕이 전사한 평양성 전투 때 해평이 기병을 이끌고 참여해 백제 장군 목라근자의 전술에 넘어가 대패한 적이 있으므로, 이번에는 동부 욕살 하대곤이 해평에게 기병 대신 보병을 내주었던 것이다.

"청목령을 만만하게 보아서 안 되오."

대장군 고계가 해평의 말을 저지하고 나섰다.

"대장군! 소장을 청목령 전투의 선봉에 서게 해주십시오. 백제군을 단숨에 무찌를 자신이 있습니다."

해평은 물러서지 않았다.

"젊은 장수로서 그 용기가 가상하오. 허나 적과 싸워 이기는 것도 중요하지만, 아군의 희생이 너무 크다면 이기고도 지는 것이나 다름없소. 아군의 피해를 최소한으로 줄이면서 적을 크게 무찌를 수 있어야 훌륭한 장수라 할 것이오."

군사 을두미가 훈계조로 나왔다. 그는 고국원왕이 전사할 때 백제군에게 해평의 기병이 크게 당한 사실을 잘 알고 있었다. 적의 수를 읽지 못하고 무조건 용맹스럽게 쳐들어가는 것은 용기라기보다 만용에 가까웠다.

"군사께선 소장을 믿어주십시오. 아군을 크게 상하지 않고 적을 박살낼 자신이 있습니다."

해평의 확신에 찬 말을 듣고 나서야 군사 을두미도 고개를 끄덕거렸다. 사실상 청목령은 용감한 장수와 날랜 군사들이 절대적으로 요구되는 요새였다. 심한 경사에 성벽까지 탄탄해 불을 보듯 뻔하게 악전고투가 예상되기 때문이었다.

"그 자신감을 믿겠소. 날랜 용사로 가려 뽑아 군사 5천을 내줄 것이니, 선봉장이 되어 청목령을 치도록 하시오. 그러나 거듭 말하지만 아군의 희생이 커서는 안 되오. 치고 빠지는 전략을 잘 구사해서 적을 피로하게 만드시오. 적을 청목령에 묶어놓으라는 것이지, 성벽을 넘어 적을 공략하라는 얘기는 아니오. 이건 군령이오. 명을 어겼을 땐 군법에 의하여 엄벌에 처할 것이니, 그 점을 명심할 수 있겠소?"

"예, 이 해평의 이름을 걸고 명심하겠습니다."

이렇게 하여 해평은 먼저 군사 5천을 이끌고 청목령으로 향했다.

을두미는 해평의 선봉군이 떠나고 나서, 다시 1만의 군사를 뽑아 대장군 고계로 하여금 후군으로 그 뒤를 따르게 했다.

"먼저 떠난 선봉군이 1차로 청목령을 치다 빠지면 그때 후군이 2차로 공격을 감행토록 하시오. 그렇게 성을 점령하지는 말고 반드시 적들을 그곳에 묶어두도록 하시오. 적을 극도로 피로하게 만들어, 부소갑으로 지원군을 보내지 못하도록 하는 작전임을 명심하시오."

을두미가 대장군 고계에게 신신당부를 한 것은 자만심에 들뜬 해평이 경거망동하여 작전을 그르칠까 심히 우려되었기 때문이다.

대왕과 을두미는 군사 2만으로 부소갑 동쪽의 혈로를 뚫었다. 젊은 장수 동관이 선봉장이 되어 기병으로 공격을 가했고, 평양성주 손원휴가 보병을 이끌고 후군으로 그 뒤를 따랐다. 고구려 기병은 파죽지세로 부소갑 동쪽 경계의 백제군을 물리쳤고, 혈로가 뚫리자 손원휴가 이끄는 고구려 보병이 밀물처럼 부소갑으로 쳐들어갔다.

그때 이미 백제 대왕 수는 한성으로 철수한 후였고, 부소갑을 지키던 백제군들은 2만이나 되는 고구려 대병이 들이닥치자 맞서 싸울 엄두를 내지 못하고 후퇴하기에 바빴다.

그런데 고구려군이 부소갑을 점령하고 군대를 정비할 때, 갑자기 뜻하지 않게 청목령으로부터 후퇴하던 백제군에게 기습공격을 받게 되었다. 원래 치고 빠지는 전략으로 청목령의 백제군을 묶어두겠다는 것이 을두미의 전략이었다. 그런데 전공을 세우겠다는 욕심이 강했던 해평은 곧바로 청목령을 들이쳐 성을 함락시키고, 쫓기는 백제군을 추격했던 것이다.

뒤에서 해평의 군사들이 추격하는 데다 먼저 부소갑을 점령한 고구려 군사들이 앞을 가로막자, 청목령에서 후퇴하던 백제군은 졸지에 앞뒤로 적을 두게 되었다. 이렇게 되자 백제군은 사생결단으로 앞을 가로막고 있는 고구려군을 공격한 것이었다.

대왕 구부와 군사 을두미가 이끄는 고구려군은 부소갑을 점령한 기쁨도 잠시, 목숨을 걸고 결사항전을 하는 백제군의 기습공격을 받아 많은 사상자가 발생했다. 중과부적이었던 백제군은 고구려군에게 몰살당했지만, 고구려군 역시 피해가 클 수밖에 없었다.

뒤미처 해평의 군사들이 부소갑에 당도했다. 그의 군사 역시 무리하게 청목령을 공격하는 바람에 선봉군의 태반을 잃었다. 그러나 승전고를 울렸다고 기세가 등등해 달려온 해평은 대왕 구부에게 군례를 올렸다.

"폐하! 청목령을 단숨에 점령하고, 후퇴하는 적들을 몰아붙여 섬멸하였사옵니다."

해평의 보고가 끝나기 무섭게 대왕 옆에 있던 군사 을두미가 소리쳤다.

"그걸 전과라고 보고하는가? 그대 때문에 우리 고구려군이 얼마나 큰 피해를 입었는지 알기나 하는가? 치고 빠지는 전략으로 청목령의 백제군을 묶어두라 일렀거늘, 그대는 전공에만 눈이 어두워 만용을 부렸다. 그대의 만용 때문에 우리 고구려의 많은 군사들이 희생당했다. 그대는 명을 어긴 죄를 달게 받겠는가?"

을두미는 흰 수염까지 부들부들 떨릴 정도로 크게 호통을 쳤다.

"예? 그래도 난공불락의 요새인 청목령을 단숨에 정복하지 않았습니까?"

"너는 이제부터 장수도 아니다. 자신의 실수조차 모르는 자를 어찌 장수라 할 수 있단 말인가? 휘하 군사들을 죽음으로 내몬 장수는 전투에 이겼어도 진정으로 이긴 것이 아니다. 너는 군령을 어겼으므로 그 죄를 받아야 한다. 여봐라, 저자를 끌어내 당장 참수토록 하라."

군사 을두미의 추상같은 명령이 떨어졌다.

그러자 을두미 휘하의 군사들이 달려들어 해평을 끌고 나가려고 했다.

"잠깐! 군사는 제발 화를 푸시오. 그래도 해평 장군이 세운 공도 있질 않소. 공도 있고 과도 있으니, 그것으로 목숨만은 부지할 수 있게 해주시오."

이렇게 나선 것은 대왕 구부였다.

"폐하! 군율을 엄히 다스려야 기강이 바로 서게 되옵니다."

을두미는 양보하려고 들지 않았다.

"군사! 그래도 일당백의 무술을 자랑하는 장군의 목숨을 거두는 것은 우리 고구려에 큰 손실이 아니겠소? 짐이 대신 용서를 구하겠소."

이 같은 대왕의 말을 듣고 나서야 을두미는 화를 누그러뜨렸다.

"해평 장군은 잘 들어라. 폐하께서 그대 목숨을 구해 주셨으니 충성을 다하도록 하라."

을두미도 대왕의 청만은 받아들이지 않을 수 없었다. 사실 해평의 목을 베라고 했지만 그럴 생각까지는 없었다. 분명히 대왕이 말릴 것을 알고 일부러 더 호통을 쳐서 경각심을 심어주려 했던 것이다.

부소갑을 점령한 대왕 구부는 질 좋은 인삼을 골라 봉물짐을 만들게 했고, 국내성으로 돌아와 곧바로 전진의 부견에게 사신을 파견했다. 고구려와 전진 사이에 정식으로 인삼 교역이 이루어지도록 하기 위한 외교 전략이었다.

제2장

도둑떼들

1

　폭풍우가 할퀴고 간 자리에 남은 것은 강과 하천의 범람으로 유실된 농토의 흔적과 가재도구들이 부서져 쌓인 잡동사니 쓰레기들, 그리고 뿌리 뽑힌 나무들의 앙상한 잔해뿐이듯이, 전쟁은 승패를 떠나서 피아간에 막대한 상처를 남기는 폭풍우와 다를 바 없었다. 이기든 지든, 어찌 되었거나 전쟁은 수많은 인명 손실과 막대한 물자를 잃는 피해를 입혔다.

　고구려는 실로 오랜만에 평양성에 쳐들어온 백제군을 물리치고, 내친김에 부소갑까지 탈환하는 대승을 거두었다. 그러나 그것이 대왕 구부에게는 부왕의 한을 풀어주는 통쾌한 복수극일 수 있었지만, 젊은 자식들을 전쟁터로 내보내고 흉년임에도 군량미를 나라에 바쳐야 했던 백성들에게는 뼈에 사무치는 아품과 삶의 고통을 수반하는 일이었다.

흉년에 원인 모를 유행성 질병이 겹치고 전쟁까지 겪게 된 고구려 백성들은 해를 넘기면서 전쟁보다 더한 가난과 싸움을 하지 않으면 안 되었다. 기아에 허덕이는 겨울은 몹시 춥고 길었다.

겨우내 눈도 오지 않아 보리밭에 시퍼렇게 나온 싹들이 그대로 얼어 죽었다. 한해寒害를 방지하기 위해서는 보리를 밟아주어야 했지만, 보리에게 이불 역할을 해주어야 할 눈마저 오지 않으니 그 수고 또한 부질없는 짓으로 간주될 수밖에 없었다. 시도 때도 없이 마른번개만 요동쳐서 백성들의 가슴은 천벌이라도 내리는 게 아닐까, 조마조마하게 타들어 가기만 했다.

대왕 구부가 왕위에 오른 지 8년이 되는 378년은 재위 기간 중 최대의 위기였다. 백제와의 전쟁에서 승리를 거두긴 했으나, 그 후유증은 날로 심각한 상황으로 악화되어 갔다.

백성들이 춘궁기를 어렵게 견뎌내 보리 수확기를 맞았으나, 평년에 비하면 반타작도 안 되는 수확량이었다. 전쟁을 치르느라 나라에도 국고가 비어 백성들에게 구휼미조차 나눠줄 수 없었다.

이렇게 되자 여름으로 접어들면서부터 굶어 죽는 백성들이 속출했고, 기아를 이기지 못한 농민들은 도끼와 작두, 쇠도리깨를 들고 산속으로 숨어들어 도둑떼가 되었다. 여기저기서 도둑떼들이 들끓기 시작했지만, 나라에서도 미처 손을 쓸 수 없었다.

추수가 사는 개마고원의 말갈부락에도 농토를 버리고 무작정 산속으로 떼를 지어 들이닥친 농민의 무리가 많았다. 흉년으로 인해 먹을 것이 없으므로, 산나물과 약초를 채취하거나 산에 사는 날짐승을 잡아먹고 그 가죽을 팔아 생계를 이어가자는 막연한 생각으로 몰려든 사람들이었다.

그러나 농촌이 흉년이면 산속에 사는 사냥꾼도 당연히 그 영향을 받을 수밖에 없었다. 사냥을 해서 얻은 초피를 팔아 식량을 구해야 하는데, 거듭되는 흉년이라 돈을 자루로 가져간들 먹을거리를 구할 길이 없었던 것이다.

오래도록 개마고원 지대에 뿌리내리고 살던 말갈족들도 산속으로 들어온 고구려 유민들로 인하여 날로 인심조차 사나워졌다. 먹고살기 힘들어지자 서로 약탈을 일삼는 도둑으로 변하였고, 심지어는 몰래 남의 어린아이를 훔쳐다 가마솥에 삶아먹는 일까지 벌어졌다. 그러다 보니 이웃 간에도 서로 앙숙이 되어 연일 싸움질을 하고, 집을 불태우고, 살인을 저지르는 일이 비일비재하게 일어났다.

이때 추수는 마음을 다잡고 살아보려 애썼지만, 그로서도 무슨 뾰족한 방안이 없었다. 이대로 가다가는 말갈족도 고구려 유민도 살아남을 수 없으니 무슨 방도든 살아갈 길을 찾아야만 했다. 그러나 사냥 이외에는 달리 묘수가 없었다.

여름철이라 숲이 너무 우거져 사냥을 하기 어려웠지만, 오소리고 담비고 보기만 하면 투창이라도 날려 한 끼 식량의 고기를 확보해야만 했다. 그래서 추수는 사냥꾼 마을 청장년들을 동원해 매일같이 산속을 헤매고 다녔다.

때마침 그 무렵, 하가촌의 하대용 상단을 따라갔다가 돌아온 말갈족 청년이 개마고원의 사냥꾼 마을을 찾아왔다. 그는 전부터 추수와도 잘 알고 지내던 사이였다.

"형님 소식을 뒤늦게 들었습니다. 하 대인 상단을 따라 멀리 서역까지 다니다 보니 형님 소식을 이제야 듣고 달려온 것입니다."

"탁보로구나! 이렇게 만나니 반갑다. 그런데 어찌 하가촌에서 내 소식을 들었단 말이냐?"

추수는 반가움에 탁보의 어깨를 부둥켜안았다.

"을두미 사부님이 하가촌으로 돌아오셨습니다."

"그래? 오래전에 나하고 이곳 말갈부락 무술도장으로 들어오셨는데, 곧바로 왕태제 전하가 나타나 국내성으로 모셔 갔지. 소문으로 들으니 국상이 되셨다고 하더니⋯⋯."

깊은 산속에 묻혀 있으므로 추수는 말갈부락 밖의 소식을 잘 접할 수가 없었다.

"그러면 작년 초겨울에 을두미 사부님이 고구려 군사軍師가 되어 평양성 전투에서 백제군을 크게 무찌른 일도 모르고 계시겠군요?"

탁보의 말에 추수는 크게 놀랐다.

"백제가 평양성을 쳐들어와서 대왕 폐하가 원군을 이끌고 가 크게 물리쳤다는 얘기는 들었다만. 그 전투에 을두미 사부님이 참여하셨다는 것은 모르고 있었네."

추수는 오래전 평양성 전투에서 백제군 화살을 맞고 자신의 왼쪽 눈을 잃은 기억을 떠올렸다. 그 원수를 사부 을두미가 갚아준 셈이니, 그로서는 실로 감개가 남다를 수밖에 없었다.

"을두미 사부님은 평양성 전투를 치르신 후, 그 후유증인지 겨우내 몸져누우셨다고 합니다. 그래서 올봄에 관직에서 물러나 하가촌으로 돌아오신 것입니다."

"그래, 지금 사부님의 건강은 어떠하신가?"

"전보다 연로하셔서 기력이 좀 떨어지긴 하셨지만, 여전히 하가촌 도장에서 장정들에게 직접 무술을 지도하실 만큼 강건하십니다. 사실은 하 대인께서 을두미 사부님을 부르신 것입니다. 그때 을두미 사부님도 이젠 정사政事에서 떠날 때가 됐다고 생각하신 모양입니다."

"음, 그렇다면 곧 사부님을 뵈러 가야겠군! 그런데 하가촌에서는 자네 이외에 나에 대해 아는 자들이 또 있는가?"

추수는 자신의 정체가 하가촌을 통해 국내성의 이런 왕태제와 동궁빈에게 알려질 것이 두려웠던 것이다.

"그렇지는 않습니다. 제가 형님에 대해서 안 것도 을두미 사부님을 통해서였습니다. 을두미 사부님도 형님 얘기는 누구에게든 비밀로 해달라고 제게 신신당부를 하셨습니다."

탁보를 통하여 추수는 말갈부락에서는 접할 수 없었던 세상 이야기들을 두루 들을 수 있었다. 서역의 이야기에서부터 저 중원 땅에서 벌어지는 여러 나라들에 관한 최근 소식까지 접하자, 산속 생활을 청산하고 대처로 나가고 싶은 마음이 굴뚝같았다.

추수는 그런 이야기를 들으면서 몸부터 근질거리기 시작했다. 너무 오래도록 산속에 묻혀 사냥을 하거나 무술만 익혔다고 생각했다.

"내일 당장 하가촌 도장으로 을두미 사부님을 만나 뵈러 가야겠다."

추수는 은근히 가슴부터 뛰었다.

다음 날, 날이 밝기 무섭게 추수는 탁보와 함께 하가촌 도장으로 을두미를 만나러 가기 위해 말갈부락을 떠났다. 추수의 걸음은 빨랐다. 그러나 탁보는 길을 줄이는 데 있어서는 그보다 한 수 위였다. 재재바르지 않고 뚜벅뚜벅 걷는 것 같은데 추수가 서둘러 발을 놀리지 않으면 탁보가 벌써 저만큼 앞서가곤 했던 것이다.

그렇게 두 사람 다 빠른 걸음이었지만, 말갈부락에서 이틀을

꼬박 걸려서야 겨우 하가촌 무술도장에 도착할 수 있었다. 추수는 을두미를 보자 땅에 엎드려 큰절부터 올렸다.

"사부님……."

추수는 더 이상 말을 잇지 못하였다. 무언가 울컥, 하는 감동이 그의 가슴에 덩어리로 뭉치면서 목구멍을 꽉 틀어막았던 것이다. 그 순간 하나뿐인 그의 오른쪽 눈에 물기가 맺혔다.

"일어나거라! 사내대장부가 울 일이 따로 있지. 허허헛. 햇살이 뜨거우니 저기 정자 그늘로 가서 그동안 못 나눈 얘기나 하자꾸나."

을두미는 앞장서서 정자로 향했다.

정자 아래 너른 마당에선 장정들이 한창 무술 연습을 하고 있었다.

"옛날 생각이 나는군요. 여전히 이곳 도장은 변함이 없는 것 같습니다."

추수는 문득 옛날 무술사범 시절을 떠올렸다. 지금은 동궁빈이 된 연화와 함께 장정들을 가르치던 때가 그리웠다.

"그렇지 않아. 네가 말갈부락으로 떠나고 나도 국내성으로 간 후에는 이곳 도장도 문을 닫았지. 그런데 하 대인께서 이번에 무술이 뛰어난 장정들을 더 길러내야 한다면서 나를 부르신 게야. 요즘 들어 도처에서 도둑떼들이 기승을 부리니, 상단도 그들에 대항하기 위해선 무술에 뛰어난 장정들이 무엇보다 필요한 때지. 이제 다시 새롭게 도장을 연 마당이라. 네가 보아도 알겠지만 장정들의 무술 실력이 저 모양이지 않느냐?"

"사부님이 가르치시니 곧 좋아지겠지요."

추수가 보기에도 장정들의 무술 동작들이 조금 어설퍼 보였다.

"그래, 네가 평양성에서 데려온 업복이는 잘 크고 있느냐?"

을두미가 시선을 여전히 무술 연습을 하던 장정들에게 보낸 채 추수에게 물었다.

"예, 업복이를 기억하고 계시는군요?"

"내가 이름을 지어줬는데 기억하고말고. 그 아이가 올해 몇 살이던가?"

"올해 아홉 살입니다."

"벌써 그렇게 됐나?"

"예, 이젠 산사람이 다 돼서 날래기가 담비 같습니다. 나무를 잘 타고, 울창한 삼림 속에서도 산비탈을 평지처럼 오르내립니다."

"흐허, 헛! 누구 아들 아니랄까 봐서."

을두미가 추수를 쳐다보며 빙그레 웃었다.

"누구 아들이라니요?"

"자네가 젖먹이 아이를 데려온 장본인이니, 자네 아들 아니겠나?"

"허긴, 업복이가 저를 아비처럼 따릅니다. 실제로 그렇게 부르고 있구요."

"장가도 안 가고 아들이 생겼으니 이를 어찌한다?"

"이런 애꾸눈한테 누가 시집이나 오려고 들겠습니까?"

추수는 자신의 왼쪽 눈을 가리키며 쓸쓸하게 웃었다.

"애꾸눈? 눈 한쪽이 어때서? 두 눈으로 보는 것보다 어쩌면 세상을 보는 데는 외눈이 더 정확할지도 몰라. 두 눈을 가지고 있으면, 한쪽 눈은 한눈을 팔기 십상이거든. 자네는 앞으로 무서운 일목장군이 될 게야."

"예에? 일목장군이라니요?"

"허허허! 눈 하나를 가졌으니 일목一目인 게지. 아니 그런가?"

을두미는 옆에 서 있는 탁보에게로 시선을 주었다.

"추수 형님이야 옛날부터 알아주는 특급 무사 아닙니까? 사부님께서 제일로 아끼는 제자이기도 하구요."

탁보의 말에 을두미는 파안대소를 했다. 탁보의 말처럼 '제일로 아끼는 제자'를 오랜만에 만나니, 기분이 매우 좋았던 것이다.

2

을두미가 추수를 부른 까닭을 털어놓은 것은 저녁을 겸한

술상을 마주하고서였다. 곁에서 탁보가 술시중을 들었다. 술이 한 순배 돌고 나서, 을두미는 먼저 요동치듯 변하고 있는 작금의 세상에 대해 추수와 탁보에게 두루 들려주었다.

전진의 부견은 불과 얼마 전에 남양까지 함락하여 동진을 크게 위협하고 있다고 했다. 이미 전진의 세력은 남양 북동쪽의 산동까지 뻗어나가고 있어, 그 일대에서는 대대적인 건축 공사들이 벌어지고 있다는 것이었다. 한꺼번에 공사가 벌어지면서 목재가 모자라, 사방 각지에서 벌목꾼들이 뗏목을 실어 나른다고 했다. 그 덕분에 산동지역에서는 목재상들이 제법 짭짤한 수익을 올리고 있다는 소문이었다.

원래 산동은 백제가 점령해 세력을 과시하던 지역이었다. 그런데 전진이 연나라를 정복하고 점차 그 남쪽으로 세력권을 뻗치면서 요서를 차지하고 있던 백제 세력은 일대 위기에 봉착했다.

더구나 연나라가 멸망할 때 전진으로 망명한 모용황의 다섯째 아들 모용수가 부견의 신임을 얻어 장군이 되면서 상황은 전보다 많이 달라졌다. 그는 선봉장이 되어 동진을 치는 것은 물론, 연나라 남방의 백제 세력까지 위협하는 등 크게 위세를 떨치고 있었다.

이렇게 되면서 산동 일대는 전진과 연나라 유민 세력들이 장악하여, 그동안 전쟁으로 허물어지고 잿더미가 된 성채를 구축

하느라 목재들을 다량으로 구입하고 있었다. 때마침 산동반도 일대의 발해만과 서해에서 백제 세력이 물러가면서 고구려도 해로를 통한 중원과의 교역로가 점차 활성화되어 가고 있는 중이었다.

"내가 이곳으로 돌아온 것은 따로 계획해 둔 것이 있어서다. 이제 그만 정사에서 손을 뗄 때도 됐고, 하 대인의 부름도 있고 해서 온 것이긴 하다만…… 그러나 그보다 먼저 기아에 허덕이는 백성들을 살릴 방도를 마련하기 위한 목적이 더 컸다. 물론 하 대인의 지원 없이는 안 되는 일이긴 한데, 나는 바야흐로 지금이야말로 바닷길을 통해 전진과 교역을 할 때가 됐다고 생각한다. 서해와 발해만에서 백제 세력이 약화된 데다 전진이 남양을 거쳐 산동까지 넘보고 있어, 우리 고구려와 해로를 통한 교역이 전보다 훨씬 수월해졌다. 전진과의 교역에서 내가 생각해 둔 우리 고구려의 물목은 세 가지다. 첫째는 작년에 우리 고구려가 탈환한 지역인 부소갑에서 생산되는 인삼의 교역이고, 둘째는 태백산(백두산)의 적송들을 벌목하여 뗏목으로 산동반도까지 이송해 목재로 파는 일이다. 그리고 셋째는 너희들도 잘 알다시피 예전부터 서역이나 중원과의 대표적인 교역품으로 알려진 초피를 이제부터 초원로가 아닌 해로를 통해 교역하려고 한다. 이미 나는 국내성을 떠나 이곳으로 올 때 대왕 폐하께 그 세 가지 물목의 교역에 대해 진언을 드렸고, 폐하께서 그 물목들에 대한 교역권을 내게 일임하셨다. 나는 그 교역권을 하 대인에게 주기로 했다. 그 대신 하 대인은 태백산 적송들을 벌목하고 그것을 뗏목으로 만들어 실어 나르는 인부들 삯을 내놓기로 했지. 내가 네게 맡기려는 것은 적송으로 엮은 뗏목을 압록강을 통해 바다 건너 산동까지 옮기는 일이다. 나는 거기서 목재 판 돈으로 곡물을 사서 배에 싣고 귀국하여 기아에 굶주리는 우리 백성들을 살리려고 한다. 그런데 한 가지 근심이 되는 것은 백제 세력의 해상권이 약해지면서 최근 발해만과 서해 북부 쪽에서 해적들이 자주 출몰한다는 것이다. 따라서 뗏목에는 무술이 뛰어난 자들을 태워야 할 것이다. 추수야, 네가 그 일을 맡아주어야겠다. 네 무술 실력이면 해적들쯤은 능히 무력화시킬 수 있을 것이라 생각한다."

을두미가 추수의 눈을 똑바로 바라보았다.

추수는 떨려오는 가슴을 어쩌지 못했다. 평양성 전투에서 눈 하나를 실명한 후 그는 오래도록 허망한 세월을 보냈다. 자신의 막막한 미래와 시르죽은 강물처럼 흐르는 세월을 한탄하고 저주했다. 선왕(고국원왕)을 제대로 보필하지 못하여 백제군의 화살에 맞아 전사케 한 것이 바로 그 자신이라고 생각하며, 그런 자책감과 함께 자기 혐오감에서 벗어나지 못해 오랜 세월 동안 가슴앓이만 해왔다. 그런데 어둠의 질곡을 헤매던 추수에게 새로운 빛을 던져준 것이, 바로 방금 그에게 들려준 사부 을두미의 말이었던 것이다.

"사부님, 바로 제가 바라던 일입니다. 오래도록 깊은 산속에서 무술 연마만 했더니 도무지 몸이 근질거려 배길 수가 없었습니다. 최근 고구려 유민들이 개마고원의 말갈부락으로 들이닥치면서 잦은 소요도 일어나곤 합니다. 먹을 것이 귀하게 되자 남의 아이를 훔쳐다 삶아 먹는 일까지 벌어졌습니다. 그러니 말갈족과 고구려 유민들 사이에 자주 충돌이 일어나는 것은 당연할 수밖에요."

추수의 말에 을두미는 적이 놀라는 눈빛이었다.

"뭐라? 아이를 훔쳐다 삶아 먹어? 아무리 배가 고프기로 천륜을 어기다니? 허허, 난세로다, 난세야! 인두겁을 쓰고 어찌 그런 일을……."

"사부님, 정말 큰일입니다. 북방 초원로도 살벌합니다. 하늘이 노하면 농사만 흉년드는 게 아닙니다. 계속되는 가뭄으로 초원의 풀들이 말라 죽으니 가축들조차 뜯어 먹을 게 있어야지요. 유목민들도 가축들에게 풀을 뜯기지 못해 죽을 맛이라고 합니다. 먹을 것이 없자 여기저기서 픽픽 쓰러져 죽는 가축들이 늘어갑니다. 그러다 보니 유목민들이 먹고살기 위해 마적으로 변했고, 그들이 도처에서 출몰해 대상들을 덮치는 바람에 장사하기도 힘듭니다. 하 대인께서 다시 바다를 통한 무역을 시작하려고 하는 것도 바로 그러한 이유 때문입니다. 때마침 이번에 사부님께서 하 대인에게 해로를 통한 교역을 할 수 있도록 해주셔서, 이젠 우리 상단도 초원길보다 해로를 통하여 더 수월하게 장사를 할 수 있게 되었습니다. 그런데 초원로에 마적이 들끓듯이 바다에는 해적들이 출몰한다고 하니, 어디를 가나 도적떼들 때문에 걱정이군요."

가만히 듣고만 있던 탁보의 말이었다.

"추수야, 너는 다시 말갈부락으로 돌아가 벌목꾼과 뗏목을 탈 장정들을 이끌고 오너라. 배불리 먹이고 임금도 넉넉히 주겠다면 모두들 따라나서겠지. 하 대인의 창고에는 곡식이 충분히 쌓여 있으니, 인부들 끼니 거를 일은 없을 것이다. 다만 해적들을 상대하려면 무술에 뛰어난 자들로 가려 뽑아야 한다. 알겠느냐?"

"그런 일이라면 염려 마십시오. 말갈부락엔 날랜 사냥꾼들도 많고, 사부님이 국내성으로 떠나고 난 후 제가 개마고원 산속 도장에서 무술을 가르친 장정들도 기십 명에 이르니까요. 일당백의 솜씨를 가진 자들이니, 웬만한 해적들은 가볍게 물리칠 수 있을 것입니다."

추수의 말에 을두미는 흡족한 미소를 지었다.

"내가 없는 동안 개마고원 도장을 잘 운영했구나. 너를 만나기 전까지도 걱정이 좀 되었는데, 이젠 해적에 대해서는 한숨 돌려도 되겠군. 뗏목을 타면서 앞으로 바닷길을 잘 익혀두도록 해라. 고구려가 강성해지려면 바다를 장악해야 한다. 해양을 경영할 수 있어야 육지 경영도 수월해진다. 고구려는 북서쪽으로 대륙을 접하고 있고, 동쪽과 남서쪽으로 바다를 끼고 있다. 바다가 안전해야 서쪽으로 요동지역의 선비족을 제압하기가 유리하다. 선대왕 때 한동안 백제가 해양을 경영했기 때문에, 우리 고구려가 요동 진출을 하는 데 큰 걸림돌로 작용했었다. 다행히 근초고왕의 뒤를 이어 아들 수가 왕위에 오른 이후, 백제는 바다 경영에 소홀했다. 근초고왕이 재위 시절 요서지역을 경략할 수 있었던 것은 바다를 장악하고 있었기 때문에 가능한 일이었다. 그러나 그 아들 수가 우리 고구려를 얕잡아보고 북진정책을 쓰면서 요서지역을 외삼촌 진정에게 맡겨놓은 것이 큰 실수였다. 원래 근초고왕은 형에게 요서지역을 맡겼었는데, 조정좌평 진정이 함부로 권세를 부려 백성들의 원성을 사게 되자 요서지역으로 보내버렸지. 그런데 진정은 요서지역에 가서도 근초고왕의 형과 세력 다툼을 벌여 내분을 일으키는 바람에 점차 바다에서 백제 세력의 영향력이 약화되었다. 그러다 보니 전진의 세력에 밀려 백제는 요서지역의 경영에 어려움을 겪을 수밖에 없었던 것이지. 추수야, 내가 너를 바다로 내보내는 것은 단순하게 장사나 시키려는 데 목적을 두고 있지 않다. 네가 바다를 익혀 앞으로 고구려가 해양으로 뻗어나는 길을 닦아야 할 것이야. 너에게 우리 고구려의 해로 개척에 대한 막대한 임무가 주어진 것임을 알아야 한다. 우리 고구려가 바다를 장악하게 되면 백제도 꼼짝 못하게 되지. 그렇게만 된다면 대륙의 선비족들도 요서와 요동을 감히 넘보지 못할 것이야."

을두미의 말을 들으면서 추수는 너무 감동하여 가슴까지 울렁거렸다.

"사부님 말씀을 들으니 갑자기 세상이 확 밝아지는 기분입니다. 저는 그동안 바보처럼 어둠 속에서 살았습니다. 눈 하나를 잃었다고 세상을 제대로 보지 못했습니다. 이제야 제가 장차 무슨 일을 해야 할지 알겠습니다. 사부님, 미욱한 제게 마음의 눈을 뜨게 해주셔서 고맙습니다."

추수는 벌떡 일어나 을두미에게 큰절을 올렸다.

다음 날, 추수는 개마고원 말갈부락으로 돌아갔다. 그는 우선 말갈부락과 산속 도장의 장정들을 불러 모아 태백산 적송을 벌목하는 인부들과 뗏목을 탈 사람들을 선발했다. 주로 말갈부락의 장정들은 벌목꾼으로, 도장의 무술이 뛰어난 장정들은 뗏목꾼으로 지원했다. 며칠 안 되어 백여 명을 헤아리는 장정들이 모였다. 그중 일부는 먹고살 길을 찾아 무작정 말갈부락으로 들어왔던 고구려 유민들도 섞여 있었다.

곧 장정들과 함께 말갈부락을 떠나게 된 추수는 이제 겨우 아홉 살인 업복을 어찌해야 할지 고민이었다. 일단 산속의 도장도 폐쇄해야 하므로, 말갈부락에 아이를 맡겨놓아야겠다고 생각했다.

그런데 막상 업복에게 그 이야기를 꺼내자, 자신도 같이 따라가겠다며 추수의 옷소매를 붙잡고 늘어졌다.

"업복아! 우리가 일을 하러 가는 지역은 거친 바다고, 더구나 해적들이 출몰하는 매우 위험한 곳이란다. 너 같은 어린아이는 갈 곳이 못돼!"

"아버지! 나도 싸울 수 있어. 그깟 해적쯤 무섭지도 않아."

업복은 떼를 썼다. 그러면서 자신의 실력을 직접 보여주겠다고 했다.

"뛰어가는 산토끼 정도 잡는 실력으론 안 된다."

추수는 업복의 실력을 모르지 않았다. 아홉 살의 어린 나이에도 불구하고 그는 짱돌 던지기 명수였다. 산비탈을 담비처럼 날래게 오르내리며 짱돌로 산토끼를 여러 마리 잡은 적이 있었다. 뿐만 아니라 무엇이든 던지기에는 명수여서 수리검도 잘 날렸다. 활쏘기에서도 여느 장정 못지않은 실력을 갖고 있었다. 그러나 해적이 들끓는 전장이나 다름없는 곳으로 어린아이를 데리고 갈 수는 없었다.

"허헛, 참! 안 된대도 그러는구나. 네가 저 장정들처럼 크면 데리고 가겠다. 그때까진 이곳에서 사냥꾼 아저씨들을 따라다니도록 하거라."

추수는 억지로 업복을 말갈부락 아주머니에게 맡기고 장정들과 함께 곧 하가촌 도장을 향해 떠났다.

장정 백여 명을 이끌고 추수는 압록강에 이르렀다. 배를 타고 건너가면, 거기에 하가촌 도장이 있었다. 그런데 나루터에는 작은 배 한 척뿐이어서, 여러 번 나누어 타고서야 일행이 모두 강을 건널 수 있었다.

오후부터 여러 차례 장정들을 실어 나르고, 저녁 무렵 마지막 배가 뜨려고 할 때였다. 뒤늦게 살쾡이처럼 산비탈을 타고 내려온 업복이 강변으로 달려와 배 안으로 뛰어들었다.

"엇! 네가 어쩐 일이냐?"

장정들 가운데 도장에서 같이 무술을 배우던 자가 업복을 알아보고 물었다.

"나도 따라갈 거예요."

"허허! 네 아버지가 알면 경을 칠 것이다."

이때 추수는 가장 먼저 떠나는 배로 강을 건너갔기 때문에, 마지막 배에는 장정들밖에 없었다.

"지금이라도 늦지 않으니 배에서 내려 부락으로 돌아가거라."

"위험한 곳에 너 같은 어린애가 어떻게 가겠다는 거냐?"

장정들이 한두 마디씩 했다. 그러나 업복은 끝내 배에서 내리지 않았다.

"이러다가 날 어두워지겠다. 할 수 없지, 뭐. 강을 건너가면

제 아비가 알아서 할 일이지. 어서 노를 저어라."

장정들 가운데 가장 나이 많은 자가 소리쳤다.

결국 장정들은 업복을 배에 태운 채 강을 건널 수밖에 없었다.

3

고구려 서북쪽 변경 마을은 황사먼지로 인하여 싯누런 하늘을 머리 위에 떠받치고 있었다. 추수를 끝낸 가을 들판도 온통 흙먼지를 뒤집어쓰고 있어, 바람이 불면 누런 먼지와 함께 땅에 깔린 허접한 쓰레기들까지 풀썩이며 날려 황량하기 그지없었다. 땅과 하늘을 구분할 수 없을 정도로 황사먼지가 자욱하게 끼는 날도 있었다. 바로 그런 어느 날이었다.

"비적이다! 도둑떼가 몰려온다!"

농부들 가운데 누군가가 서북쪽 하늘을 가리키며 소리쳤다.

들에 나와 추수를 마무리하기 위해 바쁘게 일손을 놀리던 농부들은 그 소리에 놀라 황사먼지 자욱한 하늘을 쳐다보았다.

농부들은 모두들 일손을 멈추고 서북쪽을 향해 귀를 기울였다. 황사먼지가 일어나는 언덕 너머에서 떼 지어 달리는 말굽소리가 희미하게 들려왔다.

"거란의 도적놈들이다. 탈곡한 곡식부터 숨기자."

농부들은 각자 집으로 달려가기에 바빴다.

"끼야호!"

"우우우!"

얼마 지나지 않아 비적 떼들이 저 멀리 야산의 언덕 위로 모습을 드러냈다. 그들은 휘파람을 불고 이상한 소리를 질러대며 마구 말채찍을 휘둘러댔다. 말이 달릴 때마다 우쭐대는 그들의 머리와 어깨 위로 칼을 번쩍 치켜든 모습은 마치 흙먼지를 몰고 거세게 몰아닥치는 폭풍우 같았다.

마을로 뛰어든 비적들은 둥그스름하게 휘어진 월도를 휘두르며 고구려 변방 백성들을 위협했다. 초승달처럼 생겼다 하여 이름 붙여진 월도는 칼날이 예리하여 좌우로 휘두르면 한꺼번에 두세 명도 베어 넘길 수 있었다. 그들은 또한 도끼날 같은 무기와 나무 자루에 쇠사슬로 끈을 매단 쇠공이 형상의 철퇴를 휘두르며 닥치는 대로 사람을 베고 머리통을 깨부수었다. 어른이고 아이고 사정 두지 않고 잔인하게 살해했다.

남자들은 무조건 죽였고, 젊은 여자들은 겁탈하거나 밧줄로 묶어 끌고 갔다. 집 안으로 들이닥쳐 철퇴로 문을 부수고, 곡식이며 가축들을 탈취해 말이나 마차에 실었다. 붙잡힌 젊은 여자들은 곡식과 함께 짐짝처럼 마차에 실렸다. 뿐만 아니라 횃불을 만들어 집에 불을 지르고, 시체들을 그 불구덩이 속에 던져 태워버렸다.

그래서 거란의 비적들이 지나간 자리는 불탄 흔적밖에 남지 않았다. 불이 덜 탄 자리에선 연기만 꾸역꾸역 피어올랐다. 바람이 불 때마다 검은 재가 날려 마을과 들판을 회색 먼지로 물들였다.

고구려 북변을 경계로 하여 부여와 거란이 자리 잡고 있었다. 부여는 오랜 세월에 걸쳐 송화강을 중심으로 광활한 영토를 경영해 왔었다. 그러다가 요하 서쪽에서 세력을 키운 선비족에게 밀리고 남쪽의 고구려가 치고 올라오면서, 북쪽으로 흐르는 강 하류의 땅을 차지한 채 겨우 그 명맥을 유지해 오고 있었다.

거란은 고구려 서북쪽과 부여의 서남쪽에 자리 잡은 새로운 세력이었다. 요하 상류와 대흥안령산맥을 넘나들던 유목민들이었는데, 점차 정착하여 곳곳에 군집 형태의 마을을 이루어 살아가고 있었다. 그들은 흉노의 잔류 세력과 몽골 부족이 한데 뒤섞여 살아온 족속들이었다. 아직 국가 규모는 갖추지 못했고, 마을마다 족장들에 의해 다스려지는 수준에 불과했다.

거란족은 유목민 출신이라 말을 잘 탔고, 흉년이 들면 남쪽 경계에 있는 고구려의 농촌 마을을 습격하여 곡식과 여자들을 탈취해 갔다. 그래서 추수철이 되면 북쪽으로부터 말을 탄 거란의 비적들이 나타나 고구려 마을을 쑥대밭으로 만들어놓곤 했던 것이다.

고구려 대왕 구부가 즉위한 지 8년이 되는 378년 9월, 거란은 고구려 서북변의 8개 마을에 침투하여 온갖 약탈을 일삼았다.

그렇게 비적 떼들이 막 휩쓸고 지나간 마을로 말을 탄 무사하나가 들어서고 있었다. 부여로 무명선사를 찾아 나섰던 소진이었는데, 여전히 남장을 한 채 부여의 여러 산을 헤매다 어느 날 남쪽 경계에 있는 고구려 서북변 마을을 찾게 된 것이었다.

바짝 마른 길에선 흙먼지만 피어오르고, 불에 탄 집들은 폭삭 무너져 바람이 불 때마다 재티만 풀풀 날아다녔다.

"이럴 수가……!"

소진은 놀라움으로 벌어진 입을 다물지 못했다. 가는 곳마다 비적들이 훑고 지나간 흔적만 잿더미로 남아 있을 뿐이었다. 인적이라곤 찾아보기 어려웠다.

그런데 소진이 마을에 막 도착했을 때였다. 어느 집에선가 여자의 앙칼진 비명이 들려왔다. 대부분 불에 탄 집들이었으므로, 온전한 형태를 갖추고 있는 집은 금세 찾을 수 있었다. 여자의 비명은 바로 그곳에서 들려오고 있었던 것이다.

비명이 들려오는 집으로 소진은 급히 말을 몰았다. 말을 탄채로 사립문이 활짝 열려 있는 마당까지 들어섰다. 마당에는 세 마리의 말이 주인도 없이 서성이고 있었다. 비적들의 말이 틀림없었다.

말에서 뛰어내린 소진은 칼을 빼어들고 집 안으로 뛰어들었다. 비명은 부엌 쪽에서 들려왔다. 부엌에선 비적들 세 명이 여자 하나를 겁탈하고 있었다. 두 놈은 여자의 팔과 다리를 각기 붙들고 있었고, 한 놈은 배 위에 올라탄 채 한창 엉덩이를 들썩거리며 용을 써대고 있었다. 그걸 보며 여자의 손과 발을 붙들고 있는 두 놈은 낄낄대고 웃었다.

"이놈들, 꼼짝 마라!"

부엌 문 앞에서 소진은 칼을 겨누며 소리쳤다.

아직 변성기가 되지 않은 앳된 소리에 비적들은 상대를 만만하게 보았다. 여자의 손을 붙잡고 있던 한 놈이 발을 붙잡고 있는 놈에게 뭐라고 씨부렁거렸다. 그러자 등을 보이고 있던 놈이 일어나 칼을 빼어들며 소진에게 대들었다.

칼을 휘두르는 소진의 동작은 민첩했다. 두 번도 긋지 않고 한 칼에 비적 한 놈을 요절냈다. 얼굴에서 왼쪽 가슴 사이로 비껴 칼이 지나가면서 피가 튀었다. 놈은 칼을 맞아 뒤로 벌렁 나가떨어지면서 여자의 배에 올라타고 있던 놈의 등 위로 무너졌다.

나머지 비적 둘은 갑자기 바빠졌다. 여자의 손을 붙들고 있던 놈이 칼을 빼어들고 덤볐고, 여자의 배 위에 있던 놈은 바지를 추스를 겨를도 없이 얼떨결에 일어나 칼로 방어 자세를 취했다.

일단 놈들은 여자의 몸에서 떨어져 소진을 향해 칼을 겨누었다. 바로 그때 부엌 한쪽 구석에서 아기 울음소리가 들려왔다. 부엌 바닥에 누워 있던 여자는 본능적으로 몸을 날려 아기를 감싸 안았다.

소진은 여자와 아기를 보호하려면 비적 두 놈을 부엌문 밖으로 끌어내야겠다고 생각했다. 그래서 마당으로 나오면서 소리쳤다.

"이놈들아, 넓은 데서 겨루자!"

비적 두 놈도 그 뜻을 알아채고 부엌에서 뛰어나왔다.

마당에서는 비적 두 놈이 소진을 상대로 하여 칼싸움을 벌였다. 비적들의 둥그런 월도는 소진도 처음 보는 무기였다. 놈들은 몸을 빙그르르 돌면서 칼을 휘둘렀는데, 그 기세라면 두세 명도 한꺼번에 베어 넘길 수 있을 것 같았다. 그러나 소진의 칼은 일직선으로 뻗어 있어서 베는 것보다 찌르는 데 더 유리했다.

두 놈은 숨 돌릴 사이 없이 소진을 향해 공격을 가해 왔다. 소진의 첫 번째 목표는 여자를 겁탈하다 바지춤도 제대로 여미지 못한 놈이었다. 바지가 자꾸 흘러내리자 한 손으로 허리춤을 움켜잡고 다른 한 손으로 칼을 휘두르는데, 그러다 보니 발놀림이 자유롭지 못했다.

소진이 무술 사부 우적에게서 배운 것은, 여러 명과 싸울 때 첫 번째 목표로 정한 자를 제거하기 위해서는 그 반대에 있는 자를 먼저 공격하는 척하면서 방심한 틈을 노려야 한다는 것이었다. 그런 가르침에 따라 소진은 바지의 허리춤을 잡고 있는 놈을 놔두고 두 손이 자유로운 놈을 먼저 공격했다. 놈이 주춤 뒤로 몸을 뺄 때 번개같이 돌아서며 허리춤을 잡고 있는 놈의 아랫도리를 가볍게 그어 내렸다.

그러자 화들짝 놀란 놈이 허리춤 쥔 손을 놓치면서 바지가 무릎 아래로 흘러내렸다. 졸지에 놈의 양물이 그대로 드러났다. 그러나 놈이 바지를 다시 끌어올릴 사이도 없이 소진은 재차 날카롭게 칼을 뻗었다. 놈은 가슴을 찔린 상태로 아랫도리를 드러낸 채 벌렁 마당 한가운데 나가떨어졌다.

겁을 잔뜩 집어먹은 나머지 한 놈은 동료가 마당에 나뒹구는 틈을 이용해 재빠르게 말을 타고 달아나 버렸다. 소진은 말을 타고 그놈의 뒤를 쫓으려고 하다 그만 포기했다. 부엌에 있는 여자와 아기가 걱정되었기 때문이다.

그때 여자의 비명과 함께 잠시 멈추었던 아기의 울음소리가 크게 들려왔다. 소진은 다시 부엌 문 앞으로 달려가 안을 살폈다. 부엌 바닥에 칼을 맞고 널브러져 있던 비적이 깨어나서는, 품속에서 비수를 꺼내 아기를 안고 있는 여자의 등에 꽂았던 것이다.

소진이 부엌으로 들어설 때는 이미 비적의 칼이 여자의 등에 꽂혀 부르르 떨리고 있었다. 비적은 칼자루를 놓으며 자신의 몸을 가누지 못해 앞으로 엎어졌다.

부엌으로 뛰어 들어가며 비적을 발로 걷어찬 소진은 여자의 등에 꽂힌 칼을 뽑았다. 더운 피가 솟아올랐다. 얼른 여자의 치맛자락을 찢어 상처 난 곳을 틀어막았으나 상처가 깊어 피는 멈추지 않았다.

"여보세요, 정신 차리세요."

소진은 여자를 안은 채 소리쳤다. 아기가 더욱 그악스럽게 울어댔다.

"우리 수, 수빈이를, 부, 부탁해요."

여자는 곧 숨이 넘어갈 듯 헐떡이고 있었다.

"아기가 있잖아요. 살아야 해요."

소진이 부르짖었다.

"아아, 저, 정신이 어, 없어요오…… 부, 부디 우리 아, 아기를……."

여자의 몸이 축 늘어졌다. 소진의 팔뚝 아래로 여자의 고개가 꺾여 떨어졌다. 눈은 떴으나 이미 생명이 몸을 떠난 후였다.

소진은 죽은 여자의 눈을 감겨 주었다. 그리고 아기를 가슴에 안으며 이를 부드득, 갈았다.

"거란의 비적 놈들! 인간의 탈을 쓰고 이럴 수가!"

소진은 처음 비적에게 그저 기절만 시키려고 칼을 살짝 휘두른 것을 크게 후회했다. 아직도 여자를 죽인 비적은 쓰러진 채로 손과 발을 바들거리고 있었다. 그때까지도 살아 있었던 것이다.

부엌문을 나서다 말고 소진은 그 모습을 똑똑히 보았다. 마당까지 걸어갔다가 되돌아온 소진은 부엌 바닥에 널브러져 있는 비적의 가슴에 깊이 칼을 꽂았다. 비적은 몇 번 발을 버르적대다가 곧 뻗어버렸다.

비적의 목숨을 거두고 돌아서는 소진의 눈에 눈물이 맺혔다. 태어나서 처음으로 사람을 죽였다. 그것도 비적을 두 놈씩이나 해쳤다. 하지만 왜 자신이 눈물을 흘렸는지 그 이유는 끝내 알 수 없었다.

그 순간 문득 무명선사를 찾아다니다가 어느 깊은 산속에서 만난 한 노인의 말을 떠올렸다.

"그대는 칼을 가지고 있군. 그 칼은 사람을 해치기 위한 것인가?"

노인의 말에 소진은 곧바로 마땅한 답을 찾지 못했다.

"그냥……"

소진은 자신의 신변을 보호하기 위해서라고 말하려고 했으나, 그것은 노인의 질문에 대한 답이 아닌 것 같아 말을 끊었다.

"여인이 남장을 한 것을 보면 무슨 깊은 사연이 있는 듯한데,

그대는 대체 이 깊은 산속에서 무엇을 찾고자 하는가?"

"무명선사를 뵙고자 찾아왔습니다. 혹 노인장께서는 제가 찾고 있는 바로 그분이 아니신지요?"

소진은 용기를 내어 물었다.

"허헛, 허! 보시다시피, 나는 약초 캐는 늙은이요."

노인은 등에 짊어진 걸망과 손에 든 자루가 긴 쇠갈고리 모양의 도구를 보여주었다.

"그러면 혹시 무명선사에 대해서 아시는 바가 있으신지요?"

"한때 그런 사람이 이 산에 있기는 했다 들었소. 내가 이 산에 들어왔을 때 그 사람은 이미 다른 곳으로 떠나고 없었소. 이곳은 부여 땅이고, 여기서 남서쪽으로 수백 리 거리에 큰 산이 하나 있는데, 거기로 갔다는 소문을 들었지. 그 사람이 원래 고구려 사람이고, 그곳도 고구려 서북 변경이거든."

노인의 말에 소진은 희망을 가졌다. 사부 우적에게서 무명선사는 고구려 사람이라 들었고, 깊은 산속에 들어가 도를 닦는 것도 고구려가 억조창생의 영화를 누릴 수 있도록 하늘에 기도를 드리기 위해서라고 했다.

그리고 무명선사는 고구려의 검법을 연구하여 집대성하는 것이 평생의 소원인데, 그것을 무명검법이라고 한다는 것이었다. 그 검법을 완성하기 위해 그는 명산을 찾아다니며 기도와 함께 검술 연구에 평생을 바치고 있다고 했다.

그때 소진은 왜 고구려 사람이 부여 땅에 가서 기도를 하는지 의문을 가졌지만, 무명선사가 고구려 서북 변경의 큰 산으로 갔다니 상당히 신빙성 있는 말이라고 생각했다.

"좋은 소식을 알려주셔서 고맙습니다. 그럼……."

"허헛! 방금 전에 내가 던진 질문에 대답은 하고 가야지. 그 칼로 무엇을 하려는 것인가?"

노인의 눈빛은 자못 날카로웠다.

"사람을 살리는 칼을 갖는 것이 소원입니다. 그래서 그 비법을 배우고자 무명선사를 찾고 있는 것입니다."

"별 해괴한 소릴 다 듣는군. 칼은 살생을 위한 무기야. 어찌 칼로 사람을 살릴 수 있단 말인가?"

노인이 재차 물었다.

"그 해답을 찾고자 이렇게 나선 것입니다."

"허허헛! 무명선사를 만나 그 해답을 찾거든 다시 나를 찾아오게. 이 약초꾼도 그대에게 그 비법을 배우고 싶네."

노인은 돌아서더니 휘적휘적 깊은 계곡을 향해 발걸음을 옮겼다.

그로부터 한 달 가까이 고구려 서북 변경을 헤매며 산이란 산은 다 뒤지고 다녔지만, 소진은 무명선사의 자취를 찾지 못했다. 그러다 산에서 내려와 고구려 국경 마을에 들어섰다가 거란의 비적들에 의해 짓밟혀진 현장을 목격하게 된 것이었다.

소진은 우는 아기를 천으로 감싸 등에 업고 다시 말에 올랐다. 아기의 어미인 여자의 주검을 뒤로하고 부엌에서 나오다 자신의 칼에 맞아 사지를 버들버들 떨던 비적의 목숨을 거두고 나서 그녀는 묘한 감정에 휩싸였다.

'왜 내가 그 순간 울었던 것일까?'

소진은 이 질문을 자기 자신에게 던지고 있었다. 말 위에 올라서도 그 질문에 대한 답을 스스로 찾지 못하고 있었다.

'이제 어디로 갈까?'

잿더미가 된 마을의 이곳저곳을 바라보며 소진은 갈등하고 있었다. 더 이상 무명선사를 찾을 길이 없다는 절망감에 젖어 있을 때, 바로 그 순간 문득 한 깨달음이 뇌리를 스쳤다. 방금 사람을 살리기 위해 사람을 죽였다. 그렇다면 자신이 가지고 있는 칼은 진정 사람을 살리는 칼이라고 할 수 없었다. 아기 하나를 살렸지만 결국 비적 둘과 여인, 세 사람을 죽게 만든 칼이었다.

만약 여자의 비명을 듣고 소진이 부엌으로 뛰어들지만 않았어도 모두를 살릴 수 있었을 것이다.

'아니야. 비적 놈들을 그대로 놔두었다면 여자를 겁탈하고 나서 그냥 가지 않았을 거야. 여자도 죽이고 이 아기도 죽였겠지. 그만큼 잔인한 놈들이야.'

소진은 고개를 흔들었다. 그러다가 문득 자신이 찾고 있던 무명선사가 바로 그 약초 캐는 노인일지도 모른다는 생각이 소진의 뇌리를 번개처럼 때렸다. 사람을 살리는 칼, 그 해답을 찾거든 다시 찾아오라고 한 노인의 말이 새삼 떠올랐던 것이다.

"맞아! 이 아기가 답이었어!"

소진은 하늘을 향해 소리쳤다. 아기는 어느 순간 잠들었는지, 등 뒤에서 쌔근대는 생명의 숨소리가 들려오고 있었다.

기대감에 부풀어 오른 소진은 힘차게 말고삐를 당겨 다시 부여 땅을 향해 달리기 시작했다.

4

계절은 성급하게 겨울로 치닫고 있었다. 비질하듯 능선으로부터 산비탈을 타고 내려오는 단풍의 붉은 기운이 골짜기에 머물러 주춤거리는가 싶을 때, 하늘로부터 눈이 내리기 시작했다.

그러자 나무들은 채 낙엽이 되기도 전에 쭈글쭈글 시들다가 삭풍에 못 이겨 가지 끝에 매달린 이파리들을 떨어냈다. 잎이 다 지지 않은 가지 끝에 눈꽃이 피었다 지기를 몇 번. 그나마 팔랑대던 낙엽마저 매서운 칼바람이 할퀴고 지나가자 금세 나무들은 앙상한 가지를 댕강댕강 흔들며 휘몰아치는 눈보라를 견뎌내고 있었다.

며칠 동안 칼바람을 몰아오던 날씨가 풀리자, 해가 높다랗게 뜬 대낮에는 가지 끝에 얹혔던 눈이 곧 물방울로 변해 땅에 떨어져 내렸다. 추위 때문에 며칠 동안 주막에서 구들장 신세를 지고 있던 우신은 마침내 길을 나서기로 마음먹었다. 딸 소진을 찾기 위해서는 먼저 무명선사의 거처를 알아내는 일이 급선무였다.

주막을 나와 고갯마루를 바라보고 걷는데 곧 숨이 찼다. 마을길을 벗어나자 초입부터 경사도 급한 길이 나타났던 것이다. 우신의 집사이자 호위무사인 장쇠가 급한 걸음으로 그의 뒤를 따르고 있었다.

"어르신! 같이 가셔야죠. 그렇게 혼자서만 몰래 주막을 빠져나오시면 어떡해요?"

장쇠가 숨을 헐떡이며 우신의 뒤를 바짝 따라붙었다. 우신이 그에게 형님이라 부르라고 했는데, 그는 차마 그렇게는 할 수 없어 어르신이라 불렀다.

"너 아직도 나를 어르신이라 부르느냐? 내 그래서 너를 떼어 놓고 혼자 가려고 했다."

우신이 잠시 걸음을 멈추더니, 고개를 돌려 장쇠를 바라보았다.

"아이쿠, 내 정신 좀 봐! 그러나 저, 형님이란 소리는 도무지…… 그냥 주인님이라고 부르면 안 될까요?"

"장쇠야, 더 이상 나를 따라오지 말고 예서 발길을 돌리거라."

"아닙니다. 저를 받아주십시오."

"그럼, 나를 형님이라 부르겠느냐?"

"예! 혀, 형님!"

"그래, 아우야! 우린 이제부터 의형제를 맺은 사이다. 나는 더 이상 네게 어르신도 아니고 주인도 아니다. 그러므로 앞으로 절대로 그런 소리 함부로 입 밖에 내어서는 안 된다. 알겠느냐?"

"예, 주인 어르신! 아니 혀, 형님!"

장쇠는 그러더니 자신의 실수를 깨닫고 얼굴을 붉히며 계면쩍은 듯 오른손으로 뒷머리를 쓱쓱 긁었다. 그의 왼손에는 대도가 들려져 있었다.

원래 집을 나설 때 우신은 장쇠를 떼어놓기로 마음먹고 있었다. 둘보다는 혼자라야 기동력도 좋을 것이고, 아무리 집사라지만 딸의 내밀한 사정까지 밝힐 수는 없다고 생각했다. 그래서 집을 떠나기 전날 장쇠를 앉혀 놓고 신신당부를 했었다.

"이제 네 갈 길을 가거라. 나는 따로 할 일이 있느니라."

그러나 장쇠는 꺼이꺼이 울면서 우신에게 매달렸다.

"저를 버리지 말아주십시오. 저는 평생토록 주인 어르신 곁을 지킬 것입니다."

"아니 된다 하지 않더냐? 오늘 밤으로 우리의 인연은 끝이다."

우신은 일부러 장쇠를 매정하게 대했다. 두 사람의 인연이 깊은 만큼 이별 또한 결코 쉽지 않았던 것이다. 사람의 끈끈한 인연이란 무 자르듯 그렇게 싹둑 두 동강을 낼 수 있는 것이 아니었다.

그래서 우신은 장쇠보다 자신 스스로가 먼저 매정하게 마음의 칼질을 하리라 마음먹었다. 그것이 서로에게 이로운 일이라 판단했던 것이다.

다음 날 아침, 우신은 장쇠가 자는 틈을 타서 홀로 집을 빠져나왔다. 그리고 그는 그날 이후 무명선사를 찾아 부여 땅 곳곳을 두루 헤매고 돌아다녔다. 딸을 찾으려면 그 방법밖에 없었던 것이다. 그렇게 몇 달을 헤매고, 해가 바뀌어 다시 가을로 접어들 때까지 그는 무명선사의 발자취조차 찾지 못하고 있었다.

그런데 우신의 발자취를 찾아 헤매는 사내가 있었다. 바로 그의 집사이자 호위무사인 장쇠였다. 자신을 버려두고 홀로 떠난 주인을 찾아 그는 일 년여를 헤매던 끝에 바로 얼마 전 주막에서 결국 찾아내고야 말았다.

장쇠는 먼저 책성에 머물면서 해평에게 무술을 가르치고 있는 사부 우적을 찾아가 우신이 어디로 갔는지 추적을 하게 되었다. 그리고 끈질긴 노력 끝에 우연히 들른 주막에서 우신을 찾아내 며칠을 함께 묶었다.

"자, 그럼 아우야! 출발하자꾸나."

우신이 앞장을 섰다.

"혀, 형님! 그 괴나리봇짐은 제가 짊어지고 가겠습니다."

장쇠는 우신의 어깨에서 괴나리봇짐을 벗겼다. 무엇이 들었
는지 제법 묵직했다.

"좀 무거울 게다."

우신은 괴나리봇짐을 장쇠에게 넘겨주었다.

"이 안에 무엇이 들었는데 이리 무겁습니까?"

"보물이 들었지."

우신은 장쇠를 뒤돌아보며 입술을 비틀고 웃었다.

산은 깊었다. 고개를 하나 넘었는가 싶었는데, 또다시 더 높
은 고개가 나타났다. 계곡을 따라 굽이굽이 돌던 길을 벗어나
시야가 트이는 곳에 다다르자, 또 저 멀리 마치 돼지 창자처럼
배배 꼬인 고갯길이 마주 바라다보였다.

두 사람이 큰 고개에 올라섰을 때였다. 갑자기 한 떼의 무리
들이 나타나 그들의 앞을 가로막았다.

"이놈들! 꼼짝 말고 게 섰거라."

도끼를 든 텁석부리가 졸개들 예닐곱 명과 함께 고갯마루 위
에 우뚝 서 있었다.

"웬 놈들이냐?"

장쇠가 우신의 앞으로 나서며 방어 자세를 취했다.

"하룻강아지 범 무서운 줄 모르는 놈들이로다. 어서 그 괴나리봇짐부터 내려놓아라. 순순히 몸에 지닌 것을 내놓으면 목숨만은 살려주마. 만약 몸 뒤짐을 해서 숨겨놓은 금붙이라도 나온다면 가만두지 않으리라."

텁석부리 옆에 서 있던 황소처럼 부리부리한 눈을 가진 자가 쇠도리깨를 빙빙 돌리며 엄포를 놓았다.

"장쇠야. 섣부르게 덤비지 말고 조심해야 한다."

우신이 장쇠의 등에 대고 작은 소리로 말했다.

"염려 마세요. 놈들은 농사나 짓던 핫바지들이 틀림없어요."

장쇠가 속삭였다.

고갯마루에는 가지마다 울긋불긋한 천들을 매듭지어 놓은 서낭나무가 서 있었고, 그 앞에 제법 평평해서 과객들이 쉬어가기 적당한 터도 있었다. 장쇠는 일단 공격과 방어에 유리한 지형을 골라 천천히 걸음을 옮겼다. 우신도 그림자처럼 장쇠의 뒤를 지켰다.

우신과 장쇠는 서로 등을 기댄 채 고갯마루의 넓은 쉼터 가운데 서게 되었고, 도적들이 그 주위를 빙 둘러싸는 형세로 바뀌었다. 그러나 아직 서로들 눈치를 보며 팽팽한 긴장감으로 대치하고 있었다.

"우하하하! 감히 우리와 맞서 싸우겠다는 것이냐? 간덩이가 부은 놈들이 아니냐?"

도끼를 든 텁석부리가 수염을 흔들며 웃었다.

"순순히 말을 들을 터이니, 너희 두령에게 안내하라."

우신이 협상을 하려고 나섰다.

"무엇이? 감히 네놈들이 우리 두령님을 만나겠다고?"

"나는 너희 두령을 만나러 왔느니라."

우신은 잠시 머리를 굴렸다. 혹시 산적들의 두령을 만나면 무명선사의 행적을 알 수도 있을 것이라는 일말의 기대감이 생긴 것이었다.

"네놈들 정체가 무엇이냐?"

"나는 무명선사를 만나러 이 산에 들어왔다. 너희 두령은 무명선사의 고명을 들어서 알고 있을 것이다. 무명선사가 계신 곳을 알려준다면 내가 가진 모든 것을 순순히 내놓을 것이니라."

우신의 말이 끝나기 무섭게 텁석부리가 소리쳤다.

"아무래도 수상한 놈들이다. 일제히 덤벼 두 놈을 사로잡아라."

명령이 떨어지기 무섭게 황소눈이 쇠도리깨를 휘두르며 달려들었고, 나머지 졸개들도 일제히 각자의 무기를 꼬나잡고 공격을 가해 왔다.

그 순간, 장쇠는 대도를 잽싸게 빼어들었다. 서로 피를 흘리지 않기 위해 협상을 하려던 우신도 결국 호신용으로 허리에 차고 있던 칼을 뽑을 수밖에 없었다.

"얏!"

"이얍!"

"엿!"

도적들은 힘차게 기합을 넣으며 두 사람을 향해 무기를 휘둘렀다. 그러나 우신과 장쇠는 숨을 고르며 방어 자세로 시간을 끌면서 그들의 실력을 점검해 보았다.

장쇠가 볼 때 기합 소리만 요란했지 오합지졸들이었다. 방어 자세를 취하던 그의 칼이 날카롭게 도적들을 향해 뻗어나갔다. 그의 칼끝은 매섭게 도적들의 어깨와 허리와 가슴을 노리며 파고들었다.

칼이 번뜩일 때마다 도적들의 비명이 산속 깊은 계곡으로 메아리쳤고, 그와 함께 그들은 허수아비처럼 쓰러졌다. 순식간에 서너 명이 넉장거리로 나가떨어지거나 배를 움켜쥐고 엎어졌다.

비록 호신용으로 길이가 짧은 칼이지만, 우신의 공격도 만만치 않았다. 주로 방어를 하면서 상대의 허점을 노려 공격의 칼날을 세웠는데, 바람을 가르는 소리를 들은 도적들이 하나둘 쓰러졌다.

이렇게 되자 쇠도리깨를 휘두르던 황소눈이 공포로 인해 더욱 커진 눈으로 텁석부리를 쳐다보았다. 이때 텁석부리가 두 손가락을 입술로 가져가더니 휘파람을 길게 불었다.

잠시 후 함성 소리가 들리며 수십 명의 도적떼들이 산비탈을 구르듯 달려 내려왔다.

"저놈들은 부여의 관군이 파견한 기찰포교들임에 틀림없다. 우리의 정보가 새어나가기 전에 저놈들을 죽여야 한다."

잔뜩 기에 질려 있던 텁석부리가 원군의 함성을 듣고 소리쳤다. 그의 휘파람 신호를 받은 수십 명의 도적떼들은 순식간에 서낭당 앞에 이르러 우신과 장쇠를 두세 겹으로 에워쌌다. 두 사람이 초장에 기를 죽여 놓기 위해 칼등으로 치거나 살짝 자상만 내어 쓰러뜨렸던 도둑들까지 일어나 합세를 하니, 더 이상 대항하다가는 목숨을 부지하기 어려울 것 같았다.

"좀 전까지는 겁만 주어 목숨을 살려주었으나, 이제부턴 사정을 두지 않겠다. 자, 덤벼라!"

장쇠가 칼을 치켜들며 엄포를 주었다. 이젠 무기보다 말로 위협을 가하는 것이 유리하다고 판단했기 때문이다.

"이놈들, 그래도 정신을 못 차리는구나. 순순히 항복해라. 저 두 놈을 이 산에서 살아나가게 해서는 안 된다. 놈들의 목숨을 거두는 자에게는 크게 포상을 하리라. 사정 두지 말고 공격하라!"

텁석부리가 도끼를 머리 위로 높이 치켜들며 소리쳤다.

다시 고갯마루에선 두 사람을 가운데 두고 수십 명의 도적떼가 아귀처럼 덤벼들었다.

바로 그때였다. 바람 소리가 나는 것 같았는데, 어디서 나타났는지 말갈기 같은 긴 머리털을 날리는 사내 하나가 싸움판으로 뛰어들었다. 그의 칼 솜씨는 날카로우면서 어지러웠다. 바람 가르는 소리만 날 뿐, 칼의 공격 방향이 어디인지 도무지 분간하지 못할 정도로 빨랐다. 그의 몸이 스치고 지나갈 때마다 나무토막처럼 도적떼들이 쓰러졌다.

눈 깜짝 할 사이에 도적떼 십여 명이 땅바닥에 넘어져 뒹굴었다. 사내의 칼끝은 어느 사이 텁석부리의 목을 향해 겨눠지고 있었다.

"도끼부터 내려놓아라."

사내가 차갑고 날카롭게 외쳤다.

텁석부리의 오른손에서 도끼가 힘없이 떨어졌다.

"제발 사, 살려 주시오."

텁석부리의 목소리는 기에 눌려 있었다.

"목숨이 아깝거든 어서 싸움을 멈추라고 해라."

칼을 텁석부리 목에 댄 사내가 말했다. 그의 칼날은 조금만 그어도 숨통을 끊어놓을 것처럼 위태롭게 상대의 목울대에 턱 걸이하듯 걸려 있었다.

"싸움을 멈추어라!"

텁석부리가 다급하게 외쳤다.

"모두 무기를 버리라고 해!"

사내가 다시 칼날을 텁석부리의 목 가까이 들이대며 소리쳤다.

"모두 무기를 버리고 꿇어앉아라!"

텁석부리의 명이 떨어지자 우신과 장쇠를 둘러싸고 있던 도적떼들이 일제히 무기를 버리고 땅에 꿇어앉았다.

"두 분께선 땅에 떨어진 무기들을 거두도록 하세요."

텁석부리를 인질로 잡은 사내가 우신과 장쇠에게 부드러운 목소리로 말했다. 우신과 장쇠는 도적떼들이 쓰던 무기를 거두어 멀찍이 떨어진 곳에 모아두었다.

그렇게 한바탕 회오리바람 같은 일전이 벌어지고 나서 잠시 호흡을 가다듬는 시간이 흐르는 사이, 어디선가 신선 같은 흰 옷에 황색 두건을 쓴 노인이 홀연히 나타났다.

"내가 이 무리들의 수괴이외다. 무사께선 칼을 거두시지요."

스스로 수괴라고 말했지만, 외모로는 도무지 그렇게 보이지 않는 노인이 텁석부리를 위협하고 있는 사내 앞에 와서 정중히 허리를 굽혔다.

"노인께서……?"

사내는 문득 놀란 눈으로 노인을 바라보다가 이내 칼을 거두어들였다.

노인은 무릎을 꿇고 있는 도둑떼들 가운데 우두커니 서 있는 우신과 장쇠를 향해서도 허리를 굽혔다.

"놀라게 해드려 죄송합니다. 이 모두가 수하를 잘못 가르친 제 허물이올시다. 이들을 용서해 주십시오. 오늘은 귀하신 손님들을 저희 산채로 모시겠습니다. 아무 걱정 마시고 저를 따라오십시오. 여봐라! 너희들은 세 분의 귀하신 손님들을 깍듯한 예의를 갖춰 산채로 모시거라."

노인이 먼저 앞장을 섰다. 그러자 졸개들이 각자 무기들을 찾아 들고 우신과 장쇠, 그리고 그들을 도와준 사내를 정중하게 인도하여 산채로 향했다.

5

산모퉁이를 꺾어 돌자 계곡 속에 은폐되어 있는 산채가 보였는데, 통나무를 우물 정 자 모양으로 엮어 만든 귀틀집들이었다. 좌우 계곡으로 물이 흘러내리고 있었고, 그 양편의 평탄한 공간을 이용하여 10여 채의 귀틀집이 들어앉아 있었다.

산채 밑은 바위벼랑이고, 계곡의 물이 폭포를 만나 흰 물줄기를 그리며 아래로 거칠게 쏟아지고 있었다. 절벽은 바로 외부에서 접근하기 어렵도록 하는 일종의 자연 요새 역할을 하고 있었다. 따라서 깎아지른 벼랑 위의 산채로 들어오는 외길 이외에는 외부에서 접근하기 쉽지 않은 지형이었다.

겉으로 보면 양이나 염소, 돼지와 닭 등 가축까지 기르고 있어 산촌의 작은 마을 같은 느낌이 들었다. 산적들의 두령 격인 노인이 머무는 곳은 계곡 가장 안쪽 깊은 곳에 자리 잡은 귀틀 집이었다.

세 사람의 손님을 맞은 산적들은 갑자기 바빠졌다. 돼지와 닭을 잡고 술을 걸러내느라 분주하게 손을 놀리고 있었다. 주로 밥을 하고 요리를 만드는 부엌일은 아녀자들이 담당했다. 그러한 풍경 또한 일반 여염집과 다를 바가 없었다.

우신과 장쇠는 산적들을 따라 산채로 오는 길에, 자신들을 위기에서 구해 준 사내에게 고맙다는 수인사를 건넸다. 그러나 자세한 이야기를 나눌 시간은 없었다.

노인은 세 사람을 자신의 거처로 안내했다.

"자, 다들 편히 앉으시지요."

좌정한 노인이 먼저 둘러앉은 세 사람을 향해 말했다. 그 모습을 볼 때 그는 산적 두령 같지 않고 촌장이나 마을 원로 같은 느낌을 주었다.

"이 산채에 마을 하나를 옮겨다 놓은 듯하군요. 장정들뿐만 아니라 딸린 가족들도 있는 걸 보면 농촌 마을에서 살던 사람들 같은데, 어쩌다 이 깊은 산속까지 들어오게 됐습니까?"

우신이 물었다.

"맞습니다. 불과 일 년 전까지만 해도 우리는 농촌 마을에서 살았었지요. 그런데 거란의 비적들이 쳐들어와 마을을 초토화

시키는 바람에, 그들의 횡포를 피해 이곳으로 쫓겨 들어온 것이지요. 이 깊은 산속에는 먹을 것이 없으니, 궁여지책으로 그나마 산목숨이라도 부지하려고 화적질을 하고 있습니다. 화전을 부쳐 끼니를 해결하기도 하는데, 흉년이 드니 본의 아니게 고갯마루에 가서 나그네들의 봇짐을 털게 된 것입니다."

그러면서 노인은 거란의 비적들에게 잿더미가 된 여덟 부락 중 한 마을의 촌장이었는데, 이름이 강수라고 자신을 소개했다.

"작년 이맘때 서북쪽 국경의 농촌 마을이 거란의 비적들에게 습격을 받은 일이 있다더니, 바로 그때 이곳으로 쫓겨 들어온 것이로군요?"

우신도 풍문으로 들어서 거란이 침입했던 일을 알고 있었다.

"거란 놈들이 어찌했기에 난민들이 생겨났습니까?"

가만히 듣고 있던 긴 머리의 사내가 눈을 부릅뜨고 목소리에 결기를 세우며 물었다.

"부락들을 아예 불살라 버렸지요. 사람들도 보이는 대로 찔러 죽이고, 젊은 아녀자들은 납치해 갔습니다. 이리 피신해 온 사람들은 구사일생으로 살아난 셈이지요. 우리 마을에 들렀던 소금장수 일행도 거란 비적들을 만나 싸우다 돈과 재물을 다 빼앗기고, 그나마 목숨을 건진 자들만 우리와 함께 이곳으로 피신해 왔지요. 아까 도끼를 들고 졸개들에게 명을 내리던 텁석부리가 바로 그 소금장수들 중 하나올시다."

머리 긴 사내는 언뜻 떠오르는 생각이 있어 입술을 조금 비틀고 웃었다. 일 년 전 주막에서 삿갓 쓴 남장 여인에게 졸지에 머리털이 잘려 황당해 하던 텁석부리의 얼굴이 기억의 저편에 아슴푸레 남아 있었던 것이다.

"허허, 소금장수들과 난민들이 뭉쳤구먼!"

조금 사이가 뜬 틈을 타서 장쇠가 한마디 했다.

"그래도 소금장수들이 기운깨나 있어 화적질이라도 해서 연명하자고 하기에 고갯마루에서 과객의 봇짐을 털었던 것이지요. 우리처럼 농사나 짓는 무지렁이들이야 그런 주제나 됩니까? 소금장수들이 말하기를, 과객의 봇짐을 털어 재물이 좀 마련되면 대흥안령을 넘어 지두우까지 가서 정착하자는 겁니다. 거기 가면 소금 호수가 있는데, 호수 가장자리의 마른땅에 붙은 흰 모래 같은 알갱이들을 괭이로 파고 고무래로 긁어모으면 쉽게 소금을 얻을 수 있다고 하더군요. 멀긴 하지만 그 소금을 고구려까지 가져오면 엄청난 이득을 챙길 수 있으니 농사짓는 것보다 덜 힘들지 않겠냐는 얘기였습니다. 허긴 뼈 빠지게 한 해 동안 일을 해도 흉년이 들면 굶어 죽기 십상인 농사일보다, 그저 괭이로 긁으면 돈이 되는 소금을 얻을 수 있다니 그보다 좋은 벌이가 어디 있겠습니까? 그래서 소금 호수로 갈 수 있는 여비가 마련될 때까지만 화적질을 하자고 의견을 모으게 된 것이지요."

강수 노인의 말은 우신의 귀에 솔깃하게 들렸다.

"허허, 소금 호수라! 헌데 거기도 소금을 채취하는 임자들이 있지 않겠습니까?"

"호수가 어찌나 큰지 바다처럼 끝이 안 보일 정도로 넓답니다. 그 가장자리에 하얗게 깔린 소금을 긁어내는데, 또 얼마 정도 시일이 지나면 다시 그 바닥이 소금밭으로 변해 무한정 소금을 얻을 수 있답니다. 그러니 주인이 있을 리 없지요. 다만 무거운 소금을 먼 곳까지 옮기는 일이 어려워, 소금장수들이 고생깨나 한다고 하더군요. 행상을 하다 보면 곳곳에서 도적떼와 조우할 때도 있구요. 그래서 소금장수들도 각자 자기 몸가림 정도는 할 줄 아는 무술 실력을 가지고 있지요."

강수 노인의 말을 들으며 우신은 조용히 머리를 끄덕거렸다.

'흐음……. 우리 고구려엔 소금이 귀하니, 이동 수단만 개발하면 크게 상업을 일으킬 수 있겠군.'

우신은 마음속으로 그렇게 중얼거리며, 강수 노인의 말에 어느 정도 신빙성을 가져도 좋다고 생각했다.

"소금 호수라! 세상에 그런 호수가 있다니……."

가만히 고개를 끄덕이며 우신은 혼잣말처럼 중얼거렸다.

"헌데, 선비께선 어디로 행로를 잡아 가는 길이셨는지요?"

강수 노인이 물었다.

"아하, 이거 인사가 늦었군요. 이 몸은 우발이라고 합니다. 그리고 이 사람은 오래전에 나와 의형제를 맺은 아우구요."

우신은 옆에 있는 장쇠를 가리키며 말했다. 그는 장쇠가 혹시 자신의 신분을 드러내는 말을 할까 두려워 먼저 선수를 친 것이었다. 집을 떠난 이후 그는 본명을 쓰면 신분이 탄로날 것을 우려하여 우발이란 가명을 쓰고 있었다.

"장쇠라 합니다."

장쇠가 강수 노인을 향해 고개를 숙였다.

"부여 땅 어느 깊은 산속에 거처를 정하고 산다는 무명선사를 찾아 나선 길이지요. 혹시 무명선사에 대해 아시는 바가 있으신지요?"

우신이 아까부터 묻고 싶었던 말을 꺼냈다.

바로 그때, 우신을 도와준 사내의 날카로운 시선이 그에게 가서 꽂혔다.

"무명선사에 대해서는 간혹 들은 바 있으나, 그 도사께서 어디에서 수도를 하는지는 알지 못합니다."

강수 노인의 말이 끝나자 이번에는 사내가 자신을 소개했다.

"시생은 선재라 하외다. 헌데 방금 무명선사를 찾아 나섰다는 말을 듣고 적잖이 놀랐소이다."

선재가 우신을 쳐다보았다.

"무사께서 무명선사를 아시오?"

"무명선사는 시생의 사부올시다."

"오, 그래요?"

"허면, 우적이란 무사도 아시겠구려."

우신은 선재 가까이 바짝 무릎을 당겨 앉았다.

"우적 사형을 아시오?"

"우적은 이 몸과 같은 우씨로, 종친이지요. 촌수로도 그리 멀지 않은 내 아우 되는 사람이오."

"오, 그러시군요. 시생은 한때 우적 사형과 함께 무명선사 밑에서 무술을 익혔소이다."

"우적 아우와 동문수학한 무사를 예서 만나다니 반갑기 그지없소이다. 늦었지만 아까 위기에서 구해 준 것에 대해 다시 한번 감사드립니다."

"무슨 말씀을……. 낯이 부끄럽습니다. 그저 사부께서 늘 약한 자를 도우라는 가르침을 주시어 그리한 것뿐이외다. 우적 사형의 형님이면 시생에게는 큰형님이 되시니 편하게 말씀하시지요."

"우적 아우가 부여 땅 어디엔가 무명선사가 있다기에 벌써 이태째 이 산 저 산 찾아다니고 있습니다. 이제야 무명선사의 제자를 만나니 반갑기 그지없습니다."

"그렇게 무명선사를 찾아다니시는 특별한 이유라고 있으신지요?"

선재는 아까부터 궁금하던 것을 물었다.

"있지요……."

우신은 자신도 모르는 사이 말끝에 한숨부터 묻어나오는 걸 어쩌지 못했다. 그는 애지중지하던 외동딸이 우적에게 무술을 배웠는데, 어느 날 갑자기 무명선사를 만나러 간다고 집을 나갔다는 이야기를 간략하게 털어놓았다.

"그러니 딸을 찾으려면 우선 무명선사가 있는 곳을 알아야 하지 않겠습니까?"

"그렇겠군요. 혹시 따님이 남장을 하고 집을 나서지 않았던 가요?"

선재는 뭔가 짚이는 데가 있다는 듯 물었다.

"우적을 통해 남장을 했다는 얘길 들었습니다. 아마도 세상 천지를 마음대로 나다니려면 남장을 하는 게 편할 테니까."

"언제가 주막에서 남장한 여자 무사를 본 적이 있습니다. 직접 물어보지는 않았지만, 독방을 찾기에 시생이 차지했던 거처를 내주고 장사꾼들이 든 봉노로 잠자리를 옮긴 적이 있었지요."

선재의 말에 우신은 딸 소진을 당장 눈앞에 보는 것처럼 그렇게 반가울 수가 없었다. 그래서 마음이 다급해졌다.

"어서 빨리 무명선사가 계신 곳을 찾아가야겠습니다. 무사 께서는 지금 사부를 찾아가던 길이 아니신지요?"

"허허, 이거 낭패로군요. 시생 역시 사부님이 계신 곳을 몰라 찾아 헤매고 있는 중입니다. 사부께선 시생과 우적 사형을 하산토록 한 뒤 어디론가 홀연히 자취를 감추셨습니다. 더 깊은 도를 닦기 위해 심산유곡의 어느 토굴로 거처를 옮기신 것 같은데, 그곳이 어딘지 시생 역시 오리무중이올시다."

"허면, 우리가 무사와 동행을 해도 괜찮겠습니까?"

"그리하시지요. 시생도 혼자 다니는 것보다 말동무도 되고 좋을 것 같군요."

선재가 너털웃음을 웃었다.

이렇게 대화가 오고 가는 사이에 산채의 졸개들이 음식을 한 상 가득 차려 두령의 방으로 들여왔다. 돼지고기 산적에서 부터 갖가지 산채나물에 이르기까지 상이 푸짐했고, 수수로 빚은 막걸리까지 한 동이 가득 딸려 들어왔다. 동이에는 막걸리를 뜨기 좋게 손잡이 달린 표주박도 떠 있었다.

"자, 다들 시장하실 터인데 막걸리로 목부터 축이시지요. 우선 술과 고기를 드시고, 나중에 따로 저녁상을 마련토록 하겠습니다."

강수 노인은 표주박으로 막걸리를 떠서 각자 앞에 놓인 토기로 된 우묵한 사발에 술을 가득 따랐다.

막걸리를 마시면서 이야기는 다시 지두우의 소금 호수로 돌아갔다. 그 염수라는 호수는 거란족들이 더러 무리를 이루어 살고 있는 지역인데, 따로 '비려'라고 불리고 있다고 했다.

"비려라 하면 거란족들의 한 갈래인 필혈부를 이르는 곳이 아니오? 먼저 정착한 거란족 때문에 우리 고구려인들이 그곳에 가서 소금을 캐거나 장사하기가 쉽지 않을 것 같은데……."

우신도 비려에 대해서는 들은 바가 있었다. 그러나 그곳에 염수라는 소금 호수가 있다는 말은 처음 듣는 일이었다. 그는 아까부터 마음속으로 소금 호수에 대하여 관심이 많아지고 있는 자신을 발견했다.

만약에 염수에서 소금 캐는 권리를 갖게 되고, 그것을 고구려까지 운반하여 팔게 된다면 대상隊商이 될 수 있다고 생각했다. 소금은 고구려에서 부르는 게 값일 만큼 비싸게 팔렸다. 그렇게 해서 챙긴 이득으로 금산(알타이산)에서 나는 쇠를 대량으로 구입해 무기를 생산한다면 고구려를 곧 부강한 나라로 만들 수 있다는 계산이, 그의 머릿속에서 재빠르게 돌아가고 있었다. 만약 그렇게만 된다면 한때 딸을 왕자비로 만들려던 욕심 때문에 고구려 왕실에 끼쳤던 자신의 잘못을 보상하는 방법도 될 것이라고 생각했다. 자신이 동부욕살 하대곤에게 속고, 또한 그 양아들 해평에게 딸 소진이 마음의 상처를 입은 것에 대해 생각하면 지금도 아리도록 가슴이 쓰렸다.

"맞는 말씀입니다. 고구려 서북 변경 마을에 살면서 거란의 비적들에게 당한 생각을 하면 저들을 씹어 삼키고도 모자랄 일입니다. 하지만 만약에 우리가 힘을 기르고 자금을 확보하여 염수 일대의 소금을 생산하는 일과 그 교역권까지 거머쥐게 된다면, 저들도 결국 우리에게 굽히고 들어올 수밖에 없습니다. 그것이 돈의 위력이지요. 저들이 비록 소금을 생산할 능력을 갖고 있다 하더라도 고구려에까지 가져다 소금을 팔 수 있는 재간은 없으니까요. 고구려 백성들이 거란 비적들을 신뢰하지 않는데 어찌 소금을 팔 수 있겠습니까? 따라서 그 상권을 우리가 틀어쥔다면, 나중에는 자금력으로 저들을 눌러 소금 생산의 권한까지도 갖게 될 수 있을 것입니다."

강수 노인의 말을 듣고 나서야 우신은 이들 산채의 무리들이 오래도록 소금의 교역에 대해 연구해 왔다는 것을 깨닫게 되었다.

"일단 힘을 기르는 것이 우선이겠군요. 장정들이 고루 실력을 갖추어야 거란 비적들을 상대할 수 있을 것입니다."

우신은 그날 밤 깊은 생각에 잠겼다가 새벽녘에서야 겨우 눈을 붙일 수 있었다.

다음 날 아침, 우신은 장쇠를 따로 불러 말했다.

"너는 이곳에서 장정들에게 무술을 가르치도록 하거라. 나는 저 무사와 동행으로 무명선사를 찾아 나서겠다. 딸을 찾으면 다시 이곳으로 와서 저들과 함께 지두우로 떠나자. 소금장수, 그거 해볼 만한 일 같구나."

"형님이 그리하라시면 아우는 당연히 따라야지요. 헌데, 일부러 저를 따돌리려고 그러시는 건 아니시겠죠?"

장쇠가 문득 의심스런 눈으로 우신을 쳐다보았다.

"그렇게 나를 못 믿겠느냐? 앞으로 소금장수 노릇을 하려면 네 도움을 받아야 한다. 여기 장정들에게 무술을 제대로 가르쳐 일당백으로 만들어놓아라."

우신은 산채를 떠나기에 앞서 괴나리봇짐에서 은자 한 주머니를 꺼내 강수 노인 앞에 내놓았다.

"아니, 은자가 아닙니까? 왜 이 귀한 것을……?"

"장정들 무술을 가르치려면 병장기도 구입해야 하고, 거란의 비적들에게 쫓겨 떠도는 백성들도 더 끌어들여 세력을 키울 필요가 있지 않겠습니까? 때마침 아우 장쇠가 장정들 무술을 가르칠 만한 실력은 되니, 일단 이곳에 맡겨두고 가겠습니다."

우신은 더 이상 다른 설명을 달지 않았다. 그리고 그날 조반을 마친 다음 무사 선재와 함께 산채를 떠났다.

6

밤새도록 집중 폭우가 쏟아졌다. 번개가 칠 때마다 봉놋방 들창과 출입문으로 불빛이 왈칵 쏟아져 들어왔다 순식간에 꺼지곤 했다. 천둥이 울고 간혹 빗줄기가 세차게 들이치는데도 장정들은 깊은 잠에 빠져 있었다.

번쩍 번쩍!

128   광개토태왕 담덕

쿠르릉 쾅쾅!

번개와 천둥이 치면서 한시도 쉬지 않고 내리는 빗줄기는 마치 하늘에서 동이로 물을 퍼붓는 것 같았다. 태백산 기슭에서 온 뗏목꾼들은 압록강 중상류 지점에서 비를 피하기 위해 일단 강기슭에 뗏목을 정박시킨 후 주막에 들었다. 저녁에는 비가 오락가락하며 추적추적 내리더니 밤이 깊어지면서 폭우로 변했다.

뗏목을 밧줄로 단단히 묶어 강기슭 나무에 매어놓긴 했으나, 불어난 물로 인해 떠내려갈까 심히 우려가 되었다. 밤새 뜬눈으로 지새운 추수는 날이 휘움하게 밝기를 기다려 뗏목꾼들을 깨웠다.

"모두들 일어나 강가로 나가 보자."

뗏목은 한 척당 네 명씩 뗏목꾼들이 타고 있었으므로, 다섯 척 스무 명이 객줏집 봉놋방 세 개를 잡아 나누어 자고 있었다. 비가 내리는 저녁이면 빈대떡에 막걸리가 생각날 수밖에 없고, 뗏목꾼들은 객줏집 술독에서 바닥 긁히는 소리가 날 때까지 잘도 마셔댔다. 그래서일까, 추수가 깨우는 소리에도 장정들은 기척조차 하지 않고 잠에 곯아떨어져 있었다.

방 안에서 요란하게 코 고는 소리만 천장과 바닥을 오르락내리락했다. 추수가 거듭 소리쳤을 때에서야 장정들이 하나둘 눈을 비비며 일어났다. 정신들 차리라며 그는 봉놋방 문들을 활짝 열어젖혔다.

찬 기운이 방 안으로 스며들자 모두들 눈을 뜨며 몸을 뒤척거렸다. 새벽이 되면서 조금 빗줄기가 가늘어지기는 했으나 그칠 기미는 보이지 않았다.

"제에길, 비는 잘도 온다!"

"하늘이 뚫린 모양이여!"

"산치성山致誠을 잘못 드렸나, 강치성江致誠을 잘못 드렸나?"

장정들은 잠기 어린 눈을 들어 봉놋방 밖을 내다보며 투덜댔다. 산치성은 산판꾼들이 태백산에서 채벌하기 전에 올리는 산신제이고, 강치성은 뗏목꾼들이 뗏목을 타고 출발하기에 앞서 제사를 지내는 일종의 수신제였다.

"산치성이고 강치성이고 따질 겨를이 없어. 어서들 강가로 나가 보자. 뗏목 다 떠내려가기 전에."

추수는 장정들을 다그쳤다.

그때서야 장정들도 서둘러 옷을 걸치고 봉놋방을 나섰다. 강가로 나오자 뗏배들을 매어놓은 줄이 끊어지거나 아예 비바람에 밧줄을 동여맨 나무가 뿌리째 뽑혀 급물살에 휩쓸려 떠내려갈 위기에 처해 있었다.

"밧줄을 당겨라!"

"뗏배가 떠내려간다!"

장정들은 아우성을 치며 뗏배를 묶어놓은 밧줄에 매달렸다.

그러나 역부족이었다. 떼배들을 강심으로 밀어내는 물살의 힘 때문에 묶어놓은 밧줄들이 뚝뚝 끊어졌다.

"안 되겠다. 모두들 떼배에 승선하라. 이대로 뗏목을 잃어버릴 수는 없다. 비가 오더라도 강행군을 한다."

추수가 장정들을 향해 소리쳤다. 물은 점점 범람하고 있었고, 수위가 높아지면 떼배를 묶은 줄이 모두 끊어져 저 혼자 강물로 휩쓸릴 지경이었다.

한 척의 떼배는 다섯 뗏목이 하나로 연결되어 있었고, 거기에 각자 네 명씩 장정들이 올라탔다. 그런 떼배가 다섯 척이었으므로, 추수는 그중 가장 선두에 있는 떼배에서 전체 뗏목꾼들을 진두지휘했다.

"이대로 쉬지 않고 국내성 앞 도선장까지 가는 거다. 강 중류를 지나면서부터는 강폭이 넓어지므로, 여기처럼 물살이 거세지는 않을 것이다. 그만큼 떼배를 대기도 용이할 것이니, 국내성 도선장에서 불어난 강물의 수심이 낮아질 때까지 기다리도록 하자. 거기서부터는 항해하기 좋은 날을 잡아 범선이 떼배를 끌고 갈 것이니, 그때부턴 우리들이 애쓸 필요도 없다."

추수는 이렇게 장정들을 독려하면서 굽이쳐 흐르는 흙탕물을 바라보았다. 예상했던 것보다 강물은 더욱 크게 불어나 있었다.

강변 낮은 지역의 밭들은 물에 휩쓸려 작물들도 모두 쓰러져 버렸고, 어느 곳이 강이고 밭인지 구분이 안 될 정도였다. 수변에서 자라던 버드나무들은 뿌리째 뽑혀 늘어진 가지가 물결에 휩쓸리거나, 간혹 거꾸로 뿌리를 드러낸 채 떠내려가는 것도 있었다. 뿐만이 아니었다. 지붕만 보이는 집채가 떠내려오고, 지붕 위에 돼지가 올라앉아 꿀꿀대며 소리를 내는 경우도 있었다.

"돼지다!"

뗏목의 노를 젓던 장정 하나가 소리쳤다.

뗏목 위의 장정들은 노를 젓기에 바쁜 가운데도 돼지를 건져 올리기 위해 장대를 뻗어보고, 쇠갈고리 달린 밧줄을 던져 떠내려가는 집채를 가까이 끌어오기도 했다.

"사람이다! 사람이 지붕 위에 있다!"

다른 장정이 외쳤다.

"돼지보다 사람부터 구하라!"

추수도 지붕 위에서 사람이 뗏목을 보고 구조를 요청하는 소릴 듣고 장정들에게 명령을 내렸다.

어렵게 사람과 돼지를 뗏목 위로 끌어올렸을 때 장정들은 환호성을 올리기도 했다. 그러나 거센 물결 때문에 아무리 노를 잘 저어도 뗏목을 사람의 의지대로 운항하기는 어려웠다.

떼배가 물속으로 곤두박질치지 않고 물살에 맡겨 떠내려가도록 하는 것도 쉬운 일이 아니었다. 더구나 떼배 다섯 척은 물결에 휩쓸리는 대로 각자 놀아 자칫하면 서로 떨어져 행방을 잃어버릴 수도 있었다.

추수는 선두의 떼배를 움직여 방향을 틀어보았으나 마음먹은 대로 되지 않았다. 뒤따르는 떼배도 급하게 흐르는 유속에 휩쓸려 강가로 뗏목을 대기가 어려웠다.

장정들은 지치고 허기져서 결국 강물의 흐름에 뗏목을 맡기는 수밖에 없었다. 떼배를 강변 마을에 있는 도선장에 대기 위해 몇 번 시도해 보았으나 번번이 그냥 지나치고 말았다.

하루 종일 장정들은 끼니를 걸렀다. 떼배 위에서 취사라도 해야 하는데, 쉬지 않고 비가 내리는 바람에 땔나무가 젖어 밥을 지을 수도 없었다.

결국 추수는 떼배와 거기에 탄 장정들을 각자의 운명에 맡길 수밖에 없다고 생각했다. 다섯 척 모두 국내성 나루터의 도선장에 대는 데 실패했기 때문이다.

이제 떼배는 각자 흩어져서 살길을 찾아야만 했다. 벌써 물살의 흐름과 유속의 세기에 따라 줄로 연결해 묶어놓았던 떼배들이 제각기 떨어져 강 하류를 향해 속수무책으로 떠내려갔다.

떼배를 젓다가 지친 장정들은 노를 잡고 졸거나 털썩 주저앉아 뗏목 위에 그대로 드러눕기도 했다. 추수 역시 배고픔과 졸음에 지쳐 무거운 눈꺼풀이 자꾸만 아래로 감겨지는 것을 참지 못했다. 떼배를 물살에 맡겨 떠내려가게 하다가는 좌초하기 십상이었다. 그러니 잠시도 긴장을 늦출 수가 없었다.

추수와 장정들이 뗏목꾼 노릇을 하며 경험을 통해 안 사실이지만, 떼배를 운행하다 보면 곳곳에 많은 위험이 도사리고 있었다. 갑자기 불쑥 솟은 바위가 나타나면 물굽이가 바위를 안고 돌아서 '물개굽이'라고 했다. 물개굽이를 만나면 물살에 휩쓸린 떼배도 바위에 부딪쳐 자칫하면 파손될 위험이 있었다. 큰 바위가 나타나면 물이 두 번 부딪쳤다 흐름을 바꾸는데, 이를 '부엉이굽이'라고 했다. 부엉이굽이를 만나면 더욱 위험한 지경에 처할 수밖에 없었다. 물이 갈지자로 돌아가는 곳을 '냉굽이'라고 하는데, 이런 물결을 만나면 흐름이 매우 어지러우므로 아무리 떼배의 노를 힘껏 저어도 말을 듣지 않았다. 또한 물이 소용돌이치는 '두리소'를 만나면 떼배가 뱅글뱅글 한자리에서 돌다 힘겹게 겨우 빠져나오는 경우도 있었다. 그보다 더 무서운 것은 물이 숨을 쉰다는 '용소'를 만날 때였다. 용소에 떼배가 휩쓸려 들어가면 아무리 경험 많은 뗏목꾼도 빠져나오기 힘들었다. 죽을힘까지 다하여 용을 쓰다 똥오줌을 바지에 지린 적이 있다고, 나이 든 노련한 뗏목꾼들이 이야기할 정도였다.

떼배를 운행하다 보면 이러한 위험이 언제 닥칠지 모르기 때문에 정신을 바짝 차려야만 했다. 그런데 추수가 이끄는 떼배의 장정들은 모두 지쳐버려 자기 몸을 돌볼 힘조차 없었다. 이제 같이 운행하던 떼배들도 각자 떨어져 어디로 갔는지 보이지

광개토태왕 담덕

않았다.

뗏목꾼들이 힘들 때면 부르는 노래가 있었다. '뗏목아리랑'
이었다. 추수는 다른 장정들에게 정신 차리라고 소리치는 데도
지쳐서, 이제 자신도 모르는 사이에 갈라진 목소리로 흥얼대며
노래를 부르기 시작했다.

노 잃고 뗏목 잃은 동무야
어디로 가야만 좋을 거나

아리랑 아리랑 아라리요
아리랑 넘는 길 왜 이리 머나

물개굽이 부엉이굽이 돌다
용소 만나 제자리만 뱅뱅 도네

아리랑 아리랑 아라리요
아리랑 넘는 길 왜 이리 머나

태백에서 띄운 뗏배 흐르고 흘러
압록강 깊은 물 건너 어디로 가나

아리랑 아리랑 아라리요

아리랑 넘는 길 왜 이리 머나

추수의 흥얼거리는 노래가 어느새 장정들을 깨워, 떼배를 젓는 노에 힘이 들어가고 저마다 목소리 높여 후렴구를 넣기 시작했다. 힘을 얻은 그는 후렴구에 맞춰 계속 노래 가사를 이어나갔다. 점점 노랫가락이 구성지게 울려 퍼졌다.

강물이 범람할 때 떼목꾼들은 이와 같은 '떼목아리랑'을 부르며 물에 대한 공포를 잊고, 서로 힘을 합해 노를 저으며 용기를 북돋우기도 했다. 아리랑의 노랫가락은 슬프고 구성지고 비애에 가득 차 있지만, 그런 마음의 동질성이 합심을 유도하여 위기의 현실을 극복하는 강한 힘으로 작용하기도 하는 것이었다.

'떼목아리랑'에 이어 장정 누군가의 입에서 저절로 흘러나오는 가락이 있었다.

떼목에 몸을 실은, 어야데야

압록강 물길, 어야데야

달 넘는 집 소식 그리워, 어야데야

허구한 하소연 노래 부르니, 어야데야

제 김에 목이 메어 눈물 흐르네, 어야데야

'압록강 뱃노래'였다.

이렇게 노래를 부르며 허기를 잊어버리고 잃었던 정신을 되찾은 뗏목꾼들은, 어느 사이 압록강 하구를 벗어나 넓은 바다로 나왔다. 압록강 하구에 여러 섬들이 있어서 뗏배를 대고 싶었으나, 장정들은 그럴 힘조차 없어 그저 물살이 흐르는 방향으로 노를 저어 갈 뿐이었다.

강을 벗어나면서부터 비는 그쳐 있었고, 대신 운무가 끼어 바다는 수평선이 보이지 않을 정도로 아득하기만 했다. 바다로 나오면서 세찬 물결은 죽었지만, 그 대신 파도가 몹시 출렁거려 장정들은 심한 뱃멀미에 시달려야만 했다. 마른나무가 없어 밥조차 짓지 못하고 생식으로 겨우 허기를 모면했으나, 뱃멀미가 나면서 모두들 뱃속에 있는 것들을 게워내기 시작했다.

이렇게 뗏목꾼들이 정신을 차리지 못할 때 안개 저쪽에서 힘차게 노를 저어오는 배가 보였다. 휘파람을 획획 불어대고 뭐라고 외쳐대는 왁자지껄한 소리가 들려왔다.

구토를 하면서도 추수는 다가오는 배를 유심히 살펴보았다. 장사꾼들이 탄 상선이었으면 하는 바람이었는데, 가까이 다가온 배를 살펴보니 해적선이었다. 사공들은 모두 칼과 창, 도끼와 쇠갈고리 등으로 무장하고 있었다.

"모두들 정신 차려라! 해적선이닷!"

추수가 이렇게 외쳤으나 장정들은 그저 뱃속의 음식물들을 토해 내기에 바빴다. 먹은 게 별로 없으니 누런 물만 게워내고 있었다.

"싸울 힘도 없어요. 해적선에도 먹을 건 실려 있겠지요. 설마 저놈들이 굶겨 죽이기야 하겠어요?"

장정 하나가 반은 정신 나간 듯 허옇게 눈을 까뒤집은 채 말했다.

추수도 차라리 해적들에게 붙잡혀 허기라도 모면하는 게 옳다는 생각이 들었다.

"그래, 네 말이 옳다. 반항하지 말고 저들이 하는 대로 순순히 따르자."

추수는 두 손을 번쩍 들었다. 그를 따라 나머지 장정들도 각자 지녔던 무기를 버리고 해적들에게 항복했다.

7

"좋은 칼이로군! 어디서 이런 보물을 훔쳤느냐?"

해적 두목이 추수를 향해 눈을 지릅떴다. 산동반도의 거상들과 여러 번 거래를 했기 때문에 추수는 그들의 말을 얼추 알아들었다. 그는 해적 두목 역시 거상들이 쓰는 말을 사용하는 걸 보고, 그들의 본거지가 산동반도 연안 어디일 것이라고 짐작했다.

해적 두목은 추수에게서 빼앗은 단도를 손에 들고 이리저리 살펴보았다. 칼집에서 칼을 빼내자 칼날이 예리하게 빛났다.

칼자루에 금도금을 입힌 단도는 바로 추수가 평양성 전투에 출진하기 전날, 당시 왕자비였던 동궁빈에게서 받은 선물이었다. 그는 그 단도를 늘 몸에 지니고 다닐 만큼 소중하게 여기고 있었다. 그런데 뗏목이 표류하면서 해적들의 포로가 되었을 때 추수는 두 손을 결박당한 상태에서 가슴 깊이 넣어두었던 단도를 그들에게 빼앗기고 말았던 것이다.

"그 칼은 내게 소중한 것이니 돌려주시오."

추수는 간절한 눈빛으로 두목을 바라보았다.

"애꾸눈! 이런 고급 단도는 네놈의 것일 리가 없다. 어디서 훔친 것이냐?"

두목이 눈을 흘겨 떴다.

"훔치다니? 네놈처럼 내가 해적질이나 해 먹고사는 시러베아들인 줄 아느냐?"

두목의 애꾸눈이라는 말에 고분고분하던 추수는 이를 부드득 갈아붙였다. 손발이 자유롭다면 곧바로 놈의 이죽거리는 턱부터 날려주고 싶었지만, 두 손이 밧줄로 묶였을 뿐만 아니라 발에도 어린애 머리통만 한 쇳덩어리가 채워져 있어 도무지 기신을 할 수 없었다.

"내가 봐도 네놈이 저 뗏목의 우두머리인 것만은 틀림이 없어 보인다. 이런 단도는 아무나 가질 수 있는 게 아니다. 아무튼 오늘 우리는 횡재를 했다. 재목으로 쓸 뗏목을 여러 척 얻은 데다 노예로 팔 사공 놈들 10여 명을 잡아 가두었으니, 하루 벌이로는 전에 없는 큰 소득 아니더냐?"

해적 두목은 입을 크게 벌리고 통쾌하게 웃었다.

'10여 명이라고?'

추수는 해적 두목의 말을 듣고 자신의 뗏목뿐만 아니라 각자 어디론가 떠내려가 흩어졌던 동료들도 해적선에 타고 있을지 모른다고 생각했다.

해적들은 곧 추수를 선실로 끌고 갔다. 갑판 밑의 선실은 총 3층으로 되어 있었는데, 1층은 주방과 침실, 2층은 노예들을 가두는 감방, 맨 밑의 3층은 상선에서 탈취한 각종 물품들을 쌓아두는 창고로 쓰였다. 해적선의 감방에는 노예로 팔려 가게 될 많은 사람들이 손발 묶인 상태로 감금되어 있었다.

갑판 아래 2층 감방에 내려가니, 추수의 짐작대로 그곳에 뗏배를 타고 온 장정들이 있었다. 그는 반가웠으나, 포로가 된 입장이라 서로 눈빛을 주고받을 뿐 알은체를 하기도 어려웠다. 서로 모른 척하는 것이 나중에 각자 행동하기 수월할 수도 있다는 생각이 들었던 것이다.

쇠창살로 된 감방은 크게 두 개로 나누어져 있었고, 각 방에는 남자와 여자가 격리된 상태에서 그야말로 개돼지나 다름없이 사육되고 있었다. 하루에 아침과 저녁 두 끼의 식사가 나오는데, 귀리나 수수 가루를 묽게 끓여 만든 멀건 죽이 전부였다. 손발이 묶였으니 정말 개돼지처럼 모두들 그릇에 얼굴을 처박은 채 혀로 죽을 핥아먹어야만 했다.

추수가 거느렸던 뗏목꾼들 중 해적선에 포로가 된 장정은 그를 포함해 모두 16명이었다. 떼배 다섯 척 중 네 척이 해적들의 손에 들어간 것이었다. 한 척은 바다에 표류되어 어디로 떠내려갔는지 알 길이 없었다.

원래 태백산 기슭의 압록강 상류에서 출발한 떼배는 국내성이 있는 강 중류의 나루터 도선장에서 재정비를 한 후, 범선에 매달고 바다를 건너 산동반도에 이르게 되어 있었다. 떼배는 강물의 흐름을 타기는 쉬우나, 바다로 나와 해류에 휩쓸리면 목적지에 닿기 어려웠다. 그래서 장정들은 모두 국내성 인근 나루터의 도선장에서 떼배를 매단 범선에 옮겨 타고 노를 저어 항해를 했던 것이다.

그런데 폭우로 강물이 범람하면서 미처 떼배를 국내성 인근 나루터 도선장에 대지 못하는 바람에, 다섯 척 모두 바다로 나오면서 뿔뿔이 흩어지게 되었다. 그래도 그중 네 척이 해적선에 발견되어 장정들 16명이 목숨을 건진 것은 불행 중 다행이었다.

추수가 말갈부락에서 데려온 장정들을 이끌고 뗏목을 탄 지도 벌써 두 해가 넘었다. 그동안 수십 차례 태백산에서 산동반도까지 오가면서 뗏목을 건축 목재로 팔고, 그 돈으로 곡물을 사서 다시 범선에 싣고 국내성 도선장까지 날랐다.

도선장에는 대상 하대용의 아들 하명재가 곡물 거래 시장을 크게 열었다. 그 곡물들은 다시 보부상들에 의해 국내성을 비롯한 고구려 각지로 팔려 나가 수년에 걸친 흉년으로 기근에 시달리는 백성들의 소중한 식량이 되었다.

추수는 철저하게 곡물 거래에 참여하지 않았다. 하명재와의 곡물 거래는 같이 뗏배를 타던 탁보가 행수 역할을 맡아 수행했다. 즉 추수는 뗏목을 타는 책임만 맡고 탁보는 주로 곡물 거래를 하는, 말하자면 서로의 역할 분담이 철저하게 지켜졌던 것이다.

따라서 하명재도 추수의 정체는 알아채지 못했다. 더구나 왼쪽 눈에 가죽 안대를 대어 누구도 쉽게 그의 예전 얼굴을 기억하기 어려웠다. 탁보도 추수의 당부가 있어 아무에게도 그에 대한 이야기를 하지 않았다.

이처럼 추수가 철저하게 자신의 신분을 감춘 것은, 만약 하명재가 알게 될 경우 자연적으로 국내성 동궁전에까지 그 소문이 들어갈까 우려되었기 때문이다. 곧바로 왕태제 이련과 동궁빈 하씨에게 전해질 것은 불을 보듯 뻔한 노릇이었던 것이다.

추수는 그것이 두려웠다. 동궁빈은 그가 이미 평양성 전투에서 죽었다고 알고 있을 것이었다.

'연화 아씨!'

추수는 마음속으로 이렇게 동궁빈의 결혼 전 이름을 되뇌어 보았다. 그와 함께 평양성 전투에 가기 전날 동궁빈 하씨가 선물로 준 단도 생각이 났다. 이제 그 단도는 해적 두목의 손에 들어가 있었다.

해적들에게 나포된 지 사흘이 지나자 추수를 비롯한 뗏목꾼들은 기진했던 몸을 조금씩 추스르기 시작했다. 해적선 감옥에 갇혀 있는 사람들은 추수 일행을 빼고 나면 대부분 백제인들이었다.

그들 백제인들은 옷차림이나 행동거지와 말하는 투로 봐서 거개가 농민들이나 장사꾼들이었는데, 어쩌다 운수 사나워 해적들에게 포로가 되어 노예로 팔려 가게 된 것이었다. 그들은 무지렁이 민초들이라 동요도 없었고, 그저 고분고분 해적들의 명령에 따르며 처분만 바라고 있을 뿐이었다.

해적들과 백제 민초들 사이에 거간꾼이 있는 것이 분명했다. 거간꾼이 중간에서 백제의 민초들을 모아주면 해적들은 그들을 배에 태워 산동반도로 건너가 노예로 팔아넘기고 있었던 것이다.

포로가 된 백제인들이 하는 얘기를 들어보니, 해적들은 중원의 수백만 평이 넘는 땅을 가진 대지주들에게 노예로 팔아 거금을 챙기는 것 같았다. 이렇게 팔려 간 노예들은 대지주의 땅에서 수수 농사를 짓거나, 수수를 빚어 고량주를 만드는 술 도가에서 힘든 노역에 시달리는 모양이었다.

'이대로 끌려가다가는 노예로 팔리기 십상이겠군.'

추수는 며칠 전부터 해적들의 손아귀에서 벗어날 방법을 모색하면서, 동료 뗏목꾼들의 건강이 회복되기만을 기다리고 있던 참이었다. 동료들은 손발이 묶여 있어서 그렇지, 감금된 지 며칠이 지나자 점차 눈빛이 살아나기 시작했다.

"여보게들, 이리 좀 모여 보게."

추수는 동료들 중 총기 있어 보이는 장정 서너 명을 구석자리로 불렀다.

"무슨 좋은 수가 있을까요?"

장정 하나가 귓속말로 속삭이며 경계의 눈빛으로 조심스럽게 주위를 살폈다.

"내가 며칠 동안 곰곰이 생각해 보았네만, 우리가 이 해적선을 탈취하는 방법만이 위기에서 벗어날 유일한 길이네."

추수가 장정들에게 귓속말로 속삭였다.

"손발이 묶였는데 어떻게 탈취를 합니까?"

다른 장정 하나가 시선을 창살 쪽에 둔 채 추수에게 물었다. 혹시 감시하는 해적들에게 들킬까 염려되어서였다.

"묶인 손발을 풀어야지."

"열쇠도 없는데 어떻게 풉니까?"

"저들이 가지고 있는 열쇠를 우리가 손에 넣으면 된다. 일단 감시하는 해적들이 나타나면 우리끼리 엉겨 붙어 죽자 사자 싸우는 척 소란을 피우는 거야. 우리들 중 몇몇은 피투성이가 돼야 저들의 눈을 속일 수 있어. 피를 흘리고 마구 뒹굴면서 죽는 시늉을 하면 저들이 소란을 막기 위해 문을 열고 들어오겠지. 그때 녀석을 족쳐 열쇠를 찾아 서로 도와가며 우리들의 묶인 손발부터 풀어야지. 그다음은 내가 지시하는 대로 따르면 된다."

추수의 말에 장정들은 바로 알아들었다는 듯 저마다 고개를 끄덕거리며 의미심장한 눈빛을 주고받았다.

곧 저녁때가 되었다. 감시자들이 죽통을 들고 지하실로 내려왔다. 멀건 죽이라 장정들의 양에 차지 않았고, 겨우 목숨만 부지할 수 있을 정도로 주어서 식사시간이 되면 모두들 걸신들린 사람처럼 죽 그릇으로 달려들었다.

미리 입을 맞춘 대로 추수와 몇몇 장정들은 죽을 가지고 다툼을 벌였다. 서로 죽을 탈취해 더 많이 먹겠다고 싸움을 시작한 것이었다. 순식간에 죽 그릇이 엎어지고 멀건 죽이 바닥으로 흘렀다. 그러자 장정들이 미끄러지고 뒤엉키면서, 삽시간에 감방은 서로 치고받는 일대 난장판으로 변해 버렸다. 그중 몇몇은 입술과 코가 터져 피범벅이 된 얼굴로 바닥에 나뒹굴었다.

"아니, 이 자식들이?"

감시자 둘이 감방 문을 급히 열고 들이닥쳐 장정들을 향해 몽둥이를 휘둘러댔다. 그때 추수가 재빨리 머리로 두 녀석의 가슴팍을 들이받아 실신을 시킨 후 그들이 허리에 차고 있던 차꼬의 열쇠를 손에 넣었다. 그는 그것으로 감방에 있는 사람들의 묶인 손발을 풀어주었다.

그러는 사이 감방에서 일대 소란이 벌어진 것을 뒤늦게 알게 된 해적들이 칼과 창을 들고 계단을 통해 달려 내려왔다.

손발이 자유로워진 추수는 감시자에게서 빼앗은 몽둥이를 들고 감옥 문을 나섰다. 그가 급히 서둘러 계단을 내려오는 해적들을 향해 몽둥이를 휘두르자 머리가 터져 엎어지는 놈, 가슴을 맞고 자빠지는 놈, 앞에서 쓰러지는 것을 보고 되돌아서서 도망치다가 뒤통수를 맞고 피를 흘리는 놈 등 해적선에선 아우성 소리가 요동쳤다.

추수는 몽둥이 대신 쓰러진 해적의 칼을 들고 위층 계단으로 뛰어올랐다. 다른 장정들도 저마다 병장기를 탈취해 들고 그의 뒤를 따랐다.

갑판은 감방에서 두 층을 더 올라가야만 했다. 해적들이 주로 사용하는 공간은 갑판 아래층이었는데, 바로 밑의 감방에서 일대 소란이 일어나자 각자 방에서 휴식을 취하다가 병장기를 들고 막 계단을 올라오는 추수 일행과 격투를 벌였다.

추수의 칼은 여지없이 해적들의 급소를 겨냥하고 날아들었다. 칼날이 허공을 긋는가 싶었는데, 어느 사이 두세 명씩 비명을 지르며 자빠지거나 배를 싸안고 나뒹굴었다. 그의 뒤를 따르던 장정들도 각자 방에서 뛰어나오는 해적들을 맞아 싸웠다.

해적들은 추수와 그가 이끄는 장정들의 기세에 눌려 갑판으로 도망쳤다. 싸움은 사람의 머릿수가 아니라 어느 편이 기선을 제압하느냐에 따라 양상이 달라질 수 있었다.

추수의 칼이 위협적으로 허공을 가를 때마다 해적들이 속수무책으로 쓰러지면서 이미 승패가 결정되었다. 그를 따르는 장정들의 공격에 쫓기던 해적들은 갑판 위에서도 설 자리를 잃자 바다로 몸을 던졌다.

그러나 해적 두목은 끝까지 갑판을 사수하며 결사적으로 항전을 했다. 역시 두목답게 칼 다루는 솜씨가 남달랐다.

"이놈아! 칼을 버리고 순순히 항복하면 목숨만은 살려주마."

추수의 말에 해적 두목은 결기를 세웠다.

"자, 한꺼번에 다 덤벼라. 뗏목이나 타는 잡놈들을 상대하다니, 내 자존심이 허락하질 않는구나."

해적 두목이 칼을 곧추세우며 추수를 향해 이죽거렸다.

"녀석! 두목이라고 기는 죽지 않았구나. 그 기백이 가상하다. 여봐라, 다들 무기를 내려놓고 나와 이놈이 대결하는 걸 구경이나 해라."

추수는 해적 두목을 향하여 빙긋 미소를 지은 후 주위에 둘러선 장정들을 향해 소리쳤다.

드디어 추수와 해적 두목이 갑판 위에서 칼로 맞대결을 펼치게 되었다.

"애꾸눈! 각오해라. 너를 오늘 저 바다에 수장시켜 주마."

해적 두목이 먼저 이를 갈아붙이며 공격해 들어왔다.

"기다리던 바다. 누가 오늘 수장되는지 이 칼이 심판해 줄 것이다."

추수도 해적 두목의 공격을 가볍게 받아넘겼다. 해적 두목은 곧바로 기술적인 칼솜씨를 보여주지 않고 상대를 떠보는 공격을 서너 번 시도했다. 추수는 가볍게 상대의 칼을 받아넘기면서 곧 두목이 자신보다 한 수 아래임을 간파했다.

추수는 속임수를 써서 상대가 자신을 얕잡아보고 함부로 공격할 때까지 기다리기로 했다. 그래서 몇 번 발을 헛딛는 척 허둥거려 보았다. 그의 판단은 맞아떨어졌다.

해적 두목은 상대의 검술이 자신보다 낮다고 생각하고, 그 때부터 물불 가리지 않고 칼을 휘둘러대기 시작했다. 이때 추수는 정신없이 쫓기는 척, 이리저리 몸을 피하기만 했다.

검술의 대가들은 칼을 함부로 쓰지 않았다. 상대의 공격을 막는 칼은 한갓 춤사위에 불과했고, 결정적인 것은 허공을 가르는 단 한칼의 번뜩임에 의해 종결되는 법이었다.

한참 파상적인 공격을 해오던 해적 두목이 어느 순간 비칠거리기 시작했다. 이때를 기다려 수비 자세만 취하던 추수가 공격의 칼날을 세우려고 하자, 해적 두목은 갑자기 칼을 던지고 무릎을 꿇었다.

"항복! 제발 목숨만 살려주십시오."

해적 두목은 두 손으로 싹싹 빌었다. 그는 싸움이 중반으로 접어들 무렵부터 추수의 실력을 알아채고 있었다. 끝까지 대결하다가는 그 자신이 갑판 아래 바다 속으로 떨어져 수장될 것을 알았다. 그래서 목숨을 구걸하기로 한 것이었다.

추수는 공격 자세를 풀고 나서, 해적 두목으로 하여금 아직도 배 안에 흩어져 있는 남은 졸개들을 갑판 위로 집합시키라고 명령했다. 노를 젓던 졸개들까지 모이자 얼추 서른 명 남짓 되었다.

"이제부터 이 배의 선장은 나다. 모두 내 명령에 따르겠느냐? 명령을 어기는 자는 이 자리에서 가차 없이 목을 베어버리겠다. 이 칼이 무서운 자들은 무릎을 꿇어라."

추수가 높은 단 위에 올라가 소리쳤다.

해적 두목부터 무릎을 꿇었다. 그러자 눈치를 보던 다른 졸개들도 순순히 따르지 않을 수 없었다.

"여기 대장님의 칼이 있습니다."

해적 두목이, 며칠 전 포로가 되었을 때 빼앗겼던 추수의 단도를 두 손으로 바쳤다. 그는 단도를 받아 품속에 소중히 간직했다.

제3장

여명의 기운

1

국내성 동궁전 후원에 봄빛 완연한 햇살이 기와지붕과 나뭇가지와 풀밭에 내려와 저마다의 빛깔로 화사하게 피어났다. 나무들은 가지마다 연녹색 잎사귀들을 밀어 올리더니, 어느새 짙푸른 녹음으로 변했다. 그 숲의 품안에 부리를 좌우로 놀려대며 짹짹거리는 새들이 모여들어 저희들만의 언어로 소통하고 있었다.

팅, 팅, 팅!

새들의 지저귐 사이로 과녁에 화살 꽂히는 소리가 삽상한 공기를 흔들었다.

"명중이오."

과녁 뒤에 숨었다 나온 동자 하나가 정중앙에 꽂힌 화살을 확인하고, 곧 붉은 기를 든 팔을 벌려 둥그렇게 원을 그렸다.

"허허, 백발백중이 아니더냐? 동명성제의 활솜씨를 그대로 이어받았구나."

왕태제 이련이 아들 담덕을 바라보며 벌어진 입을 다물지 못했다.

"단궁檀弓도 아니고 맥궁貊弓을 다루다니, 과연 놀라운 일이옵니다."

동궁 후원의 내불전 주지 석정이 이련 옆에 서서 담덕의 놀라운 솜씨에 추임새를 넣었다.

"담덕 공자의 근력은 성인 못지않습니다. 이태 전만 해도 단궁으로 활쏘기 연습을 했는데, 올해부터는 맥궁을 다루기 시작하였나이다."

이렇게 말한 것은 담덕의 무술사범을 맡은 유청하였다.

원래 담덕은 다섯 살 때부터 문무를 겸비한 을두미에게 학문과 무술을 익혔다. 그런데 을두미가 하가촌으로 돌아가고 난 이후부터, 왕태제 이련은 자신의 수하 무사인 유청하로 하여금 아들의 무술을 가르치게 하고 있었다. 그리고 학문을 익히는 일은 내불전에 주석하고 있는 승려 석정에게 맡겼다.

담덕은 쉬지 않고 열 발의 화살을 차례차례 당겼다. 단 하나의 화살도 과녁에서 벗어나는 법이 없었다. 어린 나이에도 불구하고 유난히 긴 그의 팔에는 어른 못지않은 힘이 들어가 있었다. 각궁을 당기는 힘은 과녁에 꽂히는 화살의 소리만 듣고도 그 강도를 능히 짐작할 수 있을 정도였다.

단궁은 박달나무로 만든 목궁이며, 맥궁은 무소의 뿔과 쇠심줄로 만든 활이라 하여 각궁으로 불렸다. 단군 시대부터 즐겨 사용해 온 단궁은 고구려 시대에도 활쏘기 연습용이나 사냥용, 군사용으로 다양하게 쓰였다. 그러나 사거리가 좋은 맥궁이 나와 군사용으로 쓰이면서, 단궁은 연습용이나 가벼운 사냥용 활로 쓰임새가 바뀌었다. 따라서 유소년들이 활쏘기 연습을 할 때는 무게가 덜해 다루기 쉬운 단궁을 썼고, 청년이 되면 맥궁을 다루면서 점차 팔의 힘을 길러 사거리를 늘리는 연습을 했다.

"허허, 우리 담덕이는 아직 일곱 살이 아니던가?"

왕태제는 아들 담덕의 화살이 과녁의 중앙에 꽂힐 때마다 감탄사를 연발했다.

그러는 사이 동궁빈 하씨도 후원의 뜰로 나와 조용히 아들의 활쏘기 연습을 구경하고 있었다.

"나이가 문제인가요? 중요한 건 집중력이겠지요."

동궁빈의 말에 왕태제가 뒤를 돌아보았다.

"아니, 언제 나오셨소?"

"방금 나왔습니다. 과녁을 명중시키는 소리에, 누가 활을 쏘는지 궁금해서 나와 보았어요."

동궁빈도 아들 담덕의 활솜씨를 보고 자못 감개무량하여 목소리가 상기되어 있었다. 담덕은 태어날 때부터 체구가 남달랐다. 보통 아기들보다 몸무게도 많이 나갔고, 팔과 다리도 굵직굵직했다. 그래서 동궁빈은 출산을 할 때 거의 사경을 헤맬 정도로 힘들었던 기억을 떠올렸다.

　화살을 다 쏜 담덕이 동궁빈을 발견하고 달려왔다.

　"어머니가 나와 계신 줄 몰랐어요."

　담덕이 꾸뻑 절을 하며 열없게 얼굴을 붉혔다. 그런 얼굴에선 활쏘기 연습을 할 때와는 달리 어린아이의 천진스러움이 느껴졌다.

　"우리 아들, 자랑스럽구나! 네 활솜씨는 추모대왕을 닮았어."

　동궁빈은 담덕을 와락 끌어안았다. 일곱 살 난 아들이지만 보통 아이들보다 체구가 커서 가슴으로 하나 가득 들어왔다.

　"추모대왕께선 어린 시절에 장난감 활로도 파리를 쏘아 맞혔다고 들었습니다. 그런 경지에 이르려면 소자는 아직 멀었지요."

　"추모대왕 이야기는 어디서 들었느냐?"

　"예전에 을두미 사부께서 말씀해 주셨습니다."

　"오, 을두미 사부께서?"

　동궁빈은 대견한 얼굴로 담덕을 번쩍 들어 올려 얼굴을 가까이 하고 마주 바라보았다.

"을두미 사부님이 보고 싶습니다. 할아버지같이 자상하게 대해 주셨는데……."

담덕은 어머니의 목을 두 팔로 껴안으며 귀에 대고 속삭였다.

"을두미 사부께서 추모대왕의 신화를 들려주신 모양이구나. 추모라는 말이 활을 잘 쏘는 아이를 이르는 말이지 않니? 우리 담덕이도 추모대왕 피를 이어받아서 활을 잘 쏘는 모양이야."

이련이 아들을 향해 부연해서 설명해 주었다.

이때 동궁빈은 문득 담덕에게 할아버지가 없다는 것을 상기하고 애잔한 느낌을 받았다. 한창 크는 어린아이들에게는 부모의 역할도 중요하지만 조부모의 역할이 따로 있다는 생각이 들었던 것이다.

어린 담덕에게는 태어날 때부터 어리광을 부려 재롱을 보여줄 조부모가 없었다. 그 역할의 일부를 사실상 사부 을두미가 해주었던 것이다.

"담덕아! 네 조부이신 선왕 폐하에 대해 아느냐?"

동궁빈은 담덕을 땅에 내려놓으며 물었다. 이젠 무거워서 오래 안고 있을 수도 없을 정도였다.

"네, 사당에 가면 대왕 폐하께서 꼭 화살촉을 보여주시곤 했어요. 선왕 폐하이신 할아버지께서 백제군의 화살을 맞고 돌아가셨는데, 바로 그 화살촉이었다고 들었습니다."

"음, 그래! 선왕 폐하의 원수를 한시도 잊어서는 안 될 것이야."

이렇게 모자가 하는 이야기를 듣고 있던 석정이 만면에 미소를 가득 실으며 가까이 다가왔다.

"오늘 공자의 활솜씨를 보니, 우리 고구려에 명궁이 태어났어요. 어찌 그렇게 과녁을 정확하게 명중시킬 수 있습니까?"

석정의 질문에 담덕이 눈을 반짝거렸다. 그러자 주변에 둘러선 왕태제 이련과 동궁빈 하씨, 그리고 무술사범 유청하까지도 두 사람을 번갈아 바라보며 흥미로운 눈길을 던졌다.

"화살보다 먼저 마음이 날아가 과녁을 명중시켜야 해요. 그러면 화살도 정확하게 맞아요."

담덕은 망설이지도 않고 거침없이 대답했다.

"오호! 그걸 누가 가르쳐주었습니까?"

"사부님께서 활쏘기는 마음의 수양이라고 하셨어요. 마음이 정제되어야 목표물을 정확하게 명중시킬 수 있다고요."

이때 무술사범 유청하가 담덕에게 물었다.

"나는 그런 말을 한 기억이 없는데, 공자께선 어떻게?"

"아, 네! 그건 을두미 사부님께서 가르쳐주신 거예요."

담덕이 또랑또랑한 목소리로 대답했다.

"담덕아, 을두미 사부가 몹시 보고 싶은 모양이로구나?"

왕태제 이련이 담덕에게 물으며, 시선을 동궁빈에게 돌려 그렇지 않느냐는 눈빛을 보냈다.

"그래, 우리 아들이 할아버지 정을 느끼지 못해 그런 모양이다."

동궁빈은 무척 안쓰러운 얼굴로 담덕을 쳐다보았다.

"네, 을두미 사부님은 할아버지 같아요. 그런데 지금 사부님은 어디 계세요?"

"을두미 사부님은 네 어머니의 고향인 하가촌의 무술도장에 계신다."

이련이 대답해 주었다.

"어머님의 고향이라면 소자도 한번 가보고 싶어요. 외조부님도 뵙고 싶구요."

언젠가 하가촌에서 하대용이 궁궐로 찾아와 외손자 담덕을 안아보았던 적이 있었다. 담덕은 그걸 기억하고 있었던 것이다.

"그렇구나. 우리 아들이 벌써 어른스런 생각을 다 하는구나?"

"외조부님이 사시는 하가촌이 어떤 곳인지도 궁금해요."

담덕은 아직 어리광을 부릴 나이였다. 그러나 그의 마음속에서는 답답한 궁궐을 한번 벗어나 보고 싶은 유혹의 심리가 꿈틀거리고 있었다. 그는 남달리 모험을 좋아했던 것이다.

그날 밤 왕태제 이련과 동궁빈 하씨는 아들을 잠재운 뒤 오래간만에 담소를 나누었다. 주로 대화의 주제는 낮에 있었던 담덕의 활쏘기에 관한 것들이었다.

"아무래도 담덕에겐 을두미 선생이 필요한 것 같소."

부부가 아들 담덕의 교육 문제를 의논하던 끝에, 이련이 먼저 을두미에 대한 이야기를 꺼냈다.

"학문의 스승으론 석정 대사가 있고 무술의 스승으론 유청하 사범이 있긴 하지만, 그 두 분야를 고루 겸비한 을두미 사부님만큼 큰 스승은 없는 것 같아요. 특히 병법 분야에서는 우리 고구려에서 을두미 사부님을 따라갈 인물이 없다고 생각해요."

부부는 일심동체라고, 동궁빈도 이련과 같은 생각을 갖고 있었다.

"우리 담덕이를 하가촌으로 보냅시다."

"담덕이는 유일한 고구려의 왕손으로 신변보호가 중요해요. 진작부터 담덕이를 을두미 사부님께 보내자고 말씀올리고 싶었으나, 사실은 신변의 위험성 때문에 망설이고 있던 참이었어요."

"그 점이라면 유청하 사범에게 맡기면 될 것이오. 유청하 사범을 우리 담덕이의 호위무사로 붙여 하가촌에 보낸다면 신변의 위험은 없을 것 아니겠소?"

"그래도 아직은 어린 나이라서……"

"이곳 궁궐에서만 자라나면 우물 안 개구리밖에 더 되겠소? 고생이 되더라도 세상을 두루 경험할 수 있도록 해야지요."

"일곱 살이면 아직 어리광이나 부릴 나이인데……."

동궁빈이 계속해서 망설이는 것은 담덕이 어리기도 하지만, 그래서 아들을 멀리 보내야 하는 어미로서의 마음을 스스로 다잡기 어려웠기 때문이다.

"물론 아들을 보내놓으면 그 허허로운 마음을 달래기가 쉽지 않을 것이오. 그러나 우리 담덕이를 이 시대의 영웅으로 만들기 위해서는 고난을 이기는 법도 스스로 깨우치도록 해야 할 것이오. 지금이야말로 어머니의 치마폭에서 벗어나야 할 때라고 생각하오. 아들과 떨어지는 것이 아쉽긴 하지만, 우리 담덕이를 하가촌의 을두미 사부에게 맡기도록 합시다."

왕태제 이련은 확고하게 자신의 결심을 밝혔다. 결국 동궁빈 하씨도 더 이상 망설이고 있을 계제가 아님을 깨달았다.

이렇게 두 사람이 대화를 하고 있는 가운데, 잠이 든 담덕의 얼굴에 엷은 미소가 어리고 있었다. 한창 봄날의 단꿈에 빠져 있는 모양이었다.

2

산야가 진초록으로 물들고, 얼음장 밑으로 흐르던 강물도 풀렸다. 겨우내 강물이 얼어 일손을 놓고 있던 뗏목꾼들이 다시 일을 시작했다. 태백산에서부터 압록강 줄기를 타고 목재를 운반하는 뗏목꾼들의 노랫가락이 구성지게 강안으로 울려 퍼졌다.

'뗏목아리랑'이었다. 아리랑은 지역이나 그것을 부르는 사람에 따라 시시각각 다른 가사, 다른 곡조로 바뀌었다. '아리랑'이라는 것은 그저 후렴구에 불과했고, 지역의 정서에 맞게 그 창법도 다양하게 표현되고 있었다. 느린 곡조지만 구슬프면서도 함께 부르면 절로 힘을 솟아나게 만드는 것이 아리랑 가락의 묘미였다.

물결의 흐름을 보면 직선보다 곡선이 더 유장하게 흐르며, 휘돌아 나가는 유속 또한 빨랐다. 아리랑의 느린 곡조 속에도 유연하면서 억센 사내들의 강골 기질이 숨겨져 있는 데다, 거기에 소리의 능청스러움까지 더해지면서 노랫말은 피맺힌 한과 풍자 내지는 해학까지 담아내고 있었다.

강 언덕에 서서 을두미는 한동안 뗏목꾼들의 아리랑 곡조에 귀를 기울이고 있었다. 그는 아리랑 곡조를 문득 남다른 의미로 연상하면서 과연 고구려의 힘은 어디서 오는가, 깊이 생각을 해보고 있는 중이었다. 저 까마득한 옛날 조선을 세운 단군 시대부터 부여를 거쳐 고구려로 면면히 이어져 내려오는 민족적 기질과 줏대를 한마디로 표현하기는 매우 어려운 일이었다.

을두미는 예전부터 고구려의 기상을 음악에서 찾아보려고 노력했다. 그래서 그가 국상을 겸해 태학박사로 있을 때 악정樂

正의 직무를 맡은 거문고의 명인 왕산악으로부터 즐겨 탄주를 듣곤 했다. 당시 왕산악은 태학박사로 유생들에게 악서樂書를 가르치고 있었다.

왕산악은 을두미보다 나이가 십여 세 아래였는데, 일찍이 동진에 가서 공부했다. 칠현금을 들고 귀국한 후, 현을 하나 줄여 여섯 줄의 거문고를 만들었다. 그는 이 거문고로 많은 창작곡을 지어 직접 연주했다. 그의 거문고 탄주는 실로 하늘의 소리에 가까운 신명을 자아내고 있었다.

"과연 왕산악 선생께선 우리 고구려를 대표하는 탄주의 대가이시오. 선생의 거문고 소릴 듣고 있으면 저절로 신명이 어깨에 실립니다."

을두미는 왕산악의 거문고 탄주를 듣고 있으면 그 스스로 몸을 솟구쳐 하늘로 올라가는 듯한 신비한 느낌에 빠졌다. 그가 말한 신명은 몸으로 느끼는 강신무의 춤과도 일맥상통하는 의미를 지니고 있었다.

"음악은 하늘과 땅 사이의 소통입니다. 악기를 연주한다는 것은 땅의 소원을 하늘에 비는 행위이고, 그렇게 얻은 소리의 공명은 하늘의 명을 땅에 전달하는 것에 다름 아니지요. 새가 공중으로 날아오르고 땅에 내려앉는 것은, 하늘과 땅의 소통을 위한 날갯짓 아니겠습니까? 음악은 바로 새의 날갯짓과도 같은 역할을 하는 것입니다. 그러므로 신명이란 하늘과 땅이

한뜻으로 만나 어우러짐을 말하는 것이라 생각합니다. 국상께서 음악을 듣고 어깨에 신명이 실렸다면, 이미 하늘의 뜻과 땅의 소리를 능히 체득하고 계신 것 아니겠습니까?"

왕산악은 을두미를 바라보며 엷은 미소를 지어 보였다.

"감히 음악을 안다고 할 수는 없고, 그저 겨우 귀로 듣는 시늉이나 할 따름이지요."

"아닙니다. 국상께서는 학문에 두루 밝은 데다 시문에도 일가견을 갖고 계시지 않습니까? 시문이 바로 음악의 서곡과도 같은 것이지요."

왕산악은 이미 음악으로 입신의 경지에 도달한 사람이었다. 그의 말을 들으면서 을두미는 적어도 그렇게 생각했다.

'그래, 고구려의 힘은 신명에 있어!'

을두미는 뗏목꾼들의 아리랑 가락을 들으며 그런 생각에 오래도록 잠겨 있었다. 정치란 바로 백성들에게 그런 신명을 낼 수 있도록 해주는 것이라 생각했다. 그렇게 되면 저절로 백성들의 어깨에 신명이 실려 힘을 얻게 되는 것이었다. 그 신명은 힘든 일도 수월하게 할 수 있게 해주며, 전쟁터에서의 공포도 씻은 듯이 가시도록 만들어준다고 생각했다. 저절로 힘이 불끈불끈 솟아 용기백배하여 죽기로 싸우기도 하니, 신명이야말로 고구려의 기질이면서 줏대와 같은 것이었다.

바로 그때, 을두미를 따라온 추수의 아들 업복은 마치 신명이라도 들린 듯이 하늘을 나는 새들에게 정신이 팔려 팔을 벌린 채 만세를 부르고 있었다. 아직 코뚜레를 하지 않은 어린 송아지처럼 이리 뛰고 저리 뛰며 잠시도 가만히 있질 못했다.

을두미는 시선을 돌려 그런 업복을 바라보곤 츳츳, 혀를 찼다.

"이 녀석아! 정신 사납다. 가만히 좀 있거라."

어린 시절을 개마고원의 말갈 마을에서 보내서 그런지, 업복은 마치 길들여지지 않은 담비나 승냥이 같았다. 피를 나눈 사이는 아니지만, 그 아비 추수가 어린 시절 개마고원 도장에서 을두미에게 무술을 배울 때와 그 기질이 별반 다르지 않았다. 그와 마찬가지로 추수 밑에서 무술을 배우고 사냥을 다니다 보니 업복도 후천적으로 그 영향을 받은 모양이었다.

추수가 해적선을 탈취해 산동반도에 근거지를 마련하고 서해와 발해의 해상권을 장악하게 된 지도 벌써 2년여의 세월이 흘렀다. 추수는 산동반도에 떠돌고 있던 고구려 유민과 북방에서 밀려 요동을 거쳐 요하로 내려온 부여의 유민들을 규합해 대규모의 선단을 만들었다.

한때 요서지역을 장악했던 백제의 세력이 약해지지면서 전진에 의해 멸망한 연나라 유민들이 해적으로 변했다. 그들은 주로 연나라 군대에서 산개한 자들로, 먹고살기 위해 무리지어 무역선을 공격하는 도둑떼가 되었던 것이다.

요동에서 요하에 걸친 지역은 아직까지 동진의 영향권 밖에 있어서 어느 나라 땅이라고 규정짓기 어려웠다. 또한 전진이 연나라를 굴복시켰지만, 강남의 동진에 대한 견제가 급선무여서 요동이나 요하까지 신경 쓸 겨를이 없었다.

이러한 틈을 노려 연나라 유민 출신들은 해적선을 타고 해상무역을 하는 상선들을 탈취하였으며, 사로잡은 사람들을 노예로 팔아 이득을 챙기는 행위를 서슴지 않았다. 그러나 추수가 산동반도에 정착하면서 그런 해적들은 점차적으로 자취를 감추었다.

추수는 해적을 잡는 이른바 일목장군으로 산동반도 일대에서 크게 명성을 떨치고 있었다. 검은 가죽 안대로 왼쪽 눈을 가린 그를 가리켜서 그렇게들 불렀다. 사실은 오래전에 을두미가 그런 별칭을 붙여준 것인데, 추수가 그대로 그것을 자기 이름처럼 사용했던 것이다.

뗏목 선단을 끌고 가다 홍수를 만나 표류되어 해적들에게 붙잡혔던 추수는, 오히려 그들을 제압해 해적선을 탈취한 후 대선단을 만들어 산동반도에 정착했다. 그의 선단은 크게 군선과 상선으로 구분되어 있었다.

추수가 이끄는 군선은 해적선의 출몰을 막고, 상선은 그런 군선들의 보호를 받으며 바다를 통해 무역을 하는 대상단으로 확실하게 자리를 굳혔다. 태백산에서 벌목한 목재들도 뗏목꾼들에 의해 추수의 상단에 전해져, 산동반도에서 다시 중원 대륙으로 팔려 나갔다.

추수가 산동반도에 정착하면서 그를 대신해 뗏목꾼들을 진두지휘하게 된 것은 말갈 출신으로 역시 을두미의 제자인 탁보였다. 추수의 군선이 서해와 발해를 두루 지켜주었기 때문에 태백산에서 발행하는 고구려의 뗏목꾼들은 안심하고 바다를 건널 수 있었다.

날씨는 쾌청하였고, 새들은 숲에서 숲으로 날았다. 녹음 짙은 푸른 숲 사이에서 멧새들의 지저귀는 소리가 요란스러웠다. 한창 새들의 지저귐에 정신을 놓고 있던 업복은, 때마침 하늘 높이 떠서 땅 위를 살피는 새매를 바라보았다.

새매는 먹잇감을 발견한 듯 하늘에서 낮게 내려와 높은 나뭇가지에 앉았다. 그러자 숲속을 날며 지저귀던 멧새들의 울음소리가 뚝 그쳤다. 바로 그 순간, '쉬잇' 하는 소리가 나더니 나뭇가지에 날아와 앉은 새매가 푸드득 날아오를 듯하다 땅 아래로 곤두박질쳤다.

문득 을두미가 뒤를 돌아보니 업복의 오른손이 새매를 향해 뻗어 있었다. 그의 손끝에서 수리검이 날아간 것이었다.

"이 녀석! 생명을 귀히 여기라 하지 않았더냐? 수리검 날리기 연습한다는 핑계로 날짐승을 함부로 죽이다니……."

을두미의 호통에도 업복은 비실비실 웃으며 숲으로 달려가 새매의 가슴에 꽂힌 수리검을 빼내어 날개깃에 핏자국을 쓱쓱 닦았다.

수리검을 다시 허리의 가죽띠에 꽂으며 업복은 을두미에게 다가와 물었다.

"아버지는 언제 와요?"

"이젠 돌팔매로도 모자라 아예 수리검으로 함부로 생명을 빼앗고 있구나. 저 새매도 귀중한 생명을 타고 나왔느니라. 생명의 고귀함을 알아야지, 뭇것이라고 하찮게 여겨서야 되겠느냐?"

"아버지 언제 오냐구요?"

업복은 을두미의 호통에도 아랑곳하지 않고 소리쳤다.

"귀 안 먹었다, 이 녀석아! 갑자기 네 아비는 왜 찾는 거냐?"

"이런 새매나 잡아서 되겠어요. 나도 아버지처럼 해적을 때려잡으려구요."

"허, 그놈 참! 어디서 저런 별종이 태어났을꼬?"

을두미는 아무리 잔소리를 해도 제멋대로 행동하는 업복을 어쩌지 못했다.

"사부님, 언젠가는 아버지를 애꾸눈으로 만든 원수 놈의 눈알을 이 수리검으로 뚫어버리고 말 거라구요."

이렇게 되면 을두미도 어이가 없어 그저 너털웃음을 웃을 수밖에 없었다. 개마고원 사냥꾼 마을에서 하가촌 무술도장으로 올 때부터 업복은 아버지 추수를 따라 뗏목을 타겠다고 생떼를 썼다. 추수는 그런 아들을 을두미에게 억지로 떠맡기고 뗏목꾼들의 수장이 되었다가 산동반도에 정착했던 것이다.

추수가 뗏목을 탈 때는 가끔 하가촌 무술도장에 들르기도 했으나 산동반도에 정착해 해적들을 소탕하면서부터 거의 얼굴을 볼 수 없게 되자, 업복은 그때부터 아버지가 언제 오냐며 을두미를 보채기 시작했다. 아버지가 안 오면 자신이 산동반도로 찾아가겠다며 뗏목을 타게 해달라고 마구 조르기도 했다.

어려서부터 돌팔매질을 잘했던 업복은 몇 년 전부터 제대로 수리검을 익혀 허리에 늘 짐승 가죽으로 만든 주머니와 혁대를 차고 다녔다. 오른쪽 주머니엔 강가에서 주운 조막만 한 조약돌들이 들어 있었고, 왼쪽 혁대에는 날렵한 수리검 십여 개가 늘 꽂혀 있었다.

"업복아! 이제 곧 국내성에서 담덕 공자님이 오신다고 한다. 앞으로 고구려의 대왕이 될 신분이니 네가 잘 보필해야 할 것이야."

을두미도 업복의 수리검 실력만은 알아주었다. 그 수리검이 능히 담덕의 신변을 보호하는 데 큰 도움이 될 거라고 생각했다.

"이제 겨우 일곱 살이라면서요?"

"너보다 다섯 살 아래지만, 담덕 공자님은 귀하신 분이니 깍

듯이 예의를 갖춰 잘 모셔야 한다."

을두미는 업복을 담덕의 신변을 지키는 훌륭한 호위무사로 키워주고 싶었다. 국내성에서 무술사범으로 있던 유청하가 같이 온다고 했지만, 담덕에겐 업복이 더 마음 편한 상대가 될 것이므로 특별히 그를 소년 호위무사로 쓸 생각이었다.

"이제 겨우 똥오줌 가릴 줄 아는 어린아이를 모셔야 한다구요?"

"이놈아! 그 입 닥치거라. 네놈과는 엄연히 신분이 다르니 앞으로 입조심을 해야 하느니라. 네 몸을 던져서라도 담덕 공자를 보호해야 한다. 그것이 네 임무야. 알겠느냐?"

"염려 붙들어 매세요. 이 수리검만 있으면 천하 명검도 오금을 못 펴게 할 자신이 있다구요. 대검은 길지만, 이 짧은 수리검이 더 빠르다구요."

업복은 아주 자랑스럽다는 듯 수리검이 꽂힌 혁대를 왼손으로 탁탁 쳤다.

"수리검보다 더 멀리 날아가는 것이 화살이다. 담덕 공자는 고구려 건국시조이신 동명성왕처럼 타고난 명궁으로 국내성에서 소문이 자자하다고 들었다. 너도 수리검 솜씨만 자랑할 것이 아니라 궁술과 검술도 고루 익혀야 더 커서 네 아비처럼 해적들을 소탕할 것이 아니냐?"

어린 담덕이 명궁으로 소문이 났다는 말에 업복은 은근히

기가 죽었다. 그는 활쏘기 연습도 하고 검술도 익히고 있지만, 수리검 날리듯이 좀처럼 실력이 늘지는 않았던 것이다.

"사부님, 하루빨리 아버지 있는 곳에 가고 싶어요. 언제 보내주실 거예요?"

"글쎄다. 열심히 무술을 익히고 있으면 네 아비가 와서 데려가지 않겠느냐?"

을두미는 늘 하던 대답을 되풀이할 수밖에 없었다.

그때, 어디서 나타났는지 또 한 마리의 새매가 하늘을 빙빙 돌았다. 아마도 방금 전에 업복의 수리검을 맞고 죽은 새매와 암수 한 쌍인지도 몰랐다. 그 새매를 보고 업복이 다시 긴장하는 것을 목격한 을두미가 넌지시 한마디 던졌다.

"저 새매까지 죽일 생각일랑 말아라."

"나뭇가지를 찾아 앉기만 해봐라. 이 수리검으로 당장 요절을 내버릴 테니⋯⋯."

"이놈아! 미물이라도 생명을 귀히 여길 줄 알아야 한다고 하지 않던?"

"저놈은 작은 새들을 마구 잡아먹는다구요. 저놈이야말로 하늘에 뜬 해적이지 뭐예요?"

업복은 사부인 을두미를 조금도 두려워하지 않았다.

"뭐? 하늘에 뜬 해적? 허헛, 그 녀석 참! 바다에 해적이 있다면, 하늘에 있는 것은 천적天賊이라 해야지."

"천적이든 해적이든 작은 생명을 함부로 죽이는 놈들은 다 나쁜 놈들 아닌가요? 저 새매 때문에 멧새들이 기를 펴지 못한다구요."

을두미는 더 이상 할 말을 잊었다. 그래서 멀리 시선을 보내 짝을 잃고 외롭게 하늘에 떠서 빙빙 돌고 있는 새매만 바라보았다.

까마득히 높게 바라다 보이는 하늘은 투명하게 맑았고, 그 아래 흐르는 강물은 마냥 푸르고 깊었다.

3

왕태제 이련과 동궁빈 하씨가 담덕을 하가촌 무술도장의 을두미에게 보내기로 한 날로부터 얼추 한 달이 지나갔다. 드디어 담덕을 떠나보내는 날이 되었다.

"담덕아! 이 단도를 받아라. 이것은 네 외삼촌이 내게 선물한 것인데, 귀중한 것이니 몸에 꼭 지니고 다녀야 한다. 누구에게 함부로 보여주어서도 안 된다. 반드시 네 몸에 지녀서 이 단도가 너를 지켜줄 수 있도록 해야 한다."

이련은 멀리 가는 아들 담덕에게 단도를 건네주었다.

동궁빈은 그와 똑같은 단도를 자신이 가지고 있었던 기억을 떠올렸다. 그런데 그 단도를 오래전 평양성 전투 때 원군으로 떠나는 추수에게 주었던 것이다.

'추수는 어찌 되었을까. 살아 있을까, 죽었을까?'

동궁빈은 만약 그 단도가 이련의 말처럼 생명을 지켜주는 신비한 힘을 가지고 있다면 추수도 살아 있을 것이란 희망을 가져보았다. 그런 희망을 담아 아들 담덕에게도 내심 기원을 빌게 되는 것이었다.

"담덕아! 너는 천손이므로 하늘이 지켜줄 것이다. 부디 강건하게 몸을 단련하여 우리 고구려를 이끌 영웅이 되어 돌아오너라."

동궁빈은 막 나오려고 하는 눈물을 억지로 참았다. 단 한시도 떨어져 있어본 적이 없는 아들을 떠나보내는 어머니의 마음이 그러했다.

그러나 동궁빈은 여장부답게 아들과 이별을 하는 마당에 애써 환하게 웃었다. 오히려 담덕의 아버지인 이련의 얼굴은 잔뜩 이지러져 있었으며, 억눌린 듯한 목소리는 발음조차 탁하게 갈라져 나왔다.

"이제부터 네 몸은, 주인인 네가 지켜야 한다. 부디 몸조심하거라."

이련은 이 말을 남기고 돌아섰다. 동궁빈도 담덕을 뒤로한 채 이련과 함께 나란히 걸었다. 더 이상 뒤를 돌아보면 안 된다는 결심이 그들 두 사람의 어깨를 무겁게 결박지웠고, 그래서 걸음걸이가 자연스럽지 못하고 엇박자를 놓았다.

담덕은 그렇게 뒷모습을 보이며 걷는 부모를 향해 허리를 굽혀 예를 올리고는 이내 돌아섰다. 단단히 입술을 사려 물고 있는 그 모습은, 부모와 헤어지는 마당에 울지 않으려는 굳센 의지가 담겨 있어 보는 사람의 마음을 더욱 뭉클하게 만들었다.

"공자님, 말안장에 올려드리겠습니다."

담덕이 말을 타려고 할 때, 그의 무술사범 유청하가 도와주려고 두 팔을 내밀었다.

"아닙니다. 사부님! 혼자서도 할 수 있습니다."

아직 고개를 젖혀야 말 잔등을 올려다볼 수 있을 정도로 키가 작았지만, 그렇다고 담덕은 무술사범의 도움을 받고 싶지 않았다. 그는 두 팔을 벌려 말안장을 겨우 잡은 상태에서 왼발로 등자를 딛고 펄쩍 뛰어올랐다. 그러나 어림없었다.

그때 경마잡이로 나선 수하가 얼른 땅에 엎드려 자신의 등을 밟고 말에 올라타라고 했다.

"저리 비켜라! 어찌 짐승인 말을 타기 위해 사람의 등을 밟으란 말이냐?"

담덕이 소리쳤다. 그는 주위를 두리번거렸다. 때마침 가까운 곳에 오래된 소나무가 보였다. 그는 말을 나무 곁으로 끌고 가서, 허리쯤에서 양 갈래로 가지가 뻗어나간 나무로 기어 올라가 말 위로 가뿐히 올라탔다.

그걸 보고 승려 석정이 껄껄대며 웃었다.

"담덕 공자님의 기지가 실로 놀랍지 않습니까?"

그 옆에서 유청하를 비롯한 수하 졸개들도 빙그레 미소를 지었다.

"나는 자유롭게 말을 달리고 싶으니 애써 경마잡이가 필요치 않다."

담덕은 경마잡이로 나선 수하까지 물리쳤다.

하가촌으로 향하는 담덕 일행은 유청하를 포함하여 서른 명 정도였다. 모두 창칼로 무장한 기마병들이었다. 일행이 궁궐을 벗어날 때 멀리서 왕태제 이련과 동궁빈 하씨가 아련히 멀어져 가는 아들의 뒷모습을 바라보고 있었다.

담덕은 어깨에 활을 메고 있었다. 기마병이 절반씩 갈라져 행렬의 앞뒤에서 호위를 했고, 그 중간에 담덕과 유청하가 나란히 서서 말을 몰았다.

푸른 보리 대궁들이 싱그러운 향기를 뿜어냈다. 갓 패기 직전의 보리 이삭이 이파리에 싸여 마치 산란기의 물고기 배처럼 통통하게 살이 오른 자태를 드러내고 있었다. 담덕 일행은 보리밭 사이로 난 길을 따라 말을 달렸다.

"몇 년째 흉년으로 백성들이 고생했으니, 올해는 풍년이 들었으면 좋겠어요."

담덕이 유청하를 바라보며 어른처럼 말했다.

"지난겨울에 많은 눈이 내렸으니, 올해는 보리풍년이 들 것입니다."

유청하는 눈을 들어 멀리 보리밭의 짙푸른 풍경을 바라보았다. 바람에 보리 이파리들이 나부끼는 모습은 마치 초록빛 물결의 출렁임 같았다. 바로 곁의 압록강은 동쪽에서 서쪽으로, 보리밭의 진초록 물결은 편서풍의 영향을 받아 그 반대 방향으로 굽이쳐 흐르는 모양새였다.

"겨울에 눈이 많이 내리면 다음해 보리풍년이 든다니, 그게 정말입니까?"

"예, 공자님! 보리는 다른 작물들의 가을걷이가 끝날 무렵에 씨를 뿌려 긴 겨울을 견뎌내고 초여름에 수확을 합니다. 보리의 푸른 싹이 추운 겨울을 견뎌내려면 많은 눈이 내려 이불처럼 덮어주어야 합니다. 그래야 강한 추위에도 어린 싹들이 얼어 죽지 않지요. 농민들은 그 이치를 알기에 겨우내 많은 눈이 내리면 보리밭을 밟아주며 보리풍년이 든다는 것을 예측하지요."

유청하의 설명을 듣고 담덕은 금세 알아들었다.

"처음 듣는 얘기지만 실로 농민들의 지혜가 놀랍습니다. 눈이 많이 내리는 걸 보고 미래의 일을 예측하다니……."

"오래된 경험의 축적이 지혜를 낳은 것이지요."

유청하는 자연의 이치로 담덕에게 교육을 시키고 있는 것이었다.

"보리는 추모대왕의 모친이신 유화부인께서 보내셨다지요?"

담덕이 뒤미처 따라오는 유청하를 돌아보았다.

"그건 어디서 들으셨습니까?"

"올해 초 신묘에 제를 지낼 때 대왕 폐하와 아버님께서 말씀해 주셨어요. 추모대왕을 통해 보리씨를 보내신 유화부인을 우리 고구려에서는 농사의 신으로 받들어 모신다구요."

"공자님께서 풍년이 들라고 신묘에 제를 올렸으니, 그 기원을 농사의 신이 되신 유화부인께서 아시고 보리풍년이 들게 해주실 것입니다. 하하하!"

유청하도 오랜만의 궁궐 밖 나들이라 기분이 한껏 상기되어 있었다.

인근 보리밭 고랑에서 말발굽 소리에 놀란 종다리 두 마리가 푸드득, 날아올랐다. 금세 창공 높이 오른 한 쌍의 종다리가 맑은 소리로 울었다. 해가 길게 느껴지는 늦봄의 한가로운 농촌 풍경이었다.

갑자기 담덕은 말을 달리고 싶었다. 그래서 양발을 끼운 등자로 힘껏 말의 뱃구레를 걷어찼다. 아름다운 흰색 갈기의 말이 이히히힝, 소리를 지르며 앞으로 내닫기 시작했다. 순식간에 그의 말은 앞에 가던 기마병들을 제치고 선두로 나섰다.

유청하가 그 뒤를 바짝 따랐다.

"빨리 공자님의 말 뒤를 따라붙어라. 절대로 공자님의 말에 뒤처져서는 안 된다."

유청하의 명령에 기마병들 또한 말에 채찍을 가했다. 압록강을 오른쪽으로 낀 너른 들판에선 말들의 울음소리가 창공으로 울려 퍼졌다. 마치 경주를 하듯 기마병들의 말은 앞서거니 뒤서거니 서로 앞다투며 질주했다.

한참 신나게 달리던 담덕이 말을 멈춘 것은 그리 높지 않은 언덕을 넘어섰을 때였다. 언덕 아래서 짐수레를 끌고 비탈길을 오르는 농부 가족과 맞닥뜨렸기 때문이다.

마소가 아닌 농부가 비지땀을 흘리며 직접 앞에서 수레를 끌었고, 머리에 베수건을 둘러쓴 아낙은 뒤에서 낑낑대며 힘에 부치게 밀고 있었다. 수레 안에는 거름더미가 가득 실려 있었다.

"여보시오. 아니, 마소가 끌 수레를 어찌 사람이 끌고 있소?"

담덕이 물었다.

"보아하니 귀한 집 도령 같은데, 뭘 모르는 소리 작작하시오. 소가 있어야 수레를 끌지. 몇 년째 흉년이 들어 농사도 제대로 안 되는 판에 소 키울 여력이 어디 있었겠소? 소 먹일 여물도 없어 작년 여름에 팔아 치웠다오."

담덕이 농부와 이런 말을 주고받는 사이, 뒤미처 도착한 유청하와 기마병들도 일제히 말을 멈추었다.

"공자님, 그렇게 말을 빨리 달리시면 위험합니다!"

유청하가 외쳤다.

"사부님 말에 나도 좀 태워 주세요."

"예?"

담덕의 말에, 유청하는 영문을 알 수 없어 눈을 휘둥그레 떴다.

"내 말을 수레 끄는 농부에게 주고 싶어요. 어찌 마소가 끄는 수레를 사람이 끌어야 한단 말입니까?"

담덕은 말릴 사이도 없이 말에서 뛰어내려 말고삐를 농부의 손에 쥐어주었다.

"공자님, 그 말은 명마입니다. 병사들이 타는 말을 주시지요."

"아니요. 내 말을 줄 것입니다. 그 대신 외조부님께 부탁하여 황소 한 마리를 보낸 연후에 내 말을 찾아오면 되지 않겠습니까?"

그때 수레를 끌던 농부와 아낙은 무슨 영문이지 몰라 그저 눈만 꿈적대고 있었다.

"공자님……!"

유청하는 더 이상 말을 잇지 못했다.

"공자님이시라면, 정말 귀족 집안 도령이신 모양이군요."

아낙이 머리에 둘렀던 베수건을 벗어 이마의 땀을 훔치며 말했다.

"우선 이 말에 밧줄을 걸어 수레를 끌어보시오. 며칠 후 황소 한 마리를 보낼 테니 그때 이 말을 돌려주세요."

담덕이 농부에게 말했다.

"그래도 이러면 안 되는데. 이 귀한 말을……."

"공자님의 마음인데 받아주시지요. 어느 마을에 사는 뉘신지 말씀해 주시면, 공자님 말씀대로 며칠 후 황소를 끌고 가서 말과 바꿔드리도록 하겠습니다. 농사를 짓는 데는 말보다 황소가 더 유용하게 쓰일 것입니다."

유청하는 병사 하나를 시켜 농부가 사는 마을과 이름을 알아두게 했다. 그러고 나서 자신의 말에 담덕을 태웠다. 두 사람을 태운 말은 조금 버거운 듯했으나 속도를 내어 달리지만 않는다면 걷는 데는 큰 불편이 없어 보였다.

하가촌에 도착한 담덕 일행은 종마장 입구에서 기다리던 하대용과 을두미의 환대를 받았다. 국내성으로부터 담덕 일행이 하가촌을 향해 떠났다는 소식을 미리 접한 을두미가 대인 하대용과 함께 그들을 기다리고 있었던 것이다.

"오오, 우리 외손인 담덕 공자시로군! 갓난아기 때 잠깐 보고 이번에 다시 만나니, 인물이 아주 훤칠하게 잘나셨구먼. 부모를 반반씩 꼭 빼닮았어요."

하대용은 담덕을 하염없이 바라보았다. 여간 대견스럽지 않왔던 것이다. 국내성 인근의 압록강 강변 선착장에 대상을 열고 있는 아들 하명재로부터 가끔 외손에 대한 소식을 듣긴 했지만, 벌써 일곱 살이 된 담덕의 의젓한 모습을 보자 감격스러워 눈물이 다 날 지경이었다.

"국내성에서 알려온 소식에 의하면 담덕 공자께서 추모대왕을 닮아 명궁이라 소문이 났다고 합니다. 그동안 못 본 사이에 훌쩍 컸네요."

을두미도 제법 소년티가 나는 담덕을 보자 감개가 남달랐다.

담덕은 유청하와 같이 타고 온 말에서 뛰어내려 하대용과 을두미를 향해 허리 숙여 인사를 올렸다.

"외조부님, 이곳 종마장에는 말이 몇 마리나 있요?"

허리를 편 담덕이 물었다.

갑작스런 물음에 하대용이 머뭇거리자, 때마침 그 옆에 있던 하가촌의 집사이며 종마장 관리인인 호자무가 대신 말했다.

"기천 마리 되지요. 날마다 새끼를 낳으니 그 수를 헤아리기가 실로 어렵습니다."

"그러면 소는 몇 마리나 되나요?"

담덕이 이번에는 직접 호자무를 향해 물었다.

"공자님, 종마장에서 어찌 소를 찾으시옵니까?"

호자무는 왜 담덕이 소에 대해 묻는지 그 진의를 얼른 파악할 수가 없었다.

이번에는 하대용이 외손을 바라보며 대답했다.

"소는 이곳 하가촌 사람들의 식용으로 쓸 고기를 공급하기 위해 기십 마리 기르고 있지요."

이때 담덕의 호위무사로 따라온 유청하가, 오는 길에 소가 없어 사람이 직접 짐수레를 끄는 농부를 만난 일을 하대용과 을두미에게 자세히 이야기해 주었다. 그는 그러면서 약속대로 황소를 그 농부에게 끌어다 주고 명마를 찾아와야 한다고 말했다.

"오, 그런 일이 있었어요? 우리 공자님의 측은지심이 하늘도 감동케 할 만합니다. 내일이라도 당장 황소 한 마리를 끌고 가서 그 농부에게 주고 공자님의 말을 찾아오도록 하게."

하대용이 호자무에게 명령했다.

"예, 알겠습니다."

호자무의 대답이 끝나자마자 담덕이 하대용을 향해 물었다.

"외조부님, 앞으로는 말만 기르지 말고 소도 많이 기르면 안 되나요?"

"소야 기를 수 있지만, 많이 길러서 어디에 쓰게요? 말은 전쟁에 필요하므로 이 할아비가 우리 고구려를 위해 군사용으로 기르는 것입니다만……."

"고구려를 위한다면 소도 많이 길러주세요. 전쟁에 쓸 말이라면 나라를 지키기 위해 필요하긴 하겠지만, 그런 전쟁으로 인해 백성들은 괴로움이 많잖아요. 말이 전쟁에 필요하다면, 소는 백성들이 농사를 짓는 데 필요해요. 백성을 위하는 일이 곧 나라를 위하는 일 아니겠어요?"

담덕의 말에 모두들 놀란 얼굴을 하지 않을 수 없었다. 어른도 잘 생각지 못할 일인데, 어린 나이에 백성을 사랑하는 마음이 그처럼 깊었던 것이다.

"담덕 공자는 앞으로 명군이 되실 것입니다. 군주의 자질을 타고났어요."

을두미도 칭찬을 아끼지 않았다.

"공자님 말씀 잘 알아들었지? 앞으로 우리 종마장에서 소도 기른다. 고기로 쓸 소가 아니라 농민들이 농사일에 쓸 일소를 말이다. 종우장 자리를 새롭게 마련하여 앞으로 몇 년 안에 기천 마리의 소를 키워 농민들의 농사일을 돕는 데 쓸 수 있도록 하자."

하대용은 흔쾌히 담덕의 청을 들어주며 호자무에게 그 같은 명령을 내렸다.

"공자님의 백성을 사랑하는 마음이 하해와 같습니다. 순자荀子 왕제王制 편에 나오는 대목 중 '군주는 배와 같고, 백성은 물과 같다'는 말이 있습니다. 군주의 덕목에 관한 내용이지요. 그 명구에는, 잔잔한 물은 배를 띄우기도 하지만 때론 성이 나면

배를 뒤집기도 한다는 뜻이 숨어 있지요. 모름지기 명군은 백성을 위해 평화로운 세상을 만드는 데 힘써야 합니다. 백성을 성나게 하지 말아야 한다는 얘기지요. 전쟁보다 평화가 먼저입니다. 그러나 다른 나라가 쳐들어와 우리 백성을 괴롭힐 때는 과감하게 전장으로 군대를 끌고 나가 적군을 무찌르는 것 또한 군주가 마땅히 해야 할 일이지요."

을두미는 이렇게 담덕에게 군주로서의 덕목을 설파했다.

"사부님 말씀 명심하여 마음에 아로새기겠습니다."

담덕의 말에 을두미는 만면에 환한 미소를 지으며 한 손으로 학의 깃털 같은 수염을 점잖게 쓸어내렸다. 그는 이미 예순 중반의 고령이었지만, 그러나 그 붉은빛이 도는 살결과 깊고 그윽한 눈빛은 함부로 범접하기 어려운 고고한 경지를 느끼게 했다.

4

하가촌 무술도장으로 돌아온 을두미는 업복을 불러 담덕과 대면시킨 후 당부했다.

"업복아! 이제부터 너는 담덕 공자님의 그림자가 돼야 한다. 공자님이 있는 곳에 네가 없다면 불호령이 떨어질 것이다. 이제부터 딴짓하지 말고 공자님을 제대로 보좌토록 하거라."

"네, 사부님! 공자님을 잘 보좌하면 아버지한테 데려다 주실 거죠?"

"내 말을 제대로 알아듣지 못한 모양이로구나. 이제부터 너는 담덕 공자님의 그림자가 돼야 한단 말을 이해하지 못하겠느냐? 어딜 간다고 그러느냐? 때가 되면 네 아비가 이곳으로 와서 자연히 만나게 될 테지만, 그때도 너는 담덕 공자님의 그림자이므로 아비를 따라갈 수는 없을 것이야."

을두미의 말에 업복은 눈을 휘둥그레 뜨고 물었다.

"아니 사부님, 그러면 저는 언제 아버지처럼 해적을 잡으러 가나요?"

"이제부턴 담덕 공자님을 도와서 우리의 국경을 위협하는 외적을 잡아야지. 사내대장부가 돼서 좀도둑이나 잡아서야 쓰겠느냐?"

"그럼 좀도둑에 불과한 해적을 잡는 아버지는 사내대장부가 아니란 말예요?"

담덕이 보고 있는 데도 업복은 을두미에게 대들듯이 말했다.

"이 녀석아! 네가 아비만큼만 돼도 크게 성공하는 것이다. 내가 가르친 제자들 중 네 아비가 가장 사내대장부답다고 생각한다. 네 아비는 지금 산동반도에서 해적만 잡는 것이 아니라, 우리 고구려의 해상권을 좀 더 확장하기 위해 고군분투하고 있질 않느냐? 후일 네 아비는 고구려의 명장이 되어 큰 공을 세우게 될 것이다. 그러니 그런 염려 말고 너는 공자님을 잘 보필하는 데 힘써라. 내일부터는 본격적으로 무술 강습을 할 것이니 오늘은 푹 쉬도록 하자."

을두미는 업복으로 하여금 그동안 마련해 놓은 거처로 담덕을 안내하게 했다.

다음 날 아침, 을두미는 담덕에게 활쏘기 시범을 보이도록 했다. 어느 정도의 솜씨이기에 국내성에서 명궁으로 소문이 났는지 직접 확인해 보고 싶었던 것이다.

"공자님께서는 날 때부터 명궁의 자질을 갖추셨습니다. 우리 고구려를 건국하신 추모대왕께서도 어려서부터 명궁 소릴 들으셨으니, 아마 공자님처럼 보통 사람보다 팔이 길었을 것입니다. 문득 공자님을 보니, 저 중원의 한나라 때 명궁으로 크게 명성을 날린 이광 장군이 생각나는군요. 이광은 특히 팔이 길어 활을 잘 쏘았다고 합니다. 근육질의 팔뚝은 강궁을 잡아당기기에 수월했고, 그러므로 누구보다도 더 멀리 활을 날릴 수 있었던 것이지요. 거기에 정확도까지 타의 추종을 불허하니 명궁이란 소문이 파다하게 났지요. 이광은 활을 잘 쏘는 데다 말을 잘 타서 그 빠르기가 비호같다 하여, 당시 흉노군들 사이에서 '나는 장군', 즉 비장군飛將軍이라 불리기도 했다더군요. 흉노군을 토벌하러 갔을 때도 사냥을 나가면 강궁을 쏘아 여러 마리의 호랑이를 잡곤 했는데, 어느 날 혼자 사냥을 나갔다가 아주

가까운 숲속 나무 사이로 언뜻 백호의 웅크린 모습을 보고 활을 쏘았답니다. 마치 그 백호가 자신을 향해 곧 달려들 듯한 자세를 취하고 있어 생명의 위협을 느끼고 급히 쏘았다는 것입니다. 그런데 활이 백호의 머리에 정통으로 맞은 걸 보고 달려가 살펴보니, 그것은 얼룩덜룩한 무늬의 백호를 닮은 바윗덩어리였더랍니다. 바위에 꽂힌 화살을 뽑으려고 하는데 너무 단단하게 박혀 뽑히지 않았다고 하더군요. 이광이 아까 활을 쏘았던 자리로 돌아와 다른 화살을 메겨 바위를 쏘았더니, 이번에는 화살이 바위에서 튕겨 나가 버리더랍니다. 이러한 소문이 퍼지면서 이광은 전국적으로 어른 아이 할 것 없이 다 아는 명궁으로 이름을 날렸고, 후대에까지 그 일화가 전해져 오고 있다는 것입니다."

을두미는 그러면서 담덕에게, 왜 이광이 처음 쏜 화살은 백호를 닮은 바위에 박혔는데 두 번째 쏜 화살을 튕겨 나갔는지 그 이유를 아느냐고 넌지시 물었다.

"사부님, 정신을 집중한 힘 아니겠습니까? 첫 번째 화살은 목숨을 걸고 집중해 화살을 쏘았고, 두 번째는 그저 시험 삼아 쏘다 보니 집중력이 떨어져 바위에서 튕겨 나간 것이라고 생각합니다."

담덕의 대답을 듣고 나서 을두미는 자신의 무릎을 탁 쳤다.

"벌써 그러한 이치를 깨달으셨다니, 공자님은 앞으로 한나라의 이광 장군보다 더 훌륭한 명궁이 되실 것입니다."

"그 이치를 아는 까닭도 사실은 전에 사부님께서 활 쏘는 법을 처음 가르칠 때 마음의 집중을 강조하신 덕분입니다. 지금은 어느 정도 실력을 쌓아야 이광 장군을 따라갈 수 있을지 감감하다는 생각밖에 안 듭니다."

을두미와 담덕의 대화 내용을 듣고만 있던 업복이 문득 물었다.

"사부님, 정말 이광 장군이 쏜 화살이 바위에 꽂혔을까요? 거짓말 같아요. 빗물에도 씻기는 푸석푸석한 바위라면 모를까."

"예끼 이 녀석! 얘기가 그렇다는 것이지, 좀 새겨서 들어라. 공자님처럼 그런 이야기에서 이치를 깨달을 줄 알아야 명궁이 되지."

을두미가 업복을 향해 주먹으로 머리 쥐어박는 시늉을 했다.

"하여튼 저 되놈들은 뻥치는 데 뭐가 있다니까. 화살이 어떻게 단단한 바위를 뚫어요? 그렇지 않아요, 담덕 공자님?"

업복은 익살스럽게 웃으며 담덕을 쳐다보았다.

"사부님 말씀도 맞고, 업복이 네 말도 맞는 것 같구나."

담덕이 빙그레 웃었다.

"공자님! 이거면 이거고 저거면 저거지, 무슨 말씀을 그렇게 어중간하게 하세요?"

"사부님께선 우리에게 교훈을 주기 위해 그런 일화를 들려주신 것이고, 이광 장군의 이야기는 아마도 저 중원에서 사람들의 입에서 입으로 전해 오면서 조금씩 과장이 된 것이겠지. 그러니 사부님 말씀도 맞고 업복이 네 말도 맞는 게 아니겠느냐?"

"그게, 그렇게 되나요?"

업복이 계면쩍은 듯 뒷머리를 쓱쓱 긁었다.

그렇게 말을 주고받는 담덕과 업복을 번갈아 바라보며 을두미는 소리 없이 웃었다.

활터에서 보여준 담덕의 솜씨는 역시 백발백중이었다. 을두미도 놀라워했고, 업복은 벌어진 입을 한동안 다물지 못했다.

"공자님의 활솜씨를 확인했으니, 내가 더 이상 활쏘기는 가르칠 것은 없고……. 이제부턴 검술을 배우도록 합시다."

을두미 일행이 검술을 배우는 너른 마당으로 나오자, 이미 그곳에서는 장정들의 기합 소리가 숲속으로 메아리쳤다.

그런 장정들과 별도로 을두미는 담덕과 업복에게만 특별히 집중하여 검술 연습을 시키기로 했다. 그는 연습에 들어가기 전에 검술 강론부터 했다.

"공자님, 칼의 용도에 대해 말씀해 보시지요."

을두미가 담덕을 향해 말했다.

"적의 목숨을 끊는 것 아니겠습니까?"

"맞습니다. 칼의 용도 중 하나를 맞추셨습니다. 사람을 죽이는 검, 즉 살인검殺人劍이라고 합니다. 그러나 칼의 용도 중 가장 중요한 것은 사람을 살리는 검, 즉 활인검活人劍입니다."

을두미의 말에 업복이 되물었다.

"사부님, 어떻게 칼로 사람을 살려요? 칼은 상대를 찌르거나 벨 때 쓰는 무기인데……."

"사람들은 왜 전쟁을 한다고 생각하느냐?"

"외적이 쳐들어오니까 하지요."

"그렇다. 외적이 쳐들어와 백성을 괴롭히면 그 나라가 어떻게 되겠느냐? 나라는 망하고 백성들은 고통을 당한다. 따라서 백성을 살리기 위해서 나라는 군사를 일으켜 외적을 방어해야만 한다. 검으로 백성을 살리는 것이다. 어쩔 수 없이 살인검을 써야 할 때가 있지만, 달려드는 상대에게 겁만 주어 도망치도록 하는 것도 활인검의 한 방법이 될 수 있다. 사악한 자 하나가 천 명의 사람을 괴롭힌다면, 그 한 사람을 죽여 천 명을 살리는 것이 바로 활인검이다."

을두미는 업복을 보고 말하다가 다시 담덕에게로 시선을 옮겼다.

"같은 검이지만 다루는 데 따라서 살인검과 활인검으로 나눌 수 있단 말씀이군요?"

담덕이 을두미를 바라보며 물었다.

"예, 바로 그겁니다. 군주는 마음먹기에 따라 백성을 괴롭힐 수도 있고 평화롭게 할 수도 있습니다. 살인검을 다루는 군주는 선량한 백성까지도 단죄하지만, 활인검을 쓰는 군주는 백성을 괴롭히는 탐관오리들을 처단합니다. 공자님이 방금 말씀하신 것처럼, 같은 칼이지만 그것이 살인검도 되고 활인검도 되는 이치가 바로 거기에 있는 것입니다. 즉 군주가 폭정을 일삼는다면 그것은 살인검이 되는데, 이때는 오히려 백성들이 들고일어나 활인검으로 단죄를 내립니다. 그러므로 절대로 이런 일이 일어나서는 안 됩니다."

"네, 사부님! 마음에 새겨두겠습니다."

담덕이 짧게 대답했다.

본격적으로 을두미의 검법 강론이 시작되었다. 그는 검법의 다섯 가지 기본에 대하여 말했다.

첫째는 안법眼法으로, 시선의 중요성을 강조했다.

"시선으로 먼저 상대를 제압해야 합니다. 눈은 그 사람의 마음을 읽는 거울 같은 역할을 하는데, 그 눈빛의 변화를 보면 다음 행동이 어떻게 전개될 것인지 예측할 수 있지요. 상대의 눈을 직시하되, 시야를 넓혀 주변 경계를 해야 합니다. 그리고 여러 명을 상대로 싸울 때는 뒤통수에도 눈이 있어야 하지요. 사방을 경계하며 싸워야 하므로, 뒤에서 공격하는 적은 귀로 들어서 눈으로 보는 것처럼 상대의 동작 변화를 감지할 수 있어야 합니다. 온 신경과 몸의 감각 기능이 모두 눈이 되어야 육안으로 보이지 않는 적을 막을 수 있지요."

둘째는 보법步法과 신법身法이었다.

"보법은 발놀림을 말하는데, 여기서 특히 중요한 것은 발을 놀릴 때 몸의 균형을 잘 잡아야 합니다. 발놀림은 빠르면서 정확해야 하고 균형을 유지하여 한 치의 흔들림도 있어서는 안 됩니다. 발을 옮겨놓을 때 그 자세에서 누가 떠밀어도 끄떡하지 않을 정도로 안정감이 유지돼야만 상대가 급습할 때 유연하게 방어할 수 있기 때문입니다. 즉, 보법은 동작의 마무리가 공격 자세이면서 동시에 방어 자세도 되어야 한다는 것이지요. 신법은 몸놀림의 기술인데, 이는 보법과 동시에 일어나는 동작입니다. 허리의 유연성이 특히 요구되는 검법 기술이라고 할 수 있습니다. 전후좌우 허리를 움직여 적의 칼을 피해야 합니다. 이 때 허리의 유연성과 발놀림의 안전성이 유지돼야만 곧바로 상대에게 일격을 가하는 공격 자세로 돌아갈 수 있습니다."

셋째는 격법擊法이었다.

"격법은 타법打法 또는 압법壓法, 접법接法 등으로 부르기도 하는데 다 같은 기술을 이르는 말입니다. 즉 상대와 겨룰 때 짧게 치고, 재고, 겨누면서 일격에 무너뜨릴 수 있는 기회를 노리는 기술이지요. 상대의 검술 실력이 어느 정도인지 가늠하는 기술이 바로 이 격법입니다. 이때는 힘을 최소한으로 들여 상대를 위압해 나가야 하고, 그렇게 축적했던 힘은 단 한 번의 칼을 휘두르는 데 사용해야 합니다. 힘의 안배가 무엇보다 중요하지요. 그래서 검의 명인은 힘을 쓸데없이 소모하지 않기 위해 칼을 함부로 쓰지 않습니다. 특히 혼자서 여러 명과 싸울 때는 일격에 상대를 한 명씩 거꾸러뜨려야 하므로 힘의 소모를 최대한 줄여야 합니다."

넷째는 세법洗法이었다.

"검술에서는 세법을 말 그대로 '씻어낸다'고 표현하기도 하는데, 단칼에 상대를 베는 기술을 말합니다. 격법에 비하여 동작이 크지만, 그 빠르기는 번개 같아야 합니다. 즉, 칼을 긋는 것이 보이지 않을 정도로 빨라야만 상대가 방어를 하지 못합니다. 동작이 크기 때문에 이 기술이 마무리되고 나서 몸의 균형을 유지하기가 매우 힘듭니다. 이때 특히 상대의 역공격을 조심해야 합니다. 따라서 한 번 베어서 실수 없이 상대를 제거하는 것이 가장 바람직합니다."

다섯째는 자법刺法이었다.

"찌를 자를 찌를 척으로도 발음하므로, '척법'이라고도 합니다. 이 기술은 상대의 급소를 찔러 한칼에 거꾸러뜨리는 것으로, 격법보다 더 정확도가 요구됩니다. 격법도 빈틈이 없어야 하는 것은 당연합니다만, 이 기술은 동작이 끝나면서 동시에 방어 자세가 이루어지기 때문에 세법보다 안전하다고 할 수 있지요. 자법도 몸을 크게 쓰기는 하지만, 숱한 연습 과정을 거쳐 고난도의 기술을 익히면 동작이 끝나면서 동시에 안정된 자세를 취할 수가 있습니다. 물론 앞에서 설명한 세법도 고난도의 기술이 필요한 것은 마찬가지긴 합니다만……."

을두미가 설명하는 검법 강론은 이처럼 원론적인 것이었지만, 그러나 그것을 듣는 담덕의 눈빛은 매우 반짝거렸다. 반면에 그 옆에 선 업복은 전부터 늘 들어오던 내용이라 시큰둥한 표정을 짓고 있었다.

업복은 늘 같은 이론만 반복하는 을두미의 다섯 가지 검법에 대한 강론을 듣다 말고 이광의 활쏘기 이야기가 떠올라 저 혼자 비실비실 웃었다.

그때 을두미가 소리쳤다.

"이놈, 업복아! 스승이 중요한 검법 강론을 하는데 넌 어찌 딴청을 부리고 있는 거냐?"

"네? 아, 네! 드, 듣고 있잖아요. 그런데 한두 번 들은 것이 아니라서……."

업복은 을두미의 꾸중에도 불구하고 넙죽넙죽 말대답을 했다. 그런 면에서는 반죽이 아주 좋았다.

"중요한 것이니 반복하는 거다. 귀 기울여 듣고 실천에 옮길 생각을 해야지."

그러더니 을두미는 강론을 끝내고 본격적으로 검술 연습에 들어갔다.

검술 연습을 하는 장정들의 기합 소리가 울타리처럼 둘러싼 무술도장 주위의 숲으로 울려 퍼졌다. 그 소리 때문인지 하늘이 더욱 높아 보였다. 근처 숲에서 지저귀는 멧새들의 울음소리도 한가롭게 공중으로 퍼져 오르고 있었다.

5

담덕은 말달리기 연습을 할 때 자주 업복과 함께 태백산 천지에 올라가곤 했다. 그때는 호위무사들을 태백산 중턱에 대기시키고, 천지에 오르는 것은 오직 담덕과 업복 두 사람뿐이었다. 천지를 보는 것은 경건한 마음이 중요하므로 담덕이 그렇게 호위무사들에게 지시를 내렸던 것이다.

어느 날 천지에 올랐을 때였다. 하늘은 더없이 푸르고, 천지의 물은 하늘의 푸른색이 반사되어 맑고 깊었다. 그 깊이는 누구도 짐작하기 어려웠다.

그런데 갑자기 하늘에 먹구름이 드리우더니 천둥번개가 치면서 천지의 물이 하늘로 솟구치는 것 같았다. 번개가 금빛 가루를 천지의 수면 위로 뿌리는 것 같은 느낌이 들었는데, 그때 천지의 깊은 물속에서 어마어마한 물기둥이 하늘로 뻗쳐오르는 것이었다.

그때 담덕은 그 물기둥이 금빛으로 변하면서 하늘까지 맞닿은 것을 분명히 보았다. 물기둥은 하늘 끝에서 사방으로 금빛 알갱이들을 무수하게 퍼뜨렸는데, 그것은 마치 어마어마하게 큰 나무 같은 형상으로 보였다. 수천수만의 금빛 별들이 나뭇가지마다 열려 그 아래 천지의 수면을 화려하게 반짝이는 물결로 수놓고 있었다. 그러나 그것은 너무도 순간적이 일이었다.

어느 사이 먹구름이 깨끗이 걷히고, 천지는 푸른 하늘에 반사되어 물구나무 선 공룡의 등뼈 같은 산악지형들을 보여주고 있었다.

"업복아, 너도 보았지?"

담덕이 의미심장한 눈으로 업복을 바라보았다.

"네, 무엇을 말입니까? 공자님!"

"저 천지에서 큰 물기둥이 솟아나 하늘에까지 닿는 것을! 그 물기둥이 사방으로 가지를 치면서 금빛 별과 같은 열매들을 주렁주렁 매달고 있는 것을!"

담덕은 얼이 빠진 것처럼 멍한 상태가 되어 천지에 눈길을 박아두고 있었다.

"공자님, 지금 꿈을 꾸고 있는 거 아니지요?"

"꿈을 꾸다니……? 이렇게 두 눈 멀쩡하게 뜨고 있는 걸 보면서 그런 소리를 하느냐? 넌 정말 방금 하늘과 땅 사이에 선 금빛 물기둥을 보지 못했단 말이더냐?"

"금빛 물기둥인지는 모르겠으나 천둥번개가 치면서 하늘과 땅 사이에 무엇인가 번쩍이는 것이 오가는 느낌은 들었어요. 그렇지만 그것이 금빛 물기둥 같지는 않았어요. 천지에선 자주 일어나는 현상 중의 하나인데요, 뭘!"

업복의 말에 담덕은 고개를 가로저었다.

"아니야, 나는 분명히 보았어. 그것은 이 세상에서 가장 큰 나무였어. 수천수만의 금빛 열매가 열리는!"

담덕은 아직도 방금 본 천지의 조화를 눈앞에 그리는 듯 혼잣소리로 중얼대고 있었다.

"세상에 금빛 열매가 열리는 나무가 어디 있어요? 그런 나무만 있다면 금방 부자가 되겠다."

"아니야. 이 세상에 금빛 열매가 열리는 나무가 있을 수도 있지. 나는 분명히 보았단 말이야."

담덕은 그날 저녁 무술도장으로 돌아와 사부 을두미에게 천지에서 본 큰 나무와 금빛 열매에 대해 자신이 본 그대로 이야기를 했다.

"업복이는 보지 못했다고 하지만 나는 분명히 보았거든요? 하늘에서 천둥번개가 치더니, 갑자기 천지에서 금빛 물기둥이 일어나면서 하늘까지 맞닿는 큰 나무로 변하는 거였어요. 하늘에서 수천수만 갈래로 퍼지면서 사방으로 가지가 뻗어나가고 금빛 열매들이 별처럼 맺히는 걸 분명히 이 눈으로 똑똑히 보았습니다."

담덕의 이야기를 들으면서 을두미의 얼굴에 감동의 빛이 떠올랐다.

"오오. 공자님께서 오늘 신목神木을 보신 겁니다. 신목은 아무에게나 그 모습을 보여주지 않습니다. 공자님은 장차 우리 대고구려의 영웅이 되실 것입니다."

을두미는 담덕에게 『고기古記』에 나오는 신화를 들려주었다. 옛날 하느님의 서자 환웅이 무리 3천을 이끌고 태백산 신단수 아래 내려와 신시를 열었는데, 바로 그 신단수가 신목이라는 것이었다.

"그것은 신화가 아닙니까? 산신 그림에서도 많이 본 그 신목을 말씀하시는 겁니까?"

담덕이 눈을 반짝이며 사부 을두미를 바라보았다.

"바로 맞습니다. 그 신목을 오늘 담덕 공자께서 보신 것입니다. 태백산 천지 어디를 둘러봐도 신목이라 할 수 있는 큰 나무는 보이지 않습니다. 신화란 민족의 정신을 담는 그릇입니다. 그 신화 속의 신단수, 즉 신목을 오늘 천지가 공자님께 보여주신 것입니다. 이는 상서로운 조짐이 아닐 수 없습니다. 우리 고구려의 미래가 담덕 공자의 두 어깨에 걸려 있습니다. 바로 공자께서는 우리 고구려의 신목이 되어야 합니다. 그 계시를 오늘 태백산의 천지신명이 내려주신 것입니다."

이렇게 말하면서 을두미는 자신의 말에 스스로 감동하여, 앞에 앉은 담덕을 새삼 우러르는 눈빛으로 바라보았다. 마치 담덕이 천지에서 보았다는 신목을 눈앞에 떠올리고 있는 듯한 그런 표정이었다.

"절에 가면 산신당이 있질 않습니까? 거기 소나무 밑에 신선 같은 할아버지와 동자, 그리고 호랑이가 있습니다. 그 그림이 신화의 내용을 담고 있다고 생각하는데, 그 소나무도 신목이 아닌지요?"

담덕은 이미 신목의 상징성을 마음으로 터득하고 있었다.

"허허허, 이는 공자님 마음속에서 이미 신목의 어린 싹이 자라나고 있음이 아니겠습니까? 조금 어려운 얘깁니다만, 신화는 우리 인간의 마음을 그린 지형도와도 같은 것입니다. 땅은 산과 들과 하천으로 이루어져 지역마다 각기 다른 지형을 형성하고 있습니다. 신화 또한 그 산천을 닮아서 그 땅에 사는 사람들의 정신세계를 이야기나 그림으로 형상화해 놓은 것에 다름 아니지요. 마음속에 신목의 싹을 키운다는 것은 정신세계의 영역을 확장해 나가는 첫걸음이라 할 수 있습니다. 공자님께선 정신세계의 끊임없는 확장을 통하여 우주의 나무를 키우실 것입니다. 매일 물을 주고 지극정성을 다하여 마음속에 심은 신목의 싹을 키워내면, 언젠가는 공자님 자신이 스스로 신목이 되는 경지에 이르게 될 것입니다. 그런 경지에 이르러야 비로소

널리 세상을 이롭게 하는 홍익인간의 정신을 제대로 살려낼 수 있는 것 아니겠습니까?"

을두미는 앞에 있는 담덕이 아닌, 그 뒤의 어떤 보이지 않는 영기靈氣 같은 것을 느끼면서 스스로 자기 말에 취한 듯 읊어대고 있었다. 담덕 또한 그 말에 취하여 넋을 놓은 듯 사부의 얼굴을 바라보며 고개를 끄덕이고 있었다. 담덕은 이런 말들을 자주 들어와서 지루할 법도 했지만, 들을 때마다 새로운 힘과 용기가 솟는 것 같아 을두미의 이야기에 매료되곤 했다.

"이것은 『유기留記』라는 책입니다. 우리 고구려의 역사지요. 이 책 백 권에는 고구려의 역사뿐만 아니라 단군 시대부터 부여를 거쳐 고구려에 이르는 우리 민족의 역사가 고스란히 담겨 있습니다. 추모대왕께서는 나라를 세울 때 다물多勿정신을 고구려의 건국이념으로 삼았습니다. 공자님, 다물정신이 무엇인지 아십니까?"

"옛 영토를 회복하겠다는 의지가 아니겠습니까?"

"맞습니다. 옛 영토란 어디를 말하는지요?"

"단군 시대의 영토라고 들었습니다. 단군왕검의 조선왕조가 무너지고 나서 여러 갈래로 나라가 흩어지고, 또 부여를 거쳐 고구려로 내려오면서 영토가 많이 축소되었다고 대왕 폐하께서 사당에 참배할 때마다 말씀하셨습니다. 물론 아직도 존속하고 있는 부여와 고구려가 국경선을 사이에 두고 대치하고 있지만 한 핏줄이라 들었습니다."

담덕은 부모로부터도 귀에 못이 박이도록 그런 말들을 들어왔다.

"공자께서 대왕이 되시면 서쪽으로 요하를 건너고 대흥안령을 넘어 옛 영토를 회복해야 합니다. 또한 북쪽으로는 송화강 일대에 자리 잡은 지금의 부여 땅을 복속시키고, 더 북진하여 백해(바이칼) 호수까지 치고 올라가야 합니다. 백해를 불간이라고도 합니다만, 우리 민족의 시원이 담긴 큰 호수입니다. 뿐만 아니라 남으로는 백제와 신라를 제압하여 부용국으로 삼아야 할 것입니다."

그 순간, 을두미의 눈빛이 잉걸불처럼 타오르고 있었다. 담덕은 그 불덩어리를 가슴으로 안아 받아들였다. 그러자 정말 놀랍게도, 그의 가슴이 뜨거워지기 시작했다.

제4장

호랑이 사냥

1

을두미의 교육은 매일매일 반복되는 과정을 거쳤다. 오전에 경전 읽기와 역사 공부가 끝나고 나면 오후에는 활쏘기·검술·창술 등을 비롯하여 기마술까지도 두루 익혔다. 특히 담덕은 업복과 둘이서 말달리기를 할 때 가장 신바람이 났다.

물론 담덕의 곁에는 언제나 유청하와 호위병들이 따라붙기 마련이었다. 그러나 담덕이 말달리기를 할 때는 업복만 동행할 경우가 많았다.

그들은 벌써 하가촌 무술도장에서 태백산까지 여러 번 왕복했다. 호위병들과 같이 갈 때도 있었지만, 담덕과 업복 단둘이서만 말을 달릴 때가 더 많았다. 두 사람만 있으면 크게 예의범절 따지지 않고 격의 없이 대화할 수 있어 좋았다.

특히 업복은 말을 잘 탔는데, 어느 날인가 함께 말을 달리다가 담덕이 문득 속도를 늦추면서 물었다.

"업복아! 너는 어찌 그리 말을 잘 다루느냐?"

"갓난아기 때부터 말 젖을 먹고 자랐으니, 말하고야 형제지간이나 다름없지 않겠어요?"

업복은 싱긋이 웃었다.

"말 젖을 먹고 자라다니?"

담덕이 놀란 눈으로 물었다.

"말 젖만 먹고 자랐나요? 산양 젖도 먹고, 늑대 젖도 먹었는걸요."

"무엇이?"

"공자님, 제가 제멋대로인 건 아마도 태어날 때부터 주로 동물의 젖을 먹고 자라서 그런가 봐요. 태생이 그러하니 애써 예절교육을 받고 자란 사람처럼 행동하는 것이 오히려 어색해요. 그래서 사부님 앞에서도 막돼먹은 놈처럼 함부로 굴기를 예사로 하지요."

업복은 그러면서 먼 하늘을 쳐다보았다. 그는 자신을 낳아 준 부모를 몰랐다. 일곱 살 무렵까지는 추수가 자신의 아버지라고 생각했으나, 개마고원의 말갈부락 아주머니들이 자신을 두고 쑥덕대는 말을 우연히 듣고 태생의 비밀을 알게 되었다. 아버지라고 믿었던 추수가 사실은 어디선가 핏덩이 같은 자신을 데려와서 말이며 산짐승들 젖을 닥치는 대로 먹여 길렀다는 것이다.

몇 년 전 업복이 하가촌 무술도장의 을두미에게 맡겨졌을 때, 그는 뗏목을 타러 떠나는 아버지에게 자신의 태생에 대해 물었었다. 그때서야 아버지는 평양성 인근의 패수 강변에서 혼자 울고 있는 갓난아기를 데려와서 길렀다고 말해 주었다.

"오, 그런 일이 있었구나! 그러나 나는 꾸밈없는 네 행동거지가 오히려 맘에 들어. 나는 솔직한 것을 좋아하거든. 시시때때로 나타나는 너의 야생마 같은 기질. 그것이 나를 감동케 하는 거야."

벌써 하가촌 무술도장에서 생활한 지 두 해가 다 되어가는 담덕은 비록 신분이 다르지만 업복과 친구 이상으로 가까워져 있었다. 그동안 담덕은 훌쩍 키가 커서 업복과 거의 엇비슷할 정도가 되었다. 담덕은 아홉 살, 업복은 열네 살이었다.

"제가 야생마 같다구요?"

변성기로 접어든 업복이 제법 어른스러운 목소리로 낄낄대고 웃었다.

"네 이름이 왜 업복인지 이제야 알 것 같다. 이제부터는 다른 이름으로 부르도록 하자."

담덕이 문득 제안했다.

"다른 이름이요?"

"그래. 업복아, 너는 나를 만나면서 그 업이 소멸됐다고 보아도 좋아. 이제부터 너를 '말 잘 타는 동자'란 뜻으로 마동이라 부르마."

담덕은 그러면서 업복의 손을 꽉 그러쥐었다.

"마동이요? 제 마음에도 꼭 드는 이름이네요. 마이동풍의 줄인 말 같아요."

"네가 그 뜻을 아느냐?"

"그럼요. 사부님께서 말씀하실 때 제가 엉뚱한 말을 하면 늘 그렇게 말씀하세요. 말귀도 제대로 못 알아들으면서 제멋대로 한다고."

"그래, 맞다. 나는 누가 뭐래도 네가 줏대대로 행동하는 게 마음에 들어. 마이동풍의 줄인 말이 되었든, 말 잘 타는 동자를 의미하는 말이 되었든, 아무튼 마동이라고 부르기로 하자. 마동아, 이제부터 한번 신나게 달려볼까?"

담덕은 고삐를 단단하게 움켜쥐고 말에 박차를 가했다. 백마가 질풍처럼 앞으로 내달았다. 마동이란 새 이름을 얻은 업복도 자신이 탄 붉은빛 도는 갈색 말에 채찍을 가했다. 두 마리의 말은 진초록의 들판을 질주하기 시작했다.

태백산 초입까지 갔다가 다시 하가촌 무술도장으로 돌아오는 길에 담덕이 말했다.

"마동아! 내일은 압록강에 나가 헤엄을 쳐서 강 건너기 시합을 하자."

"예, 좋습니다. 이제 공자님도 헤엄을 쳐서 강을 건널 수 있을 만큼 실력이 늘었나 봐요?"

무술도장으로 돌아와서도 담덕은 업복을 보고 마동이라고 불렀다. 그러자 을두미가 물었다.

"마동이라니? 업복아, 갑자기 네 이름이 바뀌었느냐?"

"예, 공자님께서 지어주셨어요. 사부님께서 늘 저보고 마이동풍이라고 하시니 그런 이름이 붙었지 뭐예요?"

그러자 업복이의 말끝에 담덕이 설명을 달았다.

"사부님, 오늘 업복의 태생에 대한 비밀을 들었습니다. 사부님께서 업복이란 이름을 지어주신 것도 그 태생과 관련되어 있다는 걸 알았습니다. 그래서 이 담덕을 만나면서부터 업복이의 업도 바뀌어야 한다는 생각에 말 잘 타는 동자라는 뜻으로 마동이라 지어주었더니, 스스로 마이동풍의 줄인 말로 바꾸더라구요. 사부님이 말끝마다 늘 마이동풍이라고 하신다면서. 그래서 어찌 됐든 그렇게 부르기로 했어요."

"허허허, 내가 얼떨결에 업복이란 이름을 짓고 나서 몇 번 후회를 했었는데, 공자께서 아주 잘 바꾸어주셨습니다. 마동아, 오늘 너는 공자님으로부터 아주 좋은 선물을 받은 것이다. 마동이란 이름을 받고 나서 이제 네 업은 깨끗이 소멸되었고, 다시 새로운 인생을 걷게 되었다. 나도 이제부턴 너를 마동이라고 부르마."

"예, 사부님! 저도 사부님이 지어주신 업복이란 이름을 버리기가 아깝지만, 그렇게 말씀하시니 공자님이 지어주신 마동이란 이름도 좋아지기 시작했어요."

마동은 제법 어른스럽게 말했다.

"네가 공자님을 모시더니 많이 발전했구나. 마동아! 이름을 지어준다는 것이 무엇을 의미하는지 알겠느냐?"

"······예에?"

갑작스런 을두미의 물음에, 순간 마동은 당황하지 않을 수 없었다.

"이름을 얻는다는 것은 곧 그 이름에 대한 신의를 지켜야 한다는 의무가 뒤따르는 일이다. 그러므로 앞으로 목숨을 바쳐 공자님을 모셔야 한다. 무슨 말인지 알겠느냐?"

"예, 사부님! 저는 이미 공자님을 처음 뵙는 순간부터 그렇게 살기로 결심을 했습니다."

"마동아! 네가 이젠 제법 어른스런 말을 할 줄 아는구나."

을두미는 자못 대견스런 얼굴로 마동을 쳐다보았다.

다음 날 오후, 담덕은 마동과의 약속대로 압록강으로 나가 헤엄을 쳐서 강 건너기 시합을 했다. 담덕의 결심이 요지부동이어서, 을두미도 말릴 수가 없었다. 그래서 을두미는 유청하에게 담덕의 호위를 특별히 부탁했다.

유청하는 국내성에서 데리고 온 호위병 전원을 투입해 압록강 둔덕에서 담덕과 마동의 헤엄치기 시합을 지켜보기로 했다.

아직은 여름이 되기 전인 늦봄이라 물이 좀 차가웠지만, 헤엄을 치는 데는 큰 무리는 없었다. 그동안 여름철만 되면 담덕은 마동과 함께 자주 헤엄을 쳤기 때문에 강을 건너는 데 자신감을 갖고 있었다. 그러나 마동은 오래전부터 헤엄을 쳐서 여러 번 강을 건넌 경험이 있지만, 담덕은 아직 강을 건너가 본 적이 한 번도 없었다.

"서로 봐주기 없기다. 알겠느냐?"

담덕이 시합을 하기 전에 마동에게 다짐을 받았다.

"물론이죠. 엄연히 시합인데, 공자님이라고 봐줄 수 있겠습니까? 실력대로 해야죠."

마동이 담덕을 바라보며 싱긋 웃었다.

"정식으로 시합을 하는 것이므로, 진 사람은 이긴 사람의 소원을 한 가지 들어줘야 한다."

"알겠습니다."

마동도 동의했다.

곧 두 사람은 옷을 입은 채 그대로 강물로 뛰어들었다. 나이는 마동보다 아래지만 날 때부터 골격이 컸던 담덕이라, 처음부터 앞서거니 뒤서거니 머리 하나 차이로 대등한 경기를 벌이고 있었다.

강 가운데 이르렀을 때였다. 상류로부터 뗏목꾼들의 노랫가락이 구성지게 들려오더니, 물살을 가르며 떼배들이 나타났다. 담덕은 떼배가 내려오기 전에 먼저 앞질러 강을 건너갔다. 그러나 뒤미처 따라오던 마동은 떼배를 보자 주춤하고 속도를 늦추더니 갑자기 가까이 온 떼배 위로 올라갔다.

"아저씨!"

마동은 때마침 뗏목꾼들 중에서 아는 얼굴을 발견한 것이었다.

"아니, 너는 업복이 아니냐?"

몇 년 전부터 추수를 대신해 떼배의 선장 노릇을 하는 탁보였다.

"우리 아버지는 언제 여기 오나요?"

마동은 열심히 헤엄을 치고 있는 담덕을 힐끔힐끔 곁눈질하며 탁보에게 급히 물었다.

"글쎄다. 네 아버지는 당분간 여기 오기 힘들 것이야. 산동반도에 벌여놓은 일들이 하도 많아서."

"아버지가 보고 싶단 말이에요."

"사부님은 잘 계시지?"

탁보는 마동에게 시원한 대답도 해주지 않고 을두미의 안부를 물었다.

"에이, 나도 이 떼배를 타고 아버지 만나러 갈까 보다."

"얘, 너 지금 헤엄치기 시합 하고 있는 거 아니냐? 여기서 어물쩍대다 지겠다."

그러는 사이에도 떼배는 점점 강 하류로 떠내려가고 있었다.

"아, 참! 그렇지. 아버지께 안부 전해 주세요."

마동은 다시 강물로 뛰어들었다. 떼배 위에서 탁보와 잠시 이야기를 하는 사이 하류로 떠내려 왔기 때문에 마동은 물살을 다시 거슬러 올라가야만 했다. 그만큼 더 힘들 수밖에 없었다. 이미 담덕은 따라잡을 수 없을 만큼 멀리 가고 있었다.

마동이 반대편 강기슭에 닿은 것은 담덕이 강물 밖으로 나와 물기 젖은 몸을 말리고 있을 때였다.

"왜 이렇게 늦은 거냐? 시합을 하다 말고 뗏목 위로 올라가 무엇을 한 거야?"

담덕이 물었다.

"뗏목에 아는 아저씨가 타고 있어서요. 산동반도에 가 있는 아버지 안부가 궁금해서 물어보았죠."

"그건 네 사정이고, 시합은 시합이니 내가 이겼다. 그러니 약속대로 너는 반드시 내 소원 하나를 들어주어야 한다."

"알겠습니다. 우선 저 숲속에 가서 옷을 벗어 말리지요."

마동은 담덕에게 숲을 가리켰다.

두 사람은 숲속으로 들어가 옷을 벗어 햇볕에 말렸다.

"내 소원은 지금 이대로, 네가 그렇게 자랑하던 개마고원의 말갈부락에 가보는 거다."

"……예에?"

담덕의 말에 마동은 믿기지 않는다는 듯 눈을 휘둥그레 떴다.

"놀랄 것 없어. 내 소원이야."

"공자님! 그, 그건 안 되는데……. 호위병을 대동하지 않으면 곤란합니다."

"네가 내 곁에 있잖아. 나는 네 실력을 믿어. 그리고 나도 이젠 내 몸 하나 지킬 만한 자신감을 갖고 있어. 나는 궁궐에서고 이곳 하가촌의 무술도장에서고 한시도 온전한 자유를 누려본 적이 없었다. 단 한 번만이라도 마음 편하게 지내고 싶어."

담덕의 눈에는 간절한 그 무엇이 깃들어 있었다.

"그렇지만 을두미 사부와 유청하 사범께 제가 크게 야단맞을 텐데요."

"시간이 없어. 너무 오래 지체하면 유청하 사범이 호위병들을 이끌고 강을 건너올 거야. 자, 어서 나를 말갈부락으로 안내해 다오. 이건 부탁이 아니라 명령이야."

담덕의 말은 단호했다. 그는 이미 마동과 헤엄을 쳐서 강 건너기 시합을 하기 전부터 그런 생각을 갖고 있었던 것 같았다.

"좋아요. 공자님 명령을 어길 순 없지요. 이 목숨은 공자님 것이니까."

마동도 더 이상 거부하지 못했다.

두 사람은 서둘러 아직 덜 마른 옷을 걸친 후 강을 뒤로하고 반대편 숲속으로 걸어 들어갔다. 숲은 짙은 그늘을 드리워 그들의 모습을 금세 감추어주었다.

2

압록강 북쪽 둔덕에서 담덕과 마동이 헤엄쳐서 강을 건너는 것을 보고 있던 유청하와 호위병들은 갑자기 당황하기 시작했다.

"강을 건너간 공자님과 마동의 모습이 보이지 않는다. 벌써 한식경을 넘긴 지도 오래되지 않느냐?"

유청하가 호위병들을 불러 물었다.

"저희들도 강 건너편을 주시하고 있었습니다만, 담덕 공자님과 마동이 숲속으로 들어간 이후 단 한 번도 모습을 보이지 않았습니다."

호위병들의 보고에 유청하는 생각을 가다듬었다.

"마동이 헤엄을 치다 말고 뗏목 위로 올라간 것을 보았는데, 분명히 다시 강물로 뛰어들어 강을 건너간 것이 맞지?"

"예, 저희들도 두 눈으로 똑똑히 보았습니다."

"다시 강을 건너오는 것을 목격한 사람은 없나?"

"글쎄요. 그런 적이 없는 것 같습니다."

"혹시 담덕 공자님과 마동이 강을 건너오다가 떼배에 올라탄 건 아닐까? 그사이 떼배들이 줄을 지어 여러 차례 지나가지 않았느냐?"

유청하의 머릿속에서는 여러 가지 가능성을 그리고 있었으나 더 이상 명확한 추정은 할 수 없었다. 전부터도 담덕은 모험을 좋아해서 곧잘 호위병들의 간담을 서늘하게 만들곤 했다. 말타기를 하다가도 마동과 함께 갑자기 속력을 내어 숲속으로 사라지면 찾을 길이 막막했던 것이다. 그때마다 호위병들이 백방으로 두 사람을 찾아 나서곤 했는데, 한동안이 지나서야 그들은 토끼나 노루를 잡아가지고 나타났다.

아마 이번에도 그럴 것이라 짐작은 갔지만, 강 건너편이라 곧바로 찾아 나서기도 곤란하여 유청하는 적이 당황하지 않을 수 없었다.

"안 되겠다. 병력을 둘로 나누어, 강 양안을 샅샅이 살펴라. 혹시 떼배를 타고 가다 도중에 내렸을지도 모르니 멀리 강 하류까지 철저하게 수색하라. 헤엄을 잘 치는 자들은 나를 따라 강을 건너가자."

유청하와 병력의 일부는 강을 건너고, 나머지는 강 하류까지 수색을 하기 시작했다. 서둘러 강을 건넌 유청하 일행은 담덕과 마동이 사라진 숲속으로 뛰어들었다. 그러나 이미 우물

쭈물하는 동안 한 시진은 지난 뒤라 두 사람의 자취를 찾을 길이 없었다.

석양이 깔릴 무렵에야 유청하는 압록강 남쪽에서 사라진 두 사람을 찾던 호위병들을 이끌고 다시 강을 건너왔고, 북쪽 강변에서 수색하던 호위병들을 불러 모아 일단 하가촌 무술도장으로 철수했다. 그들이 도장에 도착했을 때는 저녁 어스름이 깃들 무렵이었다.

"왜 이리 늦었는가? 공자님은?"

오래도록 기다리던 을두미가 유청하에게 다그쳐 물었다.

"사부님, 큰일 났습니다. 공자님과 마동이 강 건너에서 자취를 감추었습니다."

"무엇이? 강을 건너간 후 사라졌다고? 허허, 이런 변고가 있나?"

"사부님, 제 잘못입니다. 공자님과 마동이 강을 건널 때 졸개들 몇 명을 같이 건너가도록 했어야 하는데……. 강을 건너갔다 바로 돌아오는 줄로만 알았지 뭡니까? 그런데 하필이면 강을 건널 때 떼배들이 줄줄이 나타나는 바람에……."

유청하의 보고를 듣다 말고 을두미가 소리쳤다.

"뭐? 떼배가?"

"예, 공자님은 떼배가 내려오기 직전에 강을 건넜는데, 뒤미처 헤엄을 치던 마동은 떼배 위로 올라가서……."

"마동이 그놈이 결국…… 올라가서 어찌 됐다는 것인가?"

"떼배 위의 장정과 뭐라고 몇 마디 주고받는 것 같더니 다시 강물로 뛰어들어 먼저 건너간 공자님께로 갔습니다."

"흐음……."

마동이 담덕에게로 갔다는 말에 을두미는 일단 안도하는 모습이었다.

"담덕 공자님을 제대로 보좌하지 못해 죄송합니다. 내일 날이 밝자마자 다시 강 양안을 샅샅이 수색해 보겠습니다."

유청하는 을두미에게 머리를 조아렸다.

"아닐세. 그대의 잘못이라고만 할 수는 없는 일이야. 담덕 공자님 호위를 천둥벌거숭이 같은 놈에게 맡긴 내 잘못이 더 크지. 마동, 이놈이 덜렁대다가 결국 일을 내고야 말았군!"

을두미는 한일자로 굳게 입을 다물었다. 몹시 화가 났을 때면 나타나는 그의 버릇이었다.

담덕과 마동은 개마고원 말갈부락으로 가던 중 바위굴에서 하룻밤을 보내게 되었다. 어차피 이틀은 잡아야 갈 수 있는 거리였다.

"여기는 호랑이굴 같군!"

담덕이 어둠 속에서 눈을 깜박거렸다.

"어찌 아셨어요? 호랑이굴 맞습니다. 젖비린내가 나는 걸 보니 얼마 전에 여기서 호랑이가 새끼를 낳아 기른 모양입니다."

마동은 호랑이 새끼의 보금자리였던, 마른풀과 낙엽이 깔려 있는 곳으로 담덕을 안내했다.

마동은 굴 밖으로 나가 마른 삭정이들을 주워 왔다. 팔뚝 굵기의 나무들도 몇 등거리 있었다.

"무엇을 하려고 그러느냐?"

"모닥불을 피우려구요. 밤엔 춥거든요."

마동은 호랑이 새끼 보금자리에서 마른풀을 한 주먹 집어 두 손으로 비벼 금세 불쏘시개를 마련했다. 그러더니 옆구리에서 수리검 두 자루를 꺼내 서로 비벼대기 시작했다. 그렇게 한동안 쇠붙이끼리 마찰을 가하자 얼마 안 걸려 불꽃이 일기 시작했고, 곧 불쏘시개로 옮겨 붙었다.

마동은 연기가 매워 기침을 하고 눈물을 흘려가면서 불꽃을 살리기 위해 입으로 호호 바람을 불어댔다. 드디어 불쏘시개에서 타오른 불길이 삭정이에 옮겨붙었다.

금세 동굴 속이 환하게 밝아졌다.

"이 불빛을 보고 갑자기 호랑이가 나타나면 어쩌지?"

"염려 마세요. 호랑이가 제일 무서워하는 것이 불이거든요. 호랑이 털에 불이 붙으면 어떻게 되겠어요? 그리고 또 이 수리검으로 호랑이의 두 눈알을 빼놓으면 제깟 놈이 어쩌겠어요? 보금자리에 새끼가 없는 걸 보면 이미 젖을 떼어 어미가 야생에

길들이기 위해 데리고 나간 모양입니다. 호랑이 새끼는 약 반년 동안 젖을 먹으면 보금자리를 떠나거든요. 그러니 호랑이가 다시 나타날 리 없지요."

"너는 어찌 그리 호랑이에 대해 잘 아느냐?"

"말갈부락은 사냥꾼 마을이에요. 호피는 값을 많이 쳐주므로 사냥꾼들이 호랑이 사냥을 즐겨 하지요. 제가 어렸을 땐 아버지도 동네 장정들과 함께 호랑이 사냥을 자주 나갔었지요. 당시에는 말갈부락 위의 깊은 산속에 을두미 사부님의 무술도장이 있었는데, 아버지는 거기서 말갈 청년들에게 무술을 가르쳤어요. 말갈 청년들의 실전 무술 실습이 바로 호랑이 사냥이었지요. 저도 아버지 몰래 장정들 뒤를 따라다니며 호랑이 사냥하는 걸 자주 구경했어요."

"그럼 지금도 말갈부락에 가면 호랑이 사냥을 할 수 있을까?"

담덕은 부쩍 호랑이 사냥에 관심을 가졌다.

"물론이죠. 호랑이 사냥이 생업인데요."

"흐음, 우리 고구려가 타국과 전쟁을 할 때 말갈부대가 늘 선봉에서 용맹을 떨친다고 들었다. 호랑이 사냥으로 다져진 무술이 전쟁터에서도 실력 발휘를 하고 있음을 이제야 알겠구나."

담덕과 마동이 이렇게 주거니 받거니 대화를 나누는 사이에 밤이 깊어갔다. 동굴 밖에서 달빛이 비쳐 들었다. 캄캄한 하늘에서는 숱한 별무리가 저마다 눈을 빛내고 있었다.

"새벽이 되면 더욱 춥거든요. 모닥불을 더 피워야겠습니다."

마동은 다시 동굴 밖으로 나가더니 마른 나뭇등걸을 한 아름 안고 들어왔다. 모닥불에 나뭇등걸을 넣자 시르죽던 불꽃이 다시 화르륵, 되살아났다.

"따뜻해서 좋구나."

담덕은 모닥불 곁에 누웠다. 마동은 모닥불이 더 이상 밖으로 번지지 않도록 돌을 주워서 불 자리 둘레를 막아놓고 그 옆에 나란히 누웠다.

"공자님, 이제 주무세요. 내일 하루 종일 걸어야 말갈부락까지 갈 수 있거든요."

마동의 말에, 문득 담덕이 옆으로 얼굴을 돌려 마주 바라보며 말했다.

"마동아! 우리 말갈부락에 가기 전에 약속 하나 하자."

"무슨 약속이요?"

"이제부턴 네가 내 형님 역할을 하는 거다. 말갈부락에서 내 정체를 알게 되면 좋을 게 없거든. 그러니 거기 가서도 내게 공자님이라고 하면 곤란하지 않겠니? 지금부터 우린 의형제가 되는 거야. 말갈부락에서 너를 업복이라 불렀으니 그대로 내가 업복이 형이라고 부르지."

"그래도 어찌 공자님을……."

"공자님이라고 하지 말고 지금부터 동생이라고 해. 마동이 동생이면, 내 이름을 뭐라고 할까? 음, 그래. 담덕에서 담 자를 빼고 그냥 덕이라고 불러."

"하지만……."

마동은 망설이지 않을 수 없었다. 장차 고구려의 대왕이 될 공자를 함부로 대하기가 어려웠던 것이다.

그때 담덕이 마동의 손을 꼭 잡아 왔다.

"네가 내 그림자 역할을 하겠다면, 우리는 피를 나눈 형제보다 더 가까워져야만 해. 그러니 우리 지금 연습 한번 해보자. 업복이 형!"

"하하, 참!"

"어서 덕이라고 말해! 업복이 형!"

담덕은 평소 나이보다 어른스럽게 말했지만, 이렇게 말할 때는 천생 아홉 살 난 소년이었다.

"……덕아! 아이, 이거 쑥스럽네요."

"쑥스럽네요, 가 아니라 쑥스럽네! 형 노릇을 하려면 제대로 해야지."

"알았어. 덕아! 내일을 위해 오늘은 충분히 잠을 자두어야지."

금세 마동은 담덕을 동생처럼 대했다.

어느 사이 동굴 입구를 비추던 달빛도 희미하게 빛을 잃기 시작했다. 밤은 이슥하게 깊어 갔고, 저녁부터 울어대던 소쩍

새 소리도 그친 지 오래였다.

3

담덕은 실로 오랜만에 꿀잠을 잤다. 모닥불이 꺼지려고 할 때마다 마동이 마른 나뭇등걸로 불을 살려내 추위를 느끼지 않았던 때문이기도 했지만, 태어나서 처음 누구의 간섭도 받지 않고 자유로운 몸이 되자 깊은 잠에 빠져들 수 있었다. 곁에서 시녀들이 시중을 들고 금침 속에 들어가 잠을 자는 것이 그에겐 불편하기 짝이 없는 일이었던 것이다. 더군다나 밤낮을 가리지 않고 늘 그의 곁에는 신변을 보호하는 호위병들이 신경을 곤두세우고 있었다. 그래서 언젠가는 아무도 간섭하지 않는 곳에서 홀가분한 기분으로 자유로움을 만끽하고 싶다는 꿈을 갖고 있었다. 그 꿈이 이루어졌으니, 잠이 꿀맛일 수밖에 없었다.

어디선가 고기 굽는 냄새가 솔솔 풍겨와 담덕은 자신도 모르는 사이 저절로 눈을 떴다. 어제 저녁부터 굶었기 때문에 뱃속에서 꼬르륵, 소리가 났다. 벌써 날은 밝아 때를 벗은 맑은 햇살이 동굴 입구에 어른거렸다.

"공자님, 이제 깨어나셨군요?"

언제 일어났는지 마동이 모닥불 앞에 앉아 고기를 굽고 있었다. 손가락 굵기의 싸릿가지에 몸통을 관통당한 어른주먹만

한 고깃덩어리가 노릇노릇하게 구워지고 있었다.

"웬 고기야?"

"어제 저녁부터 굶었잖아요. 새벽에 일어나 수리검을 날려 장끼 한 마리 잡아왔죠."

마동은 고기가 타지 않고 골고루 익도록 수시로 싸릿가지를 돌리고 있었다. 털이 뽑혀 발가숭이가 된 꿩의 몸통에서 기름이 뚝뚝 떨어지자 알불만 남은 모닥불이 화르륵, 하고 되살아났다.

"부지런하기도 하다."

담덕은 믿음직스러운 마동의 등을 바라보았다.

"공자님, 다 구워진 것 같습니다. 한번 들어보세요. 산속에서 구워 먹는 고기 맛이 남다를 겁니다."

마동이 꿩의 다리 하나를 쭉 찢어 담덕에게 권했다.

"참, 어제 우리 의형제를 맺기로 했잖아? 그러니 공자님이라는 말 당장 그만둬. 덕이라고 불러."

"헛, 참! 버릇이 돼놔서 쉽게 고쳐지지 않네요."

"그래도? 동생한테 존대를 붙이면 어떡해?"

"알았어, 덕아! 배고픈데 얼른 꿩고기나 먹자."

마동도 이젠 대담해졌다. 저녁 무렵이면 말갈부락에 도착하게 될 테니 미리부터 연습을 해둘 필요가 있다고 생각했던 것이다.

담덕과 마동이 사냥꾼 마을인 말갈부락에 당도한 것은 그날 저녁도 지나 이슥한 밤중이 되어서였다. 도중에 산토끼 한 마리를 잡아 포식을 하긴 했지만, 하루 종일 험한 산속을 걸어와서 그런지 몹시 시장했다. 그들은 달빛을 등으로 받으며 어느 초막집의 사립문을 밀고 들어섰다.

　"아주머니 계세요?"

　마동이 소리쳤다.

　방문이 열리며 중년 여인이 얼굴을 내밀었다.

　"이 밤중에 누구여?"

　"나 마동, 아니, 업복이요."

　"뭐, 누구? 어, 업복이라구?"

　아주머니가 맨발로 마당까지 뛰어나와 마동의 손을 덥석 잡았다.

　"그간 안녕하셨어요?"

　"응, 그런데 네가 정말 업복이 맞아? 많이 커구나. 이젠 어엿한 청년이 다 됐네그려."

　아주머니는 너무나 반가운 나머지 치맛말기로 눈물까지 찍어냈다.

　"덕아, 인사해라. 이 형님이 갓난아기였을 때 젖을 먹여 키워주신 아주머니야. 어머니 같은 분이지."

　마동이 담덕을 아주머니에게 소개했다.

담덕은 말없이 고개만 꾸뻑 숙였다.

"누구야?"

"대처에서 만난 동생인데, 이곳 사냥꾼 마을을 구경하고 싶다고 해서 데려왔어요."

"어이쿠, 귀공자처럼 잘도 생겼네."

아주머니는 달빛에 드러난 담덕의 얼굴을 요모조모 뜯어보았다.

"우리 배고파요. 찬밥 덩어리라도 있으면 주세요."

마동이 소리쳤다.

"이런, 이런! 내 정신 좀 보게. 잠시 방 안에 들어가 기다려라. 서속밥이 조금 남아 있을 게다. 낮에 두치가 잡아온 멧돼지 고기도 있고."

"두치 형은 어디 갔어요?"

"담비 가죽을 사러 장사꾼이 왔다고 해서 촌장 댁에 갔으니 곧 올 게야. 먼저 방에 들어가 기다려라."

아주머니는 서둘러 부엌으로 들어갔다.

방 안에 들어가자 벽마다 온통 짐승 가죽이 걸려 있었다. 담덕은 가죽 특유의 냄새 때문에 인상부터 찡그려졌다.

곧 아주머니가 서속밥 한 그릇과 구운 멧돼지 고기를 소반에 받쳐 들고 들어왔다.

"아저씨는 어디 가셨어요?"

마동이 물었다. 그러자 아주머니가 한숨부터 쉬었다.

"……저세상으로 갔지. 재작년에 사냥 나갔다가 호환을 당했단다. 그래서 시신조차 거두지 못했지 뭐냐."

그러더니 이내 아주머니는 치맛자락으로 눈물을 찍어냈다.

"저런! 그 호랑이 놈을 그냥 놔뒀어요?"

"어느 놈이 물어갔는지 알겠니? 두치가 개마고원부터 태백산 자락까지 이태째 뒤지고 다니며 지 애비 원수를 갚겠다고 하지만, 널려 있는 게 호랑이들인데 어느 놈의 짓인 줄 어찌 알겠누? 안다 하더라도 그렇지, 호랑이가 그렇게 호락호락한 짐승도 아니구……"

마동은 배가 고파 서속밥을 입 안 가득 쓸어 넣으면서도 아주머니와 그동안 궁금했던 이야기를 두서없이 나누었다. 담덕은 서속밥보다 멧돼지 고기에 더 손이 가는 모양이었다.

두 사람이 포만감을 느끼며 아예 뜨뜻한 구들장을 지고 드러누웠을 때 두치가 들어왔다. 두치는 마동보다 한 살 많았다. 처음 마동이 아버지 추수의 등에 업혀 말갈부락에 들어왔을 때, 두치는 막 젖을 뗀 갓난아기였다. 그때 마동은 바로 두치가 먹던 젖을 얻어먹게 된 것이었다. 젖이 모자랄 때는 산양이나 사슴 젖을 먹기도 하면서 자라났다.

열다섯 살인 두치는 말갈부락을 대표하는 청년 사냥꾼이었다. 말갈부락에서는 나이 대여섯 살 때부터 활쏘기와 창던지기 등을 배웠고, 열 살을 전후해서는 실제로 사냥에 나서서 몰이꾼 노릇부터 하면서 실전을 익혔다.

마동은 두치에게 하가촌 무술도장에서 만난 동생이라고 담덕을 소개했다. 특히 활쏘기에 있어서는 명궁이라는 소릴 들을 만큼 실력이 뛰어나며, 이번에 말갈부락에 온 것은 실제로 사냥꾼들을 따라다니며 실전 경험을 쌓고 싶어서라고 말해 주었다.

그러나 두치는 과녁이나 맞추는 활쏘기 실력과 실제 사냥은 다르다는 걸 강조했다. 더구나 아직 담덕의 나이가 어리기 때문에, 말갈부락의 사냥꾼들이 함께 사냥 나가는 것을 허락해 주지 않을 것이라고 말했다.

"업복아, 우리 아버지는 너도 알다시피 말갈부락 최고의 사냥꾼이었다. 그런데도 호랑이에게 목숨을 잃었어. 사냥이 장난은 아니잖아? 목숨을 건 생존의 싸움이라구."

이 같은 두치의 말을 듣고 담덕은 적이 실망하지 않을 수 없었다.

"두치 형! 그래도 내일 덕이의 활쏘기 실력을 본 후에 다시 얘기하자."

마동은 두치에게 이렇게 말함으로써 간접적으로나마 담덕의 마음을 위무해 보려고 애썼다.

개마고원 산간의 밤이 깊어 갔다. 옆에서 마동이 코를 골며 곤하게 자고 있었지만, 담덕은 전날 동굴에서 너무 단잠을 잤던 탓인지 또랑또랑한 눈으로 천장을 바라보고 있었다.

어디선가 부엉이 울음소리가 들려왔다. 그 소리에 홀린 듯 담덕은 슬며시 일어나 밖으로 나왔다. 하늘에선 별들이 총총하게 눈을 밝히고 있었다. 개마고원이 압록강보다 훨씬 높은 지대여서 그런가, 별들이 더 커 보였고 쏟아져 내리는 별빛도 유난히 밝았다.

또 부엉이가 울었다. 국내성 궁궐에서도 밤이면 부엉이가 울었기 때문에 그 소리가 담덕의 귀에 결코 낯설지 않았다. 밤눈이 밝은 부엉이는 야간에 주로 활동하는 새라고 들었다.

담덕은 문득 부엉이 울음소리가 들려오는 쪽으로 눈길을 돌렸다. 말갈부락 입구에는 큰 느티나무가 있었는데, 부엉이 울음소리는 바로 그 꼭대기에서 들려오는 것 같았다.

다음 날 아침, 업복이 돌아왔다는 소문을 듣고 말갈부락 공터에는 어린 시절 같이 놀던 불알친구들이 몰려들었다. 추수에게 무술을 배웠거나 같이 사냥을 다녔던 청장년 사냥꾼들도 하나둘 나타나기 시작했다. 그들 또한 뗏목을 타겠다며 말갈부락을 떠난 추수와 장정들의 소식이 궁금했던 것이다.

"덕이라고 했지? 여기 말갈부락을 대표하는 사냥꾼들이 다 모였다. 어디 네 활솜씨를 보여 봐라."

두치가 담덕에게 박달나무로 만든 활을 건네주었다.

"목궁 말고 각궁은 없습니까?"

담덕은 활쏘기를 할 때 늘 자기 활을 사용했지만, 말갈부락으로 올 때는 가져오지 않았기 때문에 다른 사람의 활로 시범을 보일 수밖에 없었다.

"네가 각궁을 다룰 줄 안단 말이냐?"

두치가 뜻밖이라는 듯 고개를 갸우뚱거렸다.

"덕이는 아홉 살이지만, 이미 일곱 살 때부터 각궁을 다루었지."

마동이 대신 대답해 주었다.

"아버지가 쓰던 활이 각궁은 아니고 목궁인데, 단궁보다 크고 튼튼해서 호랑이 잡는 데 쓰는 활이지. 그것을 가져오마."

곧 두치는 집으로 들어가 아버지가 쓰던 목궁을 가져왔다. 담덕은 두치에게서 활을 넘겨받았다. 말갈부락 최고의 사냥꾼이 쓰던 활이라 그런지 보통 활보다 크고 묵직했으며, 손때가 묻어 있어 활대 손잡이가 반들반들했다.

담덕의 키나 몸집은 이미 마동과 두치에 버금갈 정도였다. 그래서 큰 활이지만 자신감이 있었고, 활시위를 당기는 데 별다른 지장이 없었다.

목궁을 받아든 담덕은 활시위를 몇 번 당겨보았다. 팔이 유난히 길었으므로 단번에 쭉 뻗어 활시위를 최대한 귀밑 근처까지 당길 수 있었다. 그러자 공터에 모여든 말갈부락 사람들이 모두들 놀란 표정이었다.

"어디 네 솜씨를 보여 봐라!"

두치가 채근했다.

담덕은 간밤에 보아두었던 마을 입구의 느티나무를 향해 돌아섰다. 느티나무 몸통에서 뻗어나간 큰 줄기 중 하나가 죽어 있어, 그 끝이 부러진 채 이파리조차 나지 않은 것이 얼핏 눈에 띄었다.

꽤 먼 거리였지만 담덕은 목궁의 활시위를 최대한 당겨 화살을 날려 보냈다. 화살은 정확하게 느티나무 죽은 가지 끝에 가서 따악, 소릴 내며 꽂혔다. 그 순간 나무 구멍 속에서 낮잠을 자던 부엉이가 깜짝 놀라 굴 밖으로 튀어나와 공중으로 날아올랐다. 이를 놓치지 않고 담덕은 두 번째 화살을 날렸고, 그 순간 부엉이는 활짝 폈던 날개를 접더니 그대로 땅 아래로 곤두박질쳤다. 그걸 보고 말갈부락 아이들이 달려갔다.

"부엉이 왼쪽 다리를 맞혔으니 상처를 치료해 주면 며칠 후 제대로 날 수 있을 겁니다."

담덕은 그저 담담하게 말했다.

"뭐? 왼쪽 다리를 맞혔다고?"

두치는 물론, 그 자리에 있던 말갈부락 사냥꾼들도 모두 놀란 눈으로 담덕을 바라보았다.

아이들은 살아서 눈을 멀뚱대는 부엉이를 붙잡아가지고 돌아왔다. 화살은 정확하게 부엉이 왼쪽 다리와 몸통 사이를 꿰

뚫고 있었다.

"부엉이 몸통을 꿰뚫지 못하고 왼쪽 다리와 몸통 사이를 맞춘 것은 화살이 빗나갔기 때문 아닌가?"

두치는 아직도 담덕의 실력을 믿지 못하겠다는 투였다.

"미물이지만 고귀한 생명입니다. 장난삼아 쏘는 화살로 생명을 죽일 수는 없지요. 부엉이의 상처 난 다리에 된장을 발라 헝겊으로 싸맨 후 며칠 먹이를 주며 보호하면 곧 아물 것입니다."

담덕의 말에 어른 사냥꾼들도 모두 고개를 끄덕거렸다.

"과연 소년 명궁이로다. 우리하고 충분히 사냥하러 나갈 수 있겠어."

말갈부락을 대표하는 사냥꾼들이 모두 찬성했다.

"날씨가 많이 풀렸지만 아직 밤에는 쌀쌀하다. 이번에는 우리 아버지의 원수를 갚기 위해 호랑이 사냥을 떠날 참이다. 며칠이 걸릴지 모르는 산행인데, 어린 몸으로 괜찮겠나?"

두치는 다시 한번 더 담덕에게 다짐을 받아두고 싶었던 것이다.

"물론이죠. 길이 잘 든 활이군요."

담덕은 두치에게 활을 넘겨주었다.

"이 목궁은 나보다 네게 더 필요한 것 같다. 내력이 있는 물건이야. 우리 아버지가 이 목궁으로 호랑이를 세 마리나 잡았거든."

두치는 다시 목궁을 담덕에게 넘겨주며 씨익, 웃었다.

"이 목궁을 덕이에게 주면 두치 형은 무엇으로 호랑이를 잡으려구?"

마동이 물었다.

"나는 활보다 창던지기가 손에 익었어. 내 꿈은 개마고원 최고의 선창잡이가 되는 거야."

두치가 자랑스럽게 말했다.

"선창잡이가 뭐죠?"

담덕이 주위 사람들을 둘러보며 물었다.

"선창잡이는 여러 사람이 무리지어 사냥을 떠날 때 가장 먼저 사냥감에게 창을 던지는 사냥꾼을 말하지. 가장 먼저 창을 던지려면 사냥감에 최대한 가까이 접근해야 하거든. 강심장을 갖고 있어야 가능한 일이지. 사냥감과 일대일의 상황에서 단 한 번의 창던지기로 급소를 꿰뚫어야만 하니까. 그렇지 않으면 사냥감에게 자신이 당할 수 있거든. 그만큼 대담한 용기가 있어야 하고, 창던지기에 한 치의 실수도 있어서는 안 되지."

이렇게 설명하는 두치의 말을, 담덕은 곧바로 알아들었다.

4

을두미와 유청하가 호위병들을 이끌고 개마고원 말갈부락으로 들이닥친 것은 담덕과 마동이 사냥꾼들과 함께 호랑이 사냥을 떠난 다음 날 늦은 오후였다.

"업복이가 호랑이 사냥을 떠났다구요? 어제 새벽에요?"

두치 어머니에게서 담덕과 마동의 이야기를 들은 을두미는 눈앞이 캄캄해졌다.

"호랑이 사냥이라니? 이거 큰일이 아닙니까?"

유청하도 절망적으로 소리쳤다. 그는 어느새 가슴이 새카맣게 타들어가 얼굴까지 창백해져 있었다. 왕태제 이련이 특별히 그에게 담덕의 안전한 호위를 당부했던 것인데, 그 임무를 제대로 수행하지 못한 데 대한 죄책감이 앞섰던 것이다.

"어디로 갔는지 알아야 방향을 잡고 추적하지……"

을두미는 한탄하지 않을 수 없었다.

처음 유청하로부터 담덕과 마동이 압록강 남쪽 강변에서 사라졌다는 보고를 받았을 때, 을두미는 미처 개마고원의 말갈부락을 떠올리지 못했다. 혹시 마동이 아버지 추수를 보고 싶은 마음에 담덕과 함께 떼배를 타고 산동반도로 갔을지도 모른다는 생각에, 호위병들을 풀어 압록강의 양안만 수차례에 걸쳐 수색했던 것이다. 떼배를 타고 가다가 생각을 바꾸어 중도에 내렸을 가능성을 전혀 배제할 수 없었기 때문이다.

결국 이틀 동안 괜한 시간만 허비했을 뿐이었다. 만약 그런 시간을 줄이고 곧바로 말갈부락으로 달려왔다면 담덕과 마동이 사냥을 떠나기 전에 만날 수 있었을 것이라는 생각이 들자, 을두미는 더욱 안타까운 마음을 금할 길이 없었다.

"이제 어떡하죠?"

유청하는 이 시점에서 을두미의 지혜를 빌릴 수밖에 다른 도리가 없다고 생각했다.

"방법은 하나밖에 없다. 개마고원 산지와 태백산 자락을 다 뒤져서라도 공자님을 찾아내야지. 호랑이 사냥이라니? 당치도 않은 일이야. 아직 공자님의 나이 아홉 살이지 않은가? 개마고 원에서 잔뼈가 굵은 아이들도 그 나이엔 호랑이 사냥이 가당치 않은 일이야. 마동이 이놈, 이 겁도 없는 놈!"

을두미가 연거푸 '놈' 자를 입에 올리는 걸 보면 몹시 화가 나 있음에 틀림없었다. 혹시 사냥을 하다가 담덕의 몸이 상하기라도 하지 않을까, 그것이 제일 걱정이었던 것이다. 말갈부락의 경험 많은 사냥꾼들도 목숨을 걸어야만 하는 매우 위험한 것이 호랑이 사냥이었기 때문이다.

결국 을두미는 말갈부락에서 하룻밤을 묵고 나서야 호랑이 사냥을 떠난 담덕과 마동 일행을 뒤좇을 수 있었다. 30여 명의 인원이 며칠 걸릴지 모르는 일정 동안 깊은 산속을 헤매려면 비상식량부터 챙기지 않으면 안 되었다. 그는 촌장에게 부탁하여 산양과 사슴 고기 육포, 서속을 볶아 빻은 미숫가루 등을 충분히 준비토록 했다.

다음 날부터 개마고원의 깊은 산속에서는 이상한 추격전이 벌어졌다. 담덕과 마동 일행이 포함된 말갈부락의 사냥꾼들은 호랑이의 발자국을 추적하고, 다시 그 뒤를 을두미와 유청하가 이끄는 호위병들이 사냥꾼들의 발자취를 따라 수색작전을 펼쳤던 것이다.

을두미와 유청하 일행이 막 말갈부락을 떠났을 무렵, 담덕와 마동을 비롯한 말갈부락 사냥꾼들은 개마고원 산속을 두루 돌아 어느새 태백산 자락으로 접어들고 있었다. 태백산 접경으로 들어서자 밀림은 더욱 우거져 하늘이 거의 보이지 않을 정도로 어둠침침했다.

호랑이를 잡으려면 우선 발자국을 찾아 추적해야만 했다. 그러나 흔히 산군山君·산군자山君子·호군虎君·산신령 등으로 불리는 호랑이는 머리가 좋아서 사람들에게 쉽게 자신의 발자국을 드러내 보여주지 않았다. 바위에서 바위로 건너뛰어 좀처럼 발자국을 남기지 않았던 것이다.

원래 호랑이는 높은 바위나 산등성이를 좋아하는 습성을 갖고 있었다. 그곳에서 산 아래를 예의 주시하다가 먹잇감을 발견하면 낮은 자세로 달려가 멧돼지·노루·사슴 등의 목덜미를 단숨에 물어뜯는 방법으로 사냥을 했다. 일단 호랑이는 먹잇감을 사냥하게 되면 물가로 물고 가서 넓적다리와 복부의 살부터 뜯어 먹었다. 배불리 실컷 먹고 나면 냇가에 엎드려 물을 헌걸

차게 들이켜고 난 후, 안전한 곳을 찾아가 휴식을 취하거나 한 숨 푹 자는 버릇이 있었다.

사냥꾼들은 이러한 호랑이의 습성을 알고 발자국을 찾아 추적에 나서는데, 도중에 발자국이 끊어지면 주변의 바위들을 유심히 살펴 어디로 발자국이 이어지고 있는지 이동 경로를 찾았다. 그러다 보면 호랑이가 먹잇감을 사냥하여 포식한 흔적 등을 발견하고 장차 호랑이가 휴식을 취할 만한 곳을 찾아 접근하는 것이었다. 이때 호랑이 발자국의 선명도, 밀림을 달릴 때 나뭇가지가 꺾인 흔적, 포식을 하고 남긴 먹잇감의 신선도 등을 살펴 호랑이가 어느 정도 거리에 있는지 판단하는 기준으로 삼았다.

호랑이를 잡는 방법에는 대체로 네 가지가 있었다. 첫째는 몰이꾼들로 하여금 징·꽹과리 등을 시끄럽게 울려 호랑이를 몰고, 그 달아나는 길목을 사냥꾼들이 지키고 있다가 먼 거리에서 화살을 쏘고 가까이 오면 창으로 찔러 포획하는 방법이었다. 둘째는 호랑이가 다니는 길목에 함정을 파고 바닥에 뾰족하게 깎은 나무 말뚝을 촘촘히 박아놓은 다음, 그 위에 풀이나 나무 이파리들을 덮어 위장한 후 잡는 방법이었다. 셋째는 나무로 만든 튼튼한 우리인 함기를 호랑이가 다니는 길목에 설치하고, 그 안에 미끼를 넣어 덫으로 잡는 경우도 있었다. 그리고 넷째는 길목에 궁노를 설치하여 호랑이가 지나가다가 그것을 건드리게 되면 쇠뇌가 자동으로 발사되어 즉살시키는 방법이었다.

사냥꾼들이 호랑이 사냥을 선호하는 이유는 호피 한 장의 가격이 큰 재산을 이룰 만큼 비싸게 거래되기 때문이었다. 호랑이는 대호·중호·소호 등으로 크기를 구분했다. 대호의 경우 호피 한 장에 베로 40여 필, 벼농사를 짓는 지역에서는 쌀 30여 석을 호가했다. 보통 압록강 이남의 평야지대에서 벼농사를 짓는 중농가의 경우 한 해 소출에 해당하는 값이므로, 말갈부락에서는 호랑이를 잡으면 경사스런 날로 인식해 큰 축제를 벌였다.

말갈부락 사냥꾼들은 선창잡이가 되겠다는 두치의 의견을 받아들여 몰이꾼들이 몰아온 호랑이를 먼저 활로 쏘고, 가까이 접근했을 때 창으로 급소를 찔러 잡는 방법을 택하기로 했다. 위급할 경우 마동의 수리검도 한몫 단단히 할 수 있다는 데 의견의 일치를 보았다. 따라서 담덕과 마동, 그리고 두치는 호랑이가 오는 길목을 지키기로 했다. 그리고 나머지 사냥꾼들은 몰이꾼으로 나섰다.

말갈부락을 떠난 지 닷새째 되는 날, 담덕과 마동 일행은 계곡의 냇가에서 호랑이가 먹잇감을 포식하고 떠난 현장을 발견했다. 경험이 풍부한 사냥꾼이 호랑이가 먹다 버리고 간 사냥감을 들고 냄새를 맡아보았다. 그는 나이가 많아 머리가 희끗

희끗한 데다 밤송이처럼 짧게 깎은 수염까지도 검은 털보다 흰 털이 더 많은 편이었다.

"흐음, 호군이 식식을 한 지 불과 한 식경밖에 안 된 것 같군. 발자국을 보니 이 산비탈로 올라갔어. 지금 호군은 한적한 밀림 그늘이나 바위 동굴 속에서 낮잠을 자고 있을 게야. 골짜기의 형세로 보니 산등성이에서 몰이를 해오면 다시 이곳으로 호군이 내려오게 돼 있어. 마치 골짜기가 삼태기 꼴로 생기지 않았나? 우리가 저 산꼭대기로부터 삼각 형태로 호군을 몰아오면, 세 사람은 이 냇가 어딘가에서 길목을 지키고 숨어 있다가 활을 쏘고, 수리검을 날리고, 창을 던지면 될 게야. 호군이 너무 가까이 접근할 때까지 기다리면 위험하니 적정한 거리에 왔을 때 머리통의 정중앙을 명중시켜야만 해."

나이 많은 사냥꾼은 담덕과 마동과 두치를 그 자리에 남겨두고 나머지 사냥꾼들과 함께 산등성이로 기어오르기 시작했다. 오래도록 산에서만 활동한 산척山尺들이라 사냥꾼들은 날렵하고도 신속하게 움직였다. 산척은 깊은 산속에서 사냥을 하거나 약초를 캐어 생활하는 천민들을 가리키는 말로, 말갈부락 사냥꾼들은 절기에 따라 그 두 가지 일을 적절히 활용해 생업으로 삼고 있었다.

나이 많은 사냥꾼은 호랑이를 꼭 호군이라 불렀다. 산짐승들 중에서 힘이 가장 센 동물이 호랑이라, 임금처럼 군君 자를 붙여 대우해 주는 것이었다.

몰이꾼으로 나선 사람들은 최대한 소리를 죽여 가며 산등성이로 올라갔다. 담덕과 마동도 두치와 함께 호랑이가 내려올 만한 길목의 안전한 곳을 찾아 이동했다. 사냥 경험이 많은 두치가 매복 장소를 지정해 주었다. 담덕에게는 활쏘기에 적당한 곳을, 마동에게는 수리검 날리기에 편안한 곳을, 그리고 두치 자신은 길목에서 가장 근접해 창을 던지기에 적당한 곳을 정해 숨었다. 큰 나무와 바위로 완벽하게 은폐와 엄폐가 되어, 엎드려 있으면 누가 어디에 숨었는지 발견할 수 없을 정도였다.

세 사람이 한동안 숨을 죽이고 숨어 있을 때 산등성이로부터 징과 꽹과리를 치는 소리가 요란하게 들려왔다. 그와 함께 몰이꾼들의 함성도 높아져 조용하던 산골짜기는 갑자기 시끌벅적해졌다.

5

한동안의 시간이 흐른 후 어디선가 쿵쿵, 땅을 울리는 소리가 진동했다. 그와 함께 휘휘, 바람 스치는 소리가 스산하게 들려왔다. 그러더니 저 멀리 숲속에서 중송아지만 한 얼룩무늬의 호랑이가 드디어 모습을 드러냈다. 사람의 키를 훌쩍 넘을 정도로 뛰면서 달려 내려오는 속도와 쩌르룽, 골짜기를 울리는 울음소리가 마치 천둥소리 같았다. 한 번 뛰는 거리가 제 몸 길이의 서너 배는 되는 듯하니, 그야말로 호랑이로서는 전력질주를 하고 있는 셈이었다.

비호라는 말이 실감나는 속도감에 담덕은 그만 눈을 감을 뻔했다. 호랑이의 식식대는 거친 숨소리가 들려올 만큼 매우 가까워졌을 때, 그는 목궁의 활시위를 당기고 나서 곧바로 바위 밑에 납작 엎드렸다.

바로 그 순간 쉭쉭, 하는 소리와 함께 마동의 수리검 날아가는 소리가 들렸다. 그리고 거의 동시에 두치의 기합소리와 함께 창이 날아갔다.

어흐흥, 흐릉!

호랑이는 거칠고 큰 울음소리를 내더니 쿵웅, 소리를 내며 땅에 엎어져 나뒹굴었다.

바로 그때였다. 왼편의 가까운 산기슭에서 한 떼의 군마가 달려왔다.

"잡았다! 호랑이를 잡았다!"

맨 앞에서 말을 달려오던 활을 든 군사가 소리쳤다. 뒤미처 달려온 대장인 듯한 사내가 통쾌하게 웃었다.

"핫핫핫핫! 네가 호랑이를 명중시켰구나. 장하다. 성으로 돌아가면 큰 상을 내리겠다."

말에서 뛰어내린 군사를 향해 말 위에 탄 대장이 소리쳤다.

그러고는 대장도 곧 말에서 뛰어내려 호랑이가 쓰러진 곳으로 조심스럽게 다가갔다. 뒤미처 따라온 군마들도 그 자리에 멈추고. 앞을 다투어 군사들이 말에서 뛰어내려 우르르 호랑이 주위를 둘러쌌다.

호랑이는 그때까지도 씨근벌떡 뱃구레를 들썩이며 네 다리를 버르적대고 있었다. 그때마다 흙이 파여 둘레에 모여선 군사들의 얼굴로 튀었다. 그래서 군사들은 함부로 가까이 접근하지 못한 채 겁에 질린 얼굴들을 하고 있었다.

바로 호랑이 앞에서 창을 던지고 잽싸게 몸을 피했던 두치는 방금 닥친 상황에 대해 어찌할 줄 모르고 있었다. 땅에 엎드려 있던 담덕과 마동도 몸을 일으켜 두치에게 달려왔다.

"두치 형, 이게 어찌 된 노릇이야? 호랑이는 우리가 잡았잖아. 대체 저 군사들은 뭐야?"

마동이 두치에게 물었다.

"나도 모르겠어. 갑자기 나타나서는 자기들이 호랑이를 잡았다고 난리잖아."

두치는 난데없는 군사들의 출현에 겁을 먹고 가까이 접근하지도 못했다.

그때 담덕이 군사들 앞으로 나섰다.

"이 호랑이는 우리가 잡은 겁니다."

"무엇이? 너 같은 애송이들이 호랑이를 잡았다고? 하늘이다 웃을 일이다. 이 호랑이는 우리가 잡은 것이야."

대장이 소리쳤다.

그때까지도 호랑이는 죽지 않고 숨을 헐떡이며 목덜미에서 검붉은 피를 뿜어내고 있었다.

"억지 부리지 마십시오. 내가 가장 먼저 호랑이 이마에 화살을 꽂았고, 이 업복이 형이 수리검을 날렸습니다. 그리고 마지막으로 여기 선창잡이 두치 형이 창을 날려 호랑이의 목줄을 끊어놓은 겁니다. 확인해 보면 알 것 아닙니까?"

담덕의 목소리는 어린 나이답지 않게 당찼다.

"뭐, 뭣이라고? 허, 이 당돌한 녀석 좀 보게. 나보고 억지를 부린다고? 적반하장이 따로 없군! 방금 네가 억지를 부리고 있질 않느냐? 뭐? 어린 녀석들이 활을 쏘고, 수리검을 날리고, 창을 던져?"

대장은 호랑이의 정수리에 꽂힌 화살과, 눈과 귀에 꽂힌 수리검과, 목덜미에 꽂힌 창을 보고도 억지를 부리려고 들었다.

호랑이가 쉽게 죽지 않았으므로 더 이상 가까이 접근하지도 못한 채 왈가왈부하며 시간만 지체하고 있었다. 그러는 사이 몰이꾼으로 나섰던 말갈부락 사냥꾼들도 무리를 지어 호랑이를 잡은 현장에 나타나기 시작했다.

"여기 몰이꾼들이 이 호랑이를 몰아오고, 우리 셋이서 활과 수리검과 창을 날려 잡았단 말입니다."

담덕은 지지 않고 대장에게 맞섰다.

"이놈들! 하늘 무서운 줄 알아야지? 너희들은 말갈놈들이 아니냐? 말갈놈들 주제에 감히 대들다니? 우린 고구려 군사들이다. 더 이상 나댄다면 아예 너희 말갈부락을 싹 쓸어버릴 테다. 너희 놈들이 누구 때문에 마음 편히 먹고사는지 알기나 하느냐?"

대장의 엄포는 추상같았다.

말갈부락 사냥꾼들은 그 소리만 듣고도 기가 질려 아무 소리도 못한 채 그저 벌벌 떨고만 있었다.

"고구려 군사들이라도 그렇지, 말갈부락 사냥꾼들이 애써 잡은 호랑이를 자기들이 잡았다고 억지를 부려도 되는 겁니까?"

담덕도 지지 않고 한걸음 더 대장 앞으로 나서며 소리쳤다.

"아니, 이 꼬마 놈이? 네가 죽고 싶어 환장을 한 모양이구나?"

대장은 눈에 쌍심지를 켜고 당장이라도 칼을 빼어 담덕을 베어버릴 듯이 째려보았다.

바로 그때, 한 떼의 군마들이 오른편 산 능선에서 나타났다. 담덕과 마동 일행을 추적해 온 을두미와 유청하가 이끄는 호위병들이었다.

"잠깐 멈추어라!"

칼을 빼들려고 하는 대장을 보고 멀리서 을두미가 소리쳤다.

그러자 대장은 멈칫하고 칼집으로 가져가던 손을 얼른 거두었다.

가까이 다가온 을두미와 유청하는 급히 말에서 뛰어내렸다.

"아니? 구, 국상 어른 아니십니까?"

대장은 깜짝 놀라 을두미를 바라보았다. 그는 바로 동부욕살 하대곤의 양아들 해평이었던 것이다.

"해평 장군이 아니오? 여긴 어쩐 일이시오?"

을두미도 놀란 눈으로 해평을 쳐다보았다.

"여기서 책성이 가깝지 않사옵니까? 군사훈련도 할 겸해서 잠시 사냥을 나온 길입니다."

해평은 몇 년 전 부소갑 전투 때의 일을 떠올렸다. 그는 아직도 을두미에 대한 감정이 삭지 않아 떨떠름한 표정을 지우지 못했다. 당시 군사였던 을두미가 그에게 군령을 어겼다고 해서 목을 베려고 했던 일을 결코 잊을 수 없었던 것이다.

그러나 을두미는 해평의 대답을 한 귀로 들으며, 곧바로 담덕에게로 시선을 옮겼다.

"공자님, 괜찮으십니까?"

을두미의 말에 담덕은 매우 난처한 표정을 지었고, 해평은 놀란 눈으로 두 사람을 번갈아 쳐다보며 사태를 파악하려고 애썼다.

"공자님이라구요? 그렇다면 혹시 담덕……?"

해평은 더 이상 말을 잇지 못했다. 방금 자신과 호랑이를 두고 시비를 가리던 어린아이가 왕태제 이련과 동궁빈 하씨의 아들 담덕임을 알게 되자 그는 짐짓 당혹스러움을 금치 못했던 것이다. 해평의 시선이 가서 멎은 담덕의 얼굴에 연화의 얼굴이 잠시 어른거리다가 사라졌다.

"그렇소. 내가 담덕이오."

담덕이 해평을 똑바로 쳐다보았다.

"공자님, 몰라뵈었습니다. 소장의 실수를 용서해 주십시오."

해평은 담덕을 향해 정중하게 고개를 숙여 군례를 올렸다.

"헌데, 잠시 전에 무슨 시비가 있었던 모양이던데……."

을두미가 주위를 둘러보며 말하다가 문득 마동에게 가서 눈길이 멎었다.

"사부님, 실은……."

마동은 곧 숨이 넘어갈 듯 헐떡이는 호랑이를 가리키며 방금 전에 있었던 시비에 대하여 자세히 설명했다.

다 듣고 난 을두미는 호랑이의 몸체를 살펴보기 시작했다. 한 바퀴 돌아본 후 그가 무겁게 입을 떼었다.

"화살이 두 대, 수리검이 두 개, 창이 한 자루 꽂혀 있군! 정수리에 박힌 화살은 누구의 것이며, 몸통 옆구리에 꽂힌 화살은 누구의 것인가?"

"호랑이 정수리를 맞힌 것은 담덕 공자십니다."

마동이 대신 대답했다.

"옆구리의 화살은?"

"아무래도 소장의 군사가 쏜 화살인 모양입니다. 자세히 보니 호랑이를 잡은 것은 담덕 공자와 말갈의 사냥꾼들인 것 같습니다. 죄송하게 됐습니다. 실례가 많았습니다. 저희들은 물러가겠습니다."

해평과 그의 군사들은 담덕과 을두미에게 다시 군례를 올린 후, 말을 타고 오던 길을 되돌아 산등성이 너머로 사라져 버렸다.

"이 호랑이는 그대들의 것이네. 그동안 담덕 공자를 잘 보호해 주어 고맙네."

을두미는 잡은 호랑이를 말갈부락 사냥꾼들에게 넘겨주었다.

"……예, 예에?"

두치는 갑작스럽게 일어난 상황을 몰라 어리둥절한 표정만 짓고 있었다. 업복이 데려온 덕이란 어린 소년이 고구려 왕손인 담덕 공자라는 사실에 더욱 놀라 어찌할 줄을 몰랐다.

그러나 두치도 어린 시절 개마고원 무술도장에서 장정들에게 무술을 가르치던 을두미를 본 기억이 있어 곧 사태를 짐작하게 되었다. 그 역시 을두미가 무술도장으로 직접 찾아온 왕태제 이련과 함께 국내성으로 가서 국상이 되었다는 소문을 어른들로부터 들어서 알고 있었던 것이다.

"공자님, 몰라뵈어 죄송합니다."

두치가 담덕 앞에 털썩 무릎을 꿇었다. 그러자 주위에 몰려섰던 말갈부락 사냥꾼들이 일제히 무릎을 꿇고 머리를 조아렸다.

곧 담덕과 마동은 말갈부락 사냥꾼들과 헤어져 을두미와 유청하가 이끄는 군마들의 호위를 받으며 하가촌으로 향했다.

하가촌 무술도장에 도착한 을두미는 그날 저녁, 마동을 불러 종아리를 걷게 하고 회초리로 매질을 가했다. 회초리가 부러지면 다시 새 회초리를 들고 조금도 사정 두는 일 없이 매질을 계속했다.

그것을 바라보는 담덕은 마치 자신이 매를 맞고 있는 기분이 들 정도였다. 자신이 말갈부락에 가자고 떼를 쓰는 바람에 마동이 억울하게 매를 맞고 있었기 때문이다.

"사부님, 이제 그만 고정하시지요. 마동은 잘못이 없습니다. 내가 말갈부락에 가자고 했습니다."

담덕이 을두미에게 안타까운 얼굴로 사정을 했다.

"아닙니다. 공자님! 이것은 마동의 잘못입니다. 공자님은 우리 고구려를 이끌어 갈 국본이시고, 마동은 마땅히 국본을 지킬 책임이 있는 호위무사입니다. 국본을 위험에 처하게 하는 것은 호위무사의 잘못, 그것은 국법을 어기는 일입니다. 도저히 용서할 수 없는 일을 이놈이 저질렀습니다."

을두미의 매서운 회초리를 맞으며 마동은 찔끔찔끔 눈물까지 흘렸다. 그러나 이를 악물고 꿋꿋하게 매질을 견뎌냈다.

그날 밤, 담덕은 국내성에서 같이 온 시의를 데리고 마동의 거처로 찾아갔다.

"이것을 상처에 바르면 빨리 아물 것입니다."

시의가 담덕을 바라보며 안심해도 좋다고 말했다.

담덕은 회초리 자국이 선명한 마동의 종아리를 안쓰러운 눈길로 바라보았다.

"공자님, 괜찮습니다."

방금 끙끙 앓던 마동이 싱긋이 이를 드러내고 웃으며 말했다.

잠시 후, 이번에는 을두미가 방문을 열고 들어서다 담덕을 발견하고 주춤했다.

"아니, 공자님이 여기 계셨군요."

"마동에게 병 주고 약 주는 꼴이 되고 말았습니다."

담덕이 빙그레 웃었다.

"허허헛! 그 말씀은 매를 때린 이 사람을 두고 하시는 힐책 같습니다."

그러더니 을두미도 방에 들어와 마동의 상처 난 종아리를 부드러운 손길로 쓰다듬어주었다. 정이 듬뿍 담긴 그 눈길을 받으며 마동은 쑥스럽게 웃었다.

제5장

반역의 기류

1

강물은 높은 데서 낮은 데로 흘렀다. 앞에 가는 물결이 뒤에 따라오는 물결을 이끌고, 뒤에 따라오는 물결이 앞에 가는 물결을 밀면서 유동적인 흐름을 지속하고 있었다. 한 번은 높고 한 번은 낮은 파장의 변화가 강물의 흐름을 유장하게 이끌어 나가고 있는 것이었다.

이처럼 한 흐름 속에서 앞뒤가 서로 영향을 주며 발전해 나가는 것이 자연의 이치이듯, 나라의 정치 현상 또한 마찬가지였다. 이웃 나라와 밀고 당기는 역학구도가 바로 그와 같이 영향을 주고받곤 했다. 그래서 한 나라가 혼란스러우면 그 기류가 전염병 번지듯 이웃 나라에까지 파장의 변화를 일으키곤 했다.

혼란한 기류는 전진에서부터 서서히 싹트기 시작했다. 부견은 화북을 통일하고 나서 욕망이 더욱 커졌다. 전진의 승상 왕맹이 죽기 직전까지도 그렇게 말렸지만, 부견은 강남의 동진을 정벌하여 하루빨리 중원의 패자가 되겠다는 욕망에 사로잡혀 그 소리가 귀에 들려오지 않았다. 그는 동진을 공략하기에 앞서 먼저 휘하 장수 여광에게 7만 병력을 주어 서역 원정을 보냈다. 서역 국가들을 정복함으로써 조공무역으로 국가 재정을 튼튼히 하여, 중원의 통일에 대비한 군사력을 더욱 강화하자는 목적이었다.

왕맹은 죽기 전, 부견에게 다음과 같이 말했다.

"동진은 장강 건너에 있으므로 원정하기 힘듭니다. 더구나 환온이 죽은 이후 나라가 안정되고 백성들의 일치단결한 힘이 더욱 강해져 우리가 함부로 공격하기 어려운 실정입니다. 지금 폐하의 적은 그들이 아니라 선비족과 강족입니다. 예전부터 폐하께 누누이 당부 드렸던 바이지만, 선비족 출신인 모용수와 강족 출신인 요장을 특히 경계하셔야 합니다. 당시 폐하께선 스스로 항복해 온 그들을 장수로 중용해 가까이 두었는데, 이는 호랑이 새끼를 품안에 기르는 매우 위험천만한 일이옵니다."

왕맹의 당부에도 불구하고 부견은 망명객인 모용수와 요장을 계속 가까이에 두고 전쟁 때마다 많은 군사를 주어 장수로 출전시켰다. 그리하여 두 사람은 전진이 주변국을 강점하여 부용국으로 복종케 하는 데 큰 공을 세웠다.

모용수와 요장의 충성심을 부견은 전혀 의심하지 않았다. 오히려 그들을 경계하라는 왕맹의 충언을 한 귀로 듣고 다른 한 귀로 흘려버렸다.

'왕맹이 연로한 데다 병까지 들어 총기마저 흐려진 모양이야. 선비족과 강족은 이미 나에게 굴복했고 이제 동진만 정복하면 중원을 통일하게 되는 마당인데, 여기서 대업의 길을 멈출 수는 없다.'

이렇게 생각한 부견은 마침내 동진을 공략하기로 결심했다. 그가 이러한 결심을 굳히는 데 결정적인 역할을 한 것은, 역시 그가 아끼는 두 장수 모용수와 요장이었다.

"군사만 맡겨주십시오. 일거에 장강을 건너 동진으로 진군하겠습니다."

"지금 우리 군사들은 사기충천해 몸이 근질거릴 정돕니다. 눈엣가시 같은 환온이 죽어 동진의 군대는 이제 허수아비나 다름없습니다. 이때야말로 동진을 공략할 절호의 기회입니다."

모용수와 요장은 서로 자신감을 내세우며 경쟁하듯 부견을 충동질했다.

"두 장수의 용맹이 마음에 드오."

부견은 두 장수의 말이 자신의 자만심을 부추기는 것인 줄 몰랐다. 그러나 모용수와 요장이 내심 노리고 있는 것은 동진의 공략이 아니라 전진의 몰락이었다. 두 장수는 부견에게 투항해 올 때부터 언젠가는 그의 세력권에서 벗어나 독립하겠다는 생각을 갖고 있었다. 그래서 전진의 장수가 되어 주변국을 공략할 때 더욱 앞장서기를 주저하지 않았다. 몸을 아끼지 않고 스스로 선봉장이 되어 큰 공을 세웠으며, 그 덕분에 부견의 마음을 사로잡을 수 있었다.

한편 전진의 침략에 대비하여 동진의 재상 사안은 오래전부터 조카 사현을 예주자사로 임명, 광릉으로 보내 철저히 군사력을 키우도록 했다. 사현은 문무를 겸비한 명장이었다. 당시 사안이 관할하던 장강 하류의 양주·예주·서주·연주·청주 등 5개 주의 군사권을 쥐고 병사들에게 맹훈련을 시키고 있었다. 이렇게 단련된 정예병들을 동진에서는 북부군이라고 불렀다.

마침내 전진의 부견은 378년 4월 맏아들 부비를 정남대장군으로 삼고, 그에게 보병과 기병 7만의 대군을 주어 동진의 양양을 공격토록 명했다. 이에 그치지 않고 부견은 따로 10만의 군대를 더 추가하여 세 갈래로 양양을 침공하였다. 총 17만의 전진군이 파죽지세로 들이치자, 양양을 수비하던 양주자사 주서는 결국 일 년을 버티다 못해 항복하고 말았다.

동진 장수 주서가 항복을 해오자 부견은 그를 용서하고 도지상서란 지위를 주어 위무했다. 그는 모용수와 요장에게 그러했던 것처럼 항복해 오는 적장을 너그러이 용서해 수하의 장수로 부리며, 관대하고 후덕한 군주임을 애써 내세우려고 들었다.

양양 공략에 성공한 전진군은 계속 동쪽으로 진군하여 광릉을 압박했다. 그러나 동진의 재상 사안이 건강을 철저히 방어하고, 그의 명을 받은 사현이 5만의 북부군을 거느리고 반격에 나서자 전진군은 네 번이나 연패를 당한 끝에 결국 회군하고 말았다.

동진 공략에 실패한 전진은 그로부터 5년이 지난 383년 8월에 다시 대대적으로 군사를 일으켰다. 이때 모용수와 요장에게 많은 군사를 주어 출정토록 했는데, 전진의 원정군은 무려 백만에 가까운 97만이었다. 장강 줄기를 타고 동서로 늘어선 전진의 대군은 1만여 리에 걸쳐 장사진을 펼치는 거대한 진용을 갖추고 있었다.

부견은 동생 부융과 함께 장안에서 장강을 건너 수양으로 진군, 동진의 수도 건강과 가까운 동쪽을 공략했다. 그리고 모용수는 중군을 이끌고 한중에서 장강을 건너 운성으로 나갔으며, 요장은 서쪽에 위치한 성도에서 역시 장강을 건너 동쪽을 향해 진군했다. 즉 전진의 대군이 각 방향에서 세 갈래로 나누어 이동, 모두 동진의 중심부를 향해 공략해 들어가기로 했던 것이다. 이처럼 전진이 장강의 줄기를 따라 군사를 분산 배치한 것은 동진의 각 지역을 지키는 군사들이 도성 건강으로 원군을 보내지 못하게 하기 위한 전략이었다.

이때 동진은 도성 건강을 지키기 위해 그 서북쪽에 위치한 비수에서 부견과 부융이 이끄는 전진군을 방어하기로 했다. 이른바 비수전투가 이곳에서 벌어진 것이었다.

동진의 사마요는 재상 사안으로 하여금 무슨 수를 써서라도 반드시 전진의 대군을 막을 방도를 마련하라는 황명을 내렸다. 그러나 당시 동진으로서는 도성 인근에서 급히 모을 수 있는 병력이 고작 8만에 불과했다. 그런 소규모 병력을 가지고 전진의 대군과 맞선다는 것은 당랑거철, 즉 수레바퀴 앞에 버티고 선 사마귀와 다를 바가 없었다.

사안은 문관으로 시를 잘 썼으며 나라 경영도 잘해 명재상으로 이름을 떨치고 있었다. 그는 사마요의 명을 받고 나서 곧바로 집으로 돌아와 무관직에 몸담고 있던 동생 사석을 총사령관으로, 조카 사현을 선봉장으로, 그리고 아들 사염까지 휘하 장수로 삼아 전투에 참여케 했다. 가족이 모두 나서서 온몸을 바쳐 국가의 위기를 막으려는 것이었다.

마침내 사석과 사현이 동진의 군사 8만을 이끌고 전장으로 나갈 때였다. 사안은 밀서 한 통을 동생 사석에게 건네며 다음과 같이 말했다.

"전에 양양을 지키던 주서 장군을 이용하라. 내가 겪어본 바로 주서는 충성심이 강한 장수다. 5년 전 중과부적으로 적에게 항복해 지금은 부견의 장수가 되어 있지만, 속마음은 그렇지 않을 것이다. 이 서한을 주서에게 비밀리에 보내도록 하라."

동진의 8만 군대가 출진했을 때는, 이미 전진의 총사령관 부융이 이끄는 선봉군 5만이 부견의 주력부대보다 진격의 속도를 높여 단숨에 동진의 요충지인 수양성을 점령해 버린 뒤였다. 수양은 동진의 중요 거점이자 전진 공략의 교두보 역할을 하는 곳이었다.

수양을 지키던 동진의 장수는 결국 패잔병을 이끌고 협석으로 후퇴했고, 그들을 추격하던 전진 선봉군은 일단 낙간이란 곳에 목책을 치고 진영을 정비해 동진의 주력군이 오는 길목부터 막았다. 이렇게 되자 사석과 사현이 이끄는 동진의 8만 군대는 협석으로 물러난 수양의 동진군과 합류를 할 수 없게 되었다.

협석에 있는 동진군은 수양에서 후퇴할 때 너무 급했던 나머지 군량미까지 버리고 왔으므로 군사들이 당장 굶어 죽을 판이었다. 협석의 동진군은 총사령관 사석에게 구원을 요청하는 파발마를 띄우지 않을 수 없었다. 그러나 그 전령은 도중에 전진의 군사들에게 잡혀 구원을 요청하는 서신마저 부견의 손에 들어가고 말았다.

한편 5년 전 양양전투에서 공성전을 벌이다 목숨을 부지하기 위해 부견에게 투항한 주서는, 동진의 재상 사안이 보낸 밀서를 받고 감읍했다. 그는 이때야말로 조국을 위해 한 몸 바칠 수 있는 절호의 기회라고 판단, 부견을 알현하여 다음과 같이 말했다.

"적진의 장군 사석과 사현이 이끄는 군대 중에서 특히 북부군은 정예군입니다. 비록 8만 중 북부군은 5천에 불과하다고 하지만, 정작 접전이 이루어질 경우 아군의 피해가 클 것이옵니다. 아무리 아군의 병력이 많다 하나, 사생결단을 하고 덤비는 군대를 상대하기는 버거운 일이 아닐 수 없습니다. 소장에게 항복을 권유하는 폐하의 서찰을 주시면 적진으로 달려가 적장을 설득해 보겠습니다. 저 옛날에는 욕심 많은 환온이 고집을 부려 장강 이남을 내주지 않았고, 지금은 사마요가 황제 자리를 지키기에 급급해 우리 백만 대군 앞에 8만의 군사를 내보내 방어케 하고 있습니다. 이는 사마요의 오만이 극에 달하여 아까운 장수와 군사들을 사지로 내몰고 있는 형국입니다. 적의 장수와 군사들만 불쌍합니다. 폐하께서 투항하는 적들을 넓은 아량으로 위무해 주신다는 약속을 한다면, 소장이 적군의 총사령관 사석에게 가서 항복문서를 받아오겠나이다."

부견이 듣고 보니 백만 대군을 이끌고 온 마당에 시일이 좀 지체된다고 해서 큰 손해를 볼 일은 없을 것 같았다. 더구나 적은 8만에 불과하므로, 아무리 훈련이 잘된 정예군이라 하더라도 백만 가까운 대군 앞에서 겁에 질릴 것이 틀림없었다. 주서의 말처럼 항복을 권유하면 피를 흘리지 않고 전쟁에 이길 수 있다는 판단이 섰다.

"좋소. 장군이 적의 항복문서를 받아온다면 짐은 천군만마를 얻은 것이나 다를 바 없소. 우리 군대가 피 흘리지 않고 동진의 도성 건강에 입성할 날도 멀지 않았군!"

부견은 주서에게 항복을 권유하는 서찰을 써주었다. 주서는 곧 부견의 서찰을 간직하고 말을 몰아 동진군의 진영으로 달려갔다. 사석 앞으로 불려간 그는 부견의 서신을 전달하고 나서 털썩 무릎을 꿇었다.

"장군! 본의 아니게 부견의 서신을 들고 왔지만 한시도 조국을 잊은 적이 없습니다. 양양전투에서 패하고 나서 목숨을 부지하기 위해 투항했으나 장수로서의 부끄러움 때문에 몇 번이나 죽으려고 마음먹었던 적도 있습니다. 하지만 사내대장부가 부끄럽게 죽을 수는 없다고 생각하여, 반드시 조국에 이 몸을 바칠 수 있는 날만 고대해 왔습니다. 때마침 부견이 저를 믿고 장군에게 서신을 전하는 소임을 맡겼습니다. 이때야말로 조국을 위해 몸 바칠 수 있는 절호의 기회라 생각하고 이렇게 달려온 것입니다."

주서는 땅에 엎드려 주르르 눈물을 흘렸다. 그 눈물이 마른 땅을 적셨다.

눈물로 젖은 땅을 묵묵히 내려다보던 사석은 엎드려 있는 주서를 손수 일으켜 세워주면서 말했다.

"주서 장군! 사안 재상의 서찰을 받고 이렇게 달려와 주었구려. 고맙소, 장군! 어찌하면 저 오만한 부견의 군대를 이 땅에서 몰아낼 수 있겠소?"

"저들의 군대는 동서로 만 리에 걸쳐 장사진을 친 가운데, 장 강을 건너 우리 동진의 국경을 침략했습니다. 따라서 백만 대 군이지만 지역으로 분산되어 있어 그 힘은 그리 강하지 못한 편입니다. 더구나 부견과 부융 형제가 이끄는 본대는 30만인데, 그 선봉장인 부융은 잘 아시다시피 병력의 일부만을 이끌고 수 양성을 들이친 후 현재 낙간에 주둔해 있습니다. 그러므로 아 직 부견이 이끄는 본대가 도착하려면 시간이 좀 걸릴 것입니 다. 가짜 항복문서를 써서 제게 주시면 부견에게 가서 전하고, 될 수 있는 대로 본대의 진군을 늦추도록 할 작정입니다. 이때 를 틈타 장군께서 기습으로 낙간에 주둔한 부융의 군대를 쳐 서 박살을 낸다면 이번 전투에서 승산이 있습니다. 중과부적 의 군세이지만 먼저 기세로 적을 제압한다면, 부견의 대군도 겁 을 먹고 더 이상 어쩌지 못할 것입니다. 그런 연후에 부견의 군 대와 접전을 벌일 때는 소장이 내부를 소란케 하여 전진군을 어지럽게 만들겠습니다."

주서의 말을 듣고 사석은 무릎을 쳤다. 처음에 사석은 부견 의 서신을 가져온 주서를 믿지 못하여 경계의 눈빛을 던지고 있었다. 아무리 재상 사안이 보낸 서찰을 받고 그가 꾸민 전략 이라고 하나 매사에 신중하지 않으면 안 된다고 생각했었던 것이다. 그러나 땅을 적시는 주서의 눈물을 본 순간 믿을 수 있는 인물이라고 판단했다.

사석은 일단 주서의 작전을 믿기로 했다. 아무리 생각해 보아도 부견의 군대를 물리칠 수 있는 길은 오직 그 전략밖에 없다고 판단했다.

"장군의 말대로 하겠소. 내가 가짜로 항복한다는 서신을 써 줄 것이니 밤낮으로 달려가 부견에게 전하시오. 그리고 전진의 대군을 칠 때 방금 주서 장군이 말한 대로 내부에서 적을 최대한 교란시키도록 하시오."

사석은 주서를 부견에게 보낸 뒤 곧바로 작전에 돌입했다. 먼저 사석은 동진의 맹장으로 알려진 유뢰지가 이끄는 북부군으로 하여금 밤을 도와 낙간에 주둔해 있는 전진군의 진영을 급습토록 했다. 북부군은 동진군 최고의 정예부대로 5천의 병력에 불과했지만, 단숨에 낙간으로 쳐들어가 적진을 쑥대밭으로 만들어버렸다.

캄캄한 밤중이라 피아를 분간하지 못하는 아수라장이 연출되었고, 전진의 선봉장 부융은 겨우 목숨만 부지하여 도망칠 수 있었다. 그러나 그의 휘하 장수인 양성과 왕영은 잠결에 허둥지둥 갑옷을 입고 나서다가 유뢰지의 단칼에 목이 달아났다.

부융은 급한 나머지 전진의 군사들을 이끌고 회수로 도주했는데, 그중 죽은 자가 무려 1만 5천이었다. 북부군의 기습 직후

들이닥친 사석의 군대가 그들을 무참하게 짓밟아버린 것이었다. 이때 후퇴하던 양주자사 왕현은 동진군에 사로잡혔다. 동진군은 전진군이 경황 중 버리고 간 무기도 대량으로 확보할 수 있었다.

동진군의 기습작전은 부견과 부융에게 날벼락과도 같은 충격을 주었다. 마치 사석이 보낸 자객에게 잠을 자다가 옆구리를 깊숙이 찔린 것처럼 아픔이 생생하게 느껴졌다. 그래서 실제로 옆구리가 결리는 듯 통증이 수반되기까지 했다.

부견은 적장 사석의 거짓 항복 서신을 그대로 믿은 자신을 탓할 수밖에 없었다.

"쥐새끼 같은 놈에게 당했구나. 사석, 그놈의 반간反間 작전에 내가 넘어가다니……."

부견은 이를 부드득 갈아붙였다. 그러나 동진의 항복문서를 가지고 온 주서는 어디로 숨어버렸는지 자취도 없이 사라져버렸다. 그도 그럴 것이, 주서는 장군 갑옷을 벗어버리고 사병으로 변장해 일반 군사들 사이에 섞여 들어가 있었던 것이다.

본대를 이끌고 뒤늦게 수양성에 도착한 부견은 때마침 동진군이 강 하나를 사이에 두고 팔공산에 주둔해 있다는 보고를 받았다. 그래서 직접 그는 성루에 올라가 강 건너 팔공산 자락을 살펴보았으나 도무지 적의 군세를 알 길이 없었다. 동진군은 산 중턱이 아닌 산기슭에 진영을 마련해 놓고 있었으므로, 풀

숲에 가려 도무지 병력이 얼마나 되는지 가늠하기조차 어려웠다. 병력의 움직임은 잘 보이지 않고 수없이 나부끼는 깃발과 튼튼한 목책과 높은 망루만 질서정연한 모습을 갖추고 있었다.

'흐음, 처음부터 적을 우습게 본 게 잘못이야. 저 숲속에 대체 얼마나 많은 병력이 숨어 있단 말인가.'

부견은 마음속으로 신음하지 않을 수 없었다. 그는 동진군이 8만밖에 안 된다고 소문을 퍼뜨렸으나 실제로는 수십만이 될지도 모른다고 생각했다. 만약에 그렇다면 함부로 공격하기 어려운 노릇이었다.

수양성과 팔공산 사이에 가로놓인 비수의 강줄기는 형주 유역으로 흐르는 회하의 지류로 그리 넓지 않은 하천이었다. 그래서 그 양편에 있는 수양성과 팔공산의 거리는 육안으로도 적을 식별할 수 있을 만큼 가까웠다.

이때 동진의 선봉장 사현은 중과부적의 병력으로는 전면전이 불리하다고 판단하고, 교란과 유인을 겸한 작전으로 적을 혼란에 빠뜨리기로 했다. 그는 다시 전진의 부견에게 서찰을 보냈다.

'그대의 군대는 우리 진영에 너무 깊이 들어온 듯싶소. 강가 옆에 진을 치는 것은 곧 지구전을 하겠다는 계책이 아니겠소? 우린 속전속결을 원하오. 만약 그대가 진영을 옮겨 조금만 군사를 뒤로 물려준다면 우리 병력이 강을 건너 너른 벌판으로

나아가 맞붙을 수 있을 것이오. 정정당당하게 한판 승부를 겨뤄봅시다.'

서찰은 곧 부견에게 전달되었다. 부견은 휘하 장수들을 불러 의논했다.

"짐 역시 속전속결을 원한다. 적장 사현의 의견대로 수양성에서 나와 군사를 뒤로 물리는 것은 어떠한가?"

그러자 대부분의 장수들이 반대를 하고 나섰다.

"적의 꾐에 넘어가서는 안 됩니다."

"군사를 뒤로 물리다니요? 이는 기껏 빼앗은 수양성을 적에게 그대로 내주는 꼴입니다. 적장의 요구 따위는 무시하십시오."

장수들의 이러한 의견을 부견은 받아들이지 않았다.

"핫, 하핫! 짐은 적장이 무엇을 노리고 이런 서찰을 보냈는지 잘 안다. 꾀에는 꾀로 응수해야 한다. 짐은 적장을 꾀어 약속을 지키는 것처럼 성에서 나오되, 적들이 비수를 절반 이상 건너왔을 때 기병을 돌격시켜 뭍으로 오르는 적들을 요절낼 것이다. 그리고 벌판에 대기하고 있던 보병이 기병의 뒤를 이어 들이닥쳐 도망하는 적들에게 화살을 퍼부어 모조리 수장시켜 버린다면, 이번 전투에서 쉽게 승리를 거둘 수 있다."

부견은 자신감에 차 있었다. 그러나 이러한 자신감은 낙간에서의 패배에 대한 설욕전을 하겠다는 오만까지 더해져, 제장들의 의견조차 귀에 들어오지 않게 했다.

다음 날 부견은 자신의 전략대로 수양성에서 군사들을 물려 벌판으로 나아갔다. 이때 군사들 속에 숨어 있던 동진의 첩자 주서가 이리저리 말을 달리며 외쳤다.

"우리 군사는 이미 패배했다! 모두 퇴각하라! 바로 뒤에 적의 추격군이 바짝 따라오고 있다!"

이 소리를 들은 전진의 군사들은 잔뜩 겁을 집어먹었다. 더구나 며칠 전 낙간에서 패전한 후 겨우 죽다 살아나 본대에 합류한 부융 휘하의 군사들은 혼겁하여 앞뒤 생각할 겨를도 없이 도망치기에 바빴다. 그러자 영문을 모르는 다른 군사들까지도 겁에 질려 달아나면서, 전진군 진영은 일대 혼란에 빠지고 말았다. 뒤늦게 사태를 감지한 부융이 말을 달려 퇴각하는 군사들을 막아보려 했지만, 이미 겁을 집어먹은 그들을 되돌리게 할 재간이 없었다.

이와 때를 같이하여 동진의 사석과 사현이 이끄는 군대는 재빠르게 비수를 건너 혼란에 빠진 전진의 군대를 추격했다. 그들은 물불 가리지 않고 달아나는 적들의 목을 베어 넘겼다. 전진의 30만 가까운 대군은 동진의 8만 군사들에게 속수무책으로 당했다. 쫓기는 전진군은 동진군이 찌르고 휘두르는 창칼에 맥없이 쓰러졌다. 마치 낫이 지나갈 때마다 베어진 잡초들처럼, 금세 전진 군사들의 맥없이 쓰러진 시체가 들판 가득 깔렸다.

"후퇴하라! 전군은 일단 퇴각하여 전열을 가다듬어라!"

결국 급박해진 사태 앞에서 부견은 자신의 잘못을 인정하고 퇴각 명령을 내렸다. 가짜로 후퇴하는 척하려다 진짜로 후퇴를 하게 되었으니, 그는 입이 열 개라도 할 말이 없었다.

이때 수양성 앞 들판에서 목숨을 잃은 전진군은 무려 10여 만에 달했다. 도망치는 전진군을 되돌리려고 백방으로 말을 달리며 노력하던 부융도 이 전투에서 전사했고, 퇴각하던 부견도 날아오는 적의 화살을 맞아 심하게 다쳤다.

이렇게 되자 부견은 퇴각하는 군대를 추슬러 전열을 정비할 마음의 여유조차 찾지 못했다. 결국 그는 전진의 전체 군사들로 하여금 회군하여 장안으로 철수하라는 명령을 내렸다.

전진의 군대를 크게 무찌른 동진의 장군 사석과 사현은 곧바로 도성인 건강성으로 파발마를 띄워 서찰로 승전보를 전했다.

이때 건강성 안에서 바둑을 두고 있던 재상 사안은 그 소식을 접하고도 아무렇지도 않은 듯 바둑돌을 들어 다음 수를 놓았다. 대국을 하던 대신이 무슨 일이냐고 물었다.

"우리 애들이 적군을 물리쳤다는 소식이오."

사안은 겉으로는 성안에서 한가롭게 바둑을 두는 듯했으나, 실상은 마음속으로 전진의 대군과 싸우고 있었던 것이다. 흑과 백의 바둑판은 그대로 전진과 동진의 전투에 다름 아니었다.

이때 바둑판은 멀리 아군과 적군이 싸움을 벌이고 있는 비수의 압축된 전략 지도였다. 그는 앉아서 바둑을 두면서, 마음속으로는 멀리 수양성 벌판의 치고 빠지는 전투 양상을 진두지휘하고 있었던 것이다. 적어도 심리적으로는 그랬다.

한편, 모용수와 요장은 동진 군사들과 큰 싸움을 벌이지 않은 채 본대를 이끄는 부견의 전황만 살피고 있었다. 그러다가 부견이 동진의 8만 군대에 대패해 퇴각했다는 소식을 접하자, 그들도 일단 군사를 거두어 장안으로 돌아왔다.

동진에게 비수전투에서 대패한 전진의 국력은 크게 약화되었고, 이때를 틈타 각 지역에서 반란이 일어났다. 비수전투 다음 해인 384년 1월에 드디어 선비족 출신의 모용수는 부견에게 반기를 들고 일어나 옛날 연나라 세력을 결집하여 후연을 세웠다. 전진의 승상 왕맹의 말이 그대로 맞아떨어졌던 것이다.

2

고구려 대왕 구부는 옥좌에 비스듬히 기대앉은 채 자는 듯 눈을 꾹 감고 있었다. 간혹 그의 툭 불거진 눈두덩이가 찔끔대며 흔들렸고, 머리가 좌우로 부르르 진저리치듯 떨리기도 했다.

늙은 내관은 그런 대왕의 모습을 안쓰러운 눈길로 바라보고 있었다. 며칠 전까지도 오랜 병상에서 일어나지 못한 채 누워만 있던 대왕이었다. 그런데 갑자기 자리를 털고 일어난 대왕은 왕산악의 거문고 탄주가 듣고 싶다며 태학에 가서 그를 불러오라고 했다.

내관은 대왕의 그런 변화를 보고 병세가 호전되는 것인지, 아니면 잠깐 정신이 돌아온 것인지 알 수 없어 몹시 불안한 표정으로 눈동자만 이리저리 굴리고 있었다.

태학박사로 있는 왕산악이 거문고를 들고 내전으로 들어서자 대왕은 자세를 바로잡고 말했다.

"하늘의 소리를 듣고 싶어 왕 상국을 불렀소. 간밤의 꿈에 부왕을 뵈었는데, 아무 말씀도 없이 바라만 보시는 것이었소. 분명 무슨 말씀인가 전하고 싶었던 것 같은데, 가만히 바라만 보다 어디론가 자취도 없이 사라지셨소. 부왕께선 분명 하늘에 계실 것이니, 왕 상국의 음악을 통해 하늘에 계신 부왕의 말씀을 전해 듣고 싶소이다."

대왕 구부는 왕산악을 '상국'이라 불렀다. 왕산악은 태학박사로 유생들에게 음악을 가르치고 있지만, 국상 다음 가는 벼슬인 제2의 국상으로 대우를 받았다. 실질적인 권력의 자리는 아니었고 명예직이었다. 대왕은 그 직급에 맞는 대우로 국상과 구별하여 특별히 상국으로 별칭을 했던 것이다.

"폐하, 소신의 재주가 일천하옵니다. 그러므로 소신의 음악이 감히 하늘까지 닿을지 모르겠사옵니다. 음악이 하늘의 소리를 끌어오고 땅의 소리를 하늘로 전하는 역할을 하고 있긴 하옵니다만. 그것은 신선의 음악이옵니다. 소신의 솜씨는 그 절반에도 미치지 못하옵니다. 그저 시늉이나 하는 기술의 단계이지 예술로 승화시키려면 아직도 까마득히 멀었사옵니다."

왕산악은 대왕을 향해 머리를 조아렸다.

"겸양이 지나치시오. 짐도 왕 상국이 음악을 탄주할 때 하늘에서 현학玄鶴이 내려와 춤을 추었다는 이야기를 들은 바 있소. 그래서 그대의 손에 들려 있는 거문고를 현학금이라 부른다지요? 음악으로 하늘에 있는 현학을 불러와 춤을 추게만 만들어주시오. 그러면 그 현학에게 부왕의 안부를 물어볼 수 있지 않겠소? 아마도 그대의 음악을 듣고 하늘에서 내려오는 현학은 천신의 명을 받고 하강한 선녀가 변신한 게 아닐까 싶소."

대왕은 진정으로 왕산악의 음악을 통해 하늘에서 내려온 현학을 만나보고 싶은 모양이었다. 그는 이제 나이가 들어 두툼한 눈두덩에 검푸른 그림자가 그늘을 드리우고 있었다. 누가 보아도 방금 병상에서 일어난 환자임을 알아볼 수 있을 정도였다.

왕산악은 난감하지 않을 수 없었다. 그는 소문의 속성에 대해 잘 알고 있었다. 사람의 입에서 입으로 전해지는 소문은 그 횟수를 더할수록 더욱 부풀려져 나중에는 과장된 억측을 낳게 마련이었다. 그러다 보면 중국에는 사실이 둔갑하여 신화적인 이야기로 와전될 수도 있음을 현학금을 통해 실감했던 것이다.

원래 현학금이란 말은 을두미의 입에서 처음 나왔다. 을두미는 국상으로 있을 당시 태학의 수장도 겸하고 있어서, 시간이 날 때면 곧잘 왕산악을 찾아가 거문고 탄주를 듣곤 했다. 그때 을두미는 태학 유생들과 함께 왕산악의 거문고 탄주를 듣고 다음과 같이 평했다.

"왕산악 선생의 음악을 듣고 있으면 마치 하늘에서 검은 학이 내려와 춤추는 것을 보는 것 같다"

이러한 을두미의 평을 듣고 태학 유생들 사이에서 그 소문이 점점 과장된 표현으로 번져 나가기 시작했다. 왕산악의 거문고를 특별히 현학금이라 부르게 된 것도 거기에서 연유한 것이었다.

왕산악은 어두운 그림자가 드리운 대왕의 파리한 얼굴을 지그시 바라보았다. 그것은 죽음의 그림자였다. 대왕이 간밤의 꿈에 부왕, 즉 고국원왕을 보았다는 것부터가 어떤 예시를 해주는 것이라고 왕산악은 생각했다. 대왕이 하늘의 소리를 듣고 싶다는 것은 그 스스로 죽음이 가까이 다가와 있음을 인지했기 때문이 아닐까 싶었다. 대왕은 이미 죽음의 그림자가 자신을 향해 서서히 다가오고 있음을 깨닫고, 그 불안을 음악으로 씻어보고자 하는 것일지도 몰랐다.

여기까지 생각이 미치자 왕산악은 더욱 안쓰러운 마음이 들었다.

"폐하! 재주는 없사오나 한번 거문고를 타보겠습니다. 효성도 지극정성이면 하늘에까지 그 마음이 전해진다 하옵니다. 폐하께서 선왕을 생각하는 마음은 하늘에 닿고도 남습니다. 소신이 음악으로 땅에서 하늘에 이르는 다리를 놓을 것이옵니다. 그저 소신은 폐하의 지극한 마음이 음악의 선율을 타고 하늘에 계신 선왕께 전달되기를 비는 마음으로 거문고를 탄주하겠사옵니다."

왕산악은 거문고를 무릎 위에 올려놓고 스르르 눈을 감았다.

거문고의 현 위에서 왕산악의 손가락이 마치 춤추는 학의 발처럼 노닐기 시작했다. 그리고 그 넓은 소매 끝은 학의 날개와도 같이 춤을 추었다. 여섯 줄의 현은 그 울림의 진폭에 따라 강하고 여린 음률을 만들어내면서 허공을 맴돌았다. 내전의 높은 천장까지 울려 퍼지면서, 음악은 서서히 하나의 질서를 획득해 나가기 시작했다. 음률의 질서정연한 조화는 소리의 길고 짧음, 높고 낮음 등이 조합된 음악의 강약과 여운으로 인하여 듣는 이의 마음에 잔물결을 일으키게 만들었다. 음악을 듣는 이의 마음은 호수와도 같아서 잔잔한 가운데 바람결에 찰랑이는 소리까지 흡수하여, 마치 그 풍경과 소리를 눈으로 보고 귀로 듣는 듯한 착각을 일으키게 했다.

눈을 꾹 감은 대왕 구부는 꿈속을 헤매듯 음악 속으로 빨려 들어가고 있었다. 그는 스스로 한 마리 검은 학이 되어 호수 위를 노니는 듯한 착각에 빠졌다. 검은 학은 마치 미끄럼을 타듯 날개를 접으며 호수 위로 내려앉아 가슴으로 주르르 물결을 가르고, 물속에 담근 두 발은 물결의 높낮이에 따라 자유롭게 움직였다.

잔잔하게 흐르던 음악이 갑자기 빨라졌다. 왕산악의 오른손에 쥐어진 술대는 여섯 줄의 현을 튕겨내다가 간혹 몸통을 세차게 쳐댔고, 그의 왼손가락은 마치 학이 춤을 추듯 현을 하나하나 짚어가며 자진모리에서 휘몰이로 넘어가고 있었다.

음악에 취한 대왕도 검은 학이 되어 거칠게 일어서는 물결을 따라 몸을 뒤틀었다. 그의 호흡이 가빠졌다. 순간, 그의 눈에선 일순 검은 학이 사라졌다. 그리고 갑자기 두 갈래로 갈라진 물결 속에서 흑룡이 머리를 곧추세우며 일어서는 것이 보였다. 흑룡이 입을 크게 벌려 길게 불을 내뿜었다. 그 불길이 그의 몸을 통째로 삼켰고, 순간 그는 스스로 용이 되어 하늘로 오르기 시작했다.

"으아악, 흐으음!"

대왕은 괴성을 지르다, 신음을 안으로 삼켰다. 심하게 몸을 뒤틀었다.

"……폐하!"

왕산악의 음악에 심취하기보다는 대왕의 얼굴만 주의 깊게 살피던 늙은 내관이 소리쳤다. 그 소리에 눈을 감은 채 거문고를 탄주하던 왕산악도 문득 손끝을 멈추었다.

"무슨 일이냐?"

대왕이 번쩍 눈을 뜨고 물었다.

"폐하! 꿈을 꾸셨나이까?"

내관이 용상을 올려다보며 근심 어린 표정을 지었다.

"흐음, 짐이 꿈에 흑룡을 보았다. 꿈속에서인지 음악을 듣고 있는 중이었는지 모르는 가운데, 검은 학이 흑룡으로 변해 하늘로 오르는 것을 보았느니라. 역시 왕 상국의 음악은 신기에 가깝구려. 묘한 데가 있소. 짐이 꿈에 검은 학이 되었다오."

대왕은 곧 왕산악을 물러가게 했다. 그러고도 한동안 옥좌에 앉아 눈을 감고 있었는데, 심기가 그리 편해 보이지는 않았다. 악몽이었던 것이다.

"폐하! 너무 무리를 하신 듯하옵니다. 용상은 불편하오니 침전으로 드시지요."

내관의 말에 대왕은 고개를 좌우로 흔들었다.

"아무래도 꿈이 마음에 걸리는구나. 일자日者를 불러오너라."

대왕의 명을 받고 내관은 곧 점을 치는 관리인 일자를 불러들였다.

일자가 급히 내전에 들어와 부복하자, 대왕은 그에게 왕산악의 거문고 탄주를 듣다 깜빡 잠들었을 때 꾼 꿈의 내용을 이야기했다.

"흑룡은 임금을 말하나, 저 중원 땅에선 외적을 의미합니다."

일자는 감히 대왕 앞에 얼굴을 들지 못하고 머리를 조아리며 조심스럽게 아뢰었다. 그 역시 길몽이기보다는 흉몽이라 판단했기 때문이다.

"흐음, 외적이라?"

대왕은 손으로 이마를 짚으며 신음을 내뱉었다. 그는 지난 5년의 세월을 짚어보고 있었다.

고구려는 평양성 전투에서 백제를 크게 물리친 후 5년 동안 흉년을 겪었고, 그로 인해 백성들은 오래도록 곤궁한 생활에 시달려 왔다. 백제 역시 지진이 발생한 데다 대기근이 겹쳐 고구려를 공격할 엄두도 못 내고 있는 터라 남쪽 국경은 일단 안심해도 좋았다.

또한 신라는 오래전부터 고구려에 복종하여 대외 관계까지 의지하는 편이었다. 백제가 해상권을 장악하면서 중원과 교류할 해로가 막히자, 신라는 육로를 통하여 전진과 외교관계를 수립코자 고구려에게 도움을 요청해 왔다. 그래서 고구려는 전진에 사신을 보낼 때 신라의 사신을 동행토록 한 적도 있었다. 이처럼 신라의 외교까지 연결해 주면서 전진과의 우호관계가 더욱 돈독해져, 고구려는 서북방 변경에 대해서도 안심하고 있었다.

그런데 대왕 구부는 오래도록 지속되는 대기근으로 인하여 백성들의 살림이 곤궁해진 것에 대한 자책감을 갖고 있었다. 군사를 모집하고 군량미를 거두어 무리하게 백제와 전쟁을 벌이지만 않았어도 백성들이 흉년에 충분히 대비할 수 있었을 터였다. 도처에서 굶어 죽고 도둑떼가 극성을 부리는 사태가 발생한 것도 결국 대왕인 자신의 잘못된 판단 때문이라고 생각했던 것이다.

고구려에 흉년이 들자 대왕은 수라상에 기름진 음식을 올리지 못하게 했다. 일반 백성처럼 거친 밥에 푸성귀로 끼니 때우기를 고집했던 것이다. 대왕이 그렇게 하자, 대신들이 모두 따라서 했다. 그 소문이 일반 백성들에게 퍼지면서 원성이 가라앉았고, 극성을 부리던 도둑떼들도 점차 사라졌다.

이렇게 하여 백성들이 대기근에서 벗어나 농사일에 힘쓰면서 날씨까지 도와주어 풍년이 들었다. 먹을 것이 없어 도둑떼가 되었던 양민들도 마을로 돌아오고, 고구려는 점차 안정을 찾아가고 있었다.

그런데 대왕 구부는 그 무렵부터 병이 들었다. 이름 모를 병이었다. 어의들도 영양실조를 걱정했으나, 그보다 마음의 병이 더 깊어 늘 수심에 차 있었다. 그때까지도 부왕의 원수를 제대로 갚지 못한 자신에 대한 자책감이 앞섰던 것이다. 부소갑까지 되찾았지만 백제 대왕 수의 목을 치지 못한 것이 한으로 남았다.

이러한 때에 일자의 꿈 풀이가 심상치 않게 나오자, 대왕은 더욱 근심이 깊어지지 않을 수 없었다.

"황공하옵니다. 폐하! 흑룡이 호수의 물을 가르고 하늘로 오르는 것은 저 중원 땅에서 새로운 세력이 준동하고 있다는 예시라 사료되옵니다."

이러한 일자의 말은 그대로 들어맞았다.

그로부터 며칠 후, 국상 연소불이 내전으로 달려와 아뢰었다.

"폐하! 저 중원 땅에서 반란이 일어났다 하옵니다. 선비족 모용황의 다섯째 아들 모용수가 전진의 부견을 배반하고 모용선비 세력을 규합, 연나라를 재건했다 하옵니다."

"무엇이? 모용선비가 연나라를 재건해?"

대왕 구부의 눈빛이 날카로워졌다. 파리한 얼굴 때문에 그 눈빛은 깊은 우수를 담고 있는 듯했다. 그 눈빛은 이미 날카로움을 잃어버려, 힘이 느껴지기보다는 노기만 가득한 듯이 보였다.

국상 연소불의 보고에 의하면 전진의 부견은 강남의 동진과 벌인 비수전투에서 참패를 당하면서 기가 꺾였고, 그 어수선한 틈을 타서 수하의 장수로 있던 모용수가 반란을 일으켜 후연을 세우고 스스로 황제라 칭하고 있다는 것이었다. 그는 이 모용선비 세력이 곧 고구려 서북 국경을 노릴 기세여서, 옛날처럼 요동지역을 두고 후연과 전쟁을 벌이지 않으면 안 될 위기에 처해 있음을 강조하였다.

"전진의 부견이 그렇게 쉽게 무너지다니?"

"아직 모용수가 재건한 연나라가 내정을 안정시키려면 시간이 좀 걸릴 것이옵니다. 그사이에 우리 고구려도 서북 국경을 단단히 방비하지 않으면 안 됩니다. 차제에 군비를 더욱 강화하여 서북 국경의 성벽을 튼튼히 쌓아야 할 것이옵니다."

연소불은 수심 가득한 대왕의 용안을 바라보며, 입으로는 나라를 근심하나 마음속으로는 다른 생각에 몰두하고 있었다.

'대왕은 앞으로 얼마 살지 못한다. 그다음 왕위는 왕태제 이련이 이어받을 것이다. 바로 지금이 기회 아닌가? 이련이 왕위를 이어받기 전에 사위 해평이 그 자리를 차지해야 한다.'

연소불은 마땅히 다음 왕위는 사위 해평이 이어야 한다는 생각을 갖고 있었다. 고국원왕의 아우인 무의 아들이 해평이었다. 그렇다면 고국원왕 다음에 그 아들 구부가 왕이 되었으니, 또다시 형제상속으로 이련에게 왕위가 이어지는 것은 불공평하다고 생각했다. 이번에는 반드시 무의 일점혈육인 해평이 대를 이어야만 공평한 순서가 되고, 그 이후 장자계승의 원칙을 지켜나가는 기반으로 삼는 것이 순리에 맞는 일이라고 판단했던 것이다.

"국상도 잘 아시다시피 우리 고구려는 오랜 대기근으로 국고가 비어 있소. 서북 변방을 어떻게 지원하면 좋겠소?"

대왕 구부의 목소리에는 힘이 없었다.

"때마침 작년부터 풍년이 들어 백성들이 살 만하게 되었습니다. 지금이라도 조세를 더 걷어 군비를 확충하고. 그보다 먼저 국내성의 군사를 대거 파견하여 변방의 성을 축조하는 데 일익을 담당토록 해야 할 것이옵니다."

때마침 대왕의 질문에서 연소불은 국내성의 군사들을 변방으로 빼돌릴 구실을 찾아냈다. 국내성을 경비하는 군사의 수가 적어야 기회를 틈타 해평이 이끄는 동부의 군사들이 쉽게 궁궐을 장악할 수 있으리라 판단했던 것이다.

3

국상 연소불이 중원 땅에서 일어난 모용수의 반역 소식을 들은 것은, 전진의 대상 진유량이 보낸 행수 손장무를 통해서였다. 손 행수는 장안에서 생산된 고급 비단과 서역에서 산출된 옥을 10여 대가 넘는 수레에 싣고 고구려에 들어왔다. 이렇게 대상단을 이끌고 전진의 수도 장안을 떠날 때, 그는 부견의 휘하 장수였던 모용수가 모반을 일으켜 후연을 세웠다는 소식을 들었다.

실제로 손장무는 요동을 지날 때 모용수의 넷째 아들 모용보가 이끄는 후연의 군사들을 만나 곤욕을 치르기도 했다. 모용보는 전진이 동진과의 비수전투에서 대패했을 때 아버지 모용수에게 부견을 죽이고 연나라를 재건하자고 강력히 주장했던 장본인이었다. 그의 휘하 장수로 역시 비수전투에 참가했던 고구려 출신 장수가 있었는데, 이름이 고화였다. 그는 손장무의 아버지와 같은 마을에서 자라난 친구로, 모용황이 고구려에 쳐들어왔을 때 포로가 되었다가 모용보의 눈에 띄어 휘하 장수가 되었다.

연나라 수도 용성에서 태어난 손장무는 어린 시절 아버지의 친구 고화를 본 적이 있었다. 그래서일까, 고화는 오랜 세월이 지난 후에도 후연의 군사들에게 잡혀온 친구의 아들을 한눈에 알아보았다.

"네가 여긴 어찌 왔느냐?"

"장군! 한 번만 살려주십시오."

손장무는 고화에게 매달릴 수밖에 없었다. 상단과 물화를 지키는 것이 행수의 역할이었으므로 물불 가릴 계제가 아니었다. 그는 솔직하게 자신이 장안의 비단 대상인 진유량 상단에서 일하고 있으며, 전부터 고구려와 무역을 하고 있는 행수라고 말했다. 그러면서 모용보에게 보물을 바칠 테니, 상단이 무사히 고구려까지 갈 수 있도록 길을 터달라고 부탁했다.

손장무의 사정을 다 듣고 난 고화는 모용보에게 뇌물을 주고 상단이 풀려날 수 있도록 해주었다. 뿐만 아니라 휘하 군사들을 시켜 고구려 국경까지 안전하게 길안내를 해주도록 했다.

구사일생으로 고구려에 입국한 손장무는 가장 먼저 국상 연소불을 찾아갔다. 대상 진유량 밑에서 행수 노릇을 하며 주로 서역의 대표적인 옥 산지 화전(허톈)과 교역을 하고 있는 조환의 서찰을 전하기 위해서였다.

전에 동부욕살 하대곤의 주선으로 대사자 우신과 연락을 취하고 있던 조환은, 해평이 그 집안과의 혼사가 깨지고 국상 연소불의 딸과 결혼하게 된 것을 고구려 사신단을 통해 알았다. 그래서 그는 그 이후부터 국상 연소불을 통해 하대곤과 긴밀한 연락을 취하고 있었다. 이번에 대상단이 고구려로 떠날 때, 조환은 손장무로 하여금 국상 연소불과 동부욕살 하대곤에게 각기 전할 서찰을 써주었던 것이다.

국상 연소불을 만나고 나서 손장무는 국내성의 고구려 대상들에게 가져온 물품들을 넘겼다. 그리고 조환이 따로 마련해준 물화들을 수레 두 대에 싣고 동부의 책성을 향해 떠났다. 그는 두 대의 수레를 호위할 10여 명의 말을 탄 졸개들을 대동했다. 그들은 대상단의 장사치들이면서 모두들 무기를 휴대하고 있는 무사들이기도 했다.

손장무가 이끄는 일군의 말들은 국내성을 벗어나 동쪽을 향해 달렸다. 수레 앞에서는 이들 상단의 안내를 맡은 국상 연소불의 집사 관수와 서너 명의 졸개들이 길잡이 역할을 하고 있었다. 그 중간에 여러 기의 말이 끄는 두 대의 수레가, 그리고 후미에 대여섯 명의 졸개들이 사방을 경계하며 뒤따랐다. 그들이 경계하는 것은 혹시 책성까지 가는 도중에 고구려의 도적떼들을 만날까 두렵기 때문이었다.

책성에 도착한 손장무는 곧바로 동부욕살 하대곤을 만나 조환이 보낸 서찰을 전했다. 서찰에는 두 대의 수레에 실린 금은보화의 물목들이 세세하게 적혀 있었고, 전진의 정세가 어지러워 도처에서 반란이 일어나고 있다는 소식을 짧막하게 전하고 있었다. 나머지는 손장무를 통해 들으면 된다고 서찰의 말미에 적혀 있었다.

하대곤은 입술을 사려 물고 두어 번 고개를 끄덕거렸다.

"흐음…… 먼 길을 오느라 수고하셨소. 이곳은 고구려의 동쪽 끝이니, 서쪽 끝에서 동쪽 끝까지 온 셈이로군! 험로에 고생이 자심하셨으리라 짐작되오."

"하긴 요동을 지나다 모용선비 군사들에게 붙잡혀 곤욕을 당할 뻔했습니다."

손장무는 요동에서 겪은 일련의 일들을 털어놓았다.

"조환의 서찰에도 모용수가 후연을 세웠다고 나와 있습디다만…… 모용선비들의 군세는 어떠하오?"

"오래도록 전진의 수탈에 시달려서 그런지 겨우 몸이나 가릴
정도로 헐벗은 옷을 걸친 도적떼와 다름없는 몰골들이었습니
다. 그런 몰골들을 보고 모용수의 아들 모용보에게 금은 몇 덩
어리를 안겨주었더니 우리 상단을 곧바로 풀어주더군요. 그들
에게 당장 필요한 것은 군자금이니까요."

손장무의 말에 하대곤이 다시 고개를 끄덕거렸다.

"조환이 보낸 서찰의 물목들을 보니, 모용선비 무리들에게
빼앗기지 않고 가져온 것이 참으로 다행이라는 생각이 드오.
어떻게 그들의 눈을 속이고 온전히 그 많은 금은보화들을 챙
길 수 있었는지, 손 행수의 수완이 참으로 대단하오. 진 대인에
게 진정으로 고맙다는 말을 전해 주시오."

"그 물목들은 온전히 조환 행수가 목숨을 걸고 그동안 서역
을 오가며 애써 챙긴 재화입니다. 진 대인의 도움도 컸지만, 조
행수의 탁월한 수완 덕분이지요. 서역에는 화전이라는 나라가
있는데, 옥의 산지로 유명합니다. 그 나라에는 옥을 교역하는
대상단이 있는데, 조 행수가 그 상단을 이끄는 여자 대행수의
생명을 구해 준 적이 있었습니다. 그 덕분에 장안에서 화전의
옥 교역은 조 행수를 거치지 않으면 손도 댈 수 없게 되었습니
다. 일종의 옥 거래 독점권을 갖게 된 것이지요."

"허어? 옥은 귀한 보물인데…… 조환이 목숨을 구해 준 옥

거래 대행수가 여자란 말이지요?"

하대곤은 그러더니 느닷없이 너털웃음을 웃었다.

"예, 옥 상단 대행수가 카라자나라는 여자입니다. 화전이란 서역국 귀족의 외동딸이지요. 옥 상단을 이끌던 아비가 병상에 눕고 나서부터 그 딸이 상단을 맡게 되었습니다. 조 행수는 워낙 무술이 뛰어나서 장안과 화전을 오가며 카라자나의 옥 상단을 마적들로부터 보호해 주는 대가로 장안 상인들에게 파는 옥 판매의 독점권을 얻게 된 것이지요."

"허허, 팔 하나로 마적들을 당해 내다니?"

하대곤은 전에 이미 대사자 우신을 통해 조환이 수곡성 전투에서 왼팔을 잃었다는 이야기를 들은 바 있었다.

"두 팔 가진 무사도 웬만해서는 조 행수의 칼을 당할 자가 없을 것입니다. 조 행수로부터 하 장군의 명성은 익히 들은 바 있습니다."

"허긴. 조 행수의 검술은 고구려 일급 무사 솜씨지요. 조 행수가 나에 대해 뭐라고 합디까?"

"연나라 모용황이 쳐들어왔을 당시 무 왕제王弟를 도와 적을 크게 무찌른 용장이라 하더이다. 무 왕제와 장군 같은 용맹한 장수만 몇 사람 더 있었어도 모용황에게 고구려가 그런 수모를 겪진 않았을 거라고 하더군요. 사실 당시 시생의 부친은 민간인 포로가 되어 연나라로 끌려갔습니다. 시생은 연나라 수도 용성에서 태어났기 때문에 연나라 군대에 대해서는 이를 갈고 있지요."

"오, 그래요? 그런데 어찌 놈들의 손아귀에서 벗어나 장안으로 가게 되셨소?"

하대곤은 손장무의 이야기를 들으며 비상한 관심을 보였다.

손장무의 아버지는 연나라 군대의 포로가 되어 수도 용성으로 끌려갔을 당시 궁궐을 짓고 석성을 쌓는 일에 동원되었다. 그 생활은 노예와 다름없는 고통스러운 나날의 연속이었다. 연나라 군사들의 무자비한 채찍질로 등에 불이 나면서도 돌을 나르고 통나무를 옮겼다. 고된 노동에 시달리면서 돌이나 통나무와 함께 비탈길에서 굴러떨어져 압사당하는 고구려 유민들을 자주 목격했다.

그러던 중 손장무의 아버지는 성을 쌓는 일에 동원되었다가 병이 들어 시름시름 앓았다. 이때 그는 10여 세의 나이에 아버지 대신 부역을 나갔다가 숱한 채찍질과 발길질을 당했다. 그는 울분을 참지 못했고, 마침내는 연나라 감시병을 머리로 들이받아 기절시키고는 공사 현장에서 도망쳐 곧바로 장안으로 갔다고 했다.

"괘씸한 놈들! 허면, 손 행수의 부친께선 그 이후 어떻게 되었는지 소식을 모르겠군요?"

하대곤은 연나라 군대 소리만 듣고도 분노에 차서 몸을 부르르 떨 정도였다.

"이번에 고구려에 들어오면서 요동에서 연나라 군대의 포로가 되었을 때, 아버지의 친구였던 고화라는 분에게서 소식을 들었습니다. 지금은 모용보의 휘하 장수인데, 그분 말씀이 아버님께서 병환이 더 악화되어 얼마 살지 못하고 돌아가셨다 합니다. 제가 도망치지만 않았어도 아버님이 그리 빨리 돌아가시진 않았을 터인데⋯⋯."

손장무는 끝내 말을 잇지 못했다.

"허헛, 참! 그 고화라는 자는 어찌하여 연나라 장수가 되었단 말인가? 배알도 없는 자가 아닌가!"

하대곤의 눈에 핏기가 어렸다.

"그렇지는 않을 것입니다. 말은 하지 않지만 다 사연이 있겠지요. 누가 뭐래도 우리들의 핏속에는 고구려의 혼이 살아 꿈틀거리고 있지 않습니까? 우리 상단이 연나라 군대에 잡혔을 때 모용보에게 뇌물을 바치기는 했지만 인명 하나 상하지 않고 수레에 실은 물화들도 고스란히 보존할 수 있었던 것은 바로 그 고화라는 장수 덕분이었습니다. 이는 비록 적의 장수가 되었지만, 고국에 대한 정만은 가슴속 깊이 간직하고 있다는 증거가 아니겠습니까? 시생의 좁은 소견이지만, 숙적인 연나라에 우리 고구려 사람이 장수로 있는 것도 후일 큰 도움이 될 수 있겠다는 생각이 듭니다."

"일리 있는 말씀이오. 부견의 휘하 장수로 있다가 반란을 일으켜 후연을 세운 모용수도 있질 않소? 때가 되면 우리 고구려도 고화라는 후연의 장수와 긴밀한 관계를 맺어 저 선비족들을 일거에 무찌를 날이 올지도 모르는 일이니. 아무튼 먼 길 오시느라 수고했으니 우선 객사에 나가 편히 쉬도록 하시오. 내일 저녁에 진나라 상단을 위해 큰 연회를 베풀도록 하겠소."

하대곤은 손장무와 그 일행을 객사로 안내토록 집사에게 지시했다.

손장무가 나가고 나자 때마침 그들 상단을 책성까지 안내해 온 국상 연소불의 집사 관수가 들어왔다.

"장군! 국상 어른의 서찰입니다."

관수는 품안에서 서찰을 꺼내 하대곤에게 건넸다. 하대곤은 국상 연소불의 봉인을 확인한 후 천천히 봉투를 열어 서찰을 읽어 내려갔다. 사연은 좀 긴 편이었는데, 그것을 읽어 내려가는 그의 얼굴에 미묘한 변화가 일어났다. 웃는 듯 미소가 흐르는가 싶더니 일순 험악하게 일그러지기도 하면서, 서찰 읽기를 다 끝냈을 때는 고심 끝에 짧은 한숨을 토해 내기도 했다.

"음, 국상께서 다른 말씀은 없으셨느냐?"

하대곤이 서찰에서 눈을 떼어 관수를 바라보았다.

"예, 장군! 전하실 말씀은 그 서찰에 다 쓰여 있다고 하셨습니다."

"알았다. 나가 보거라."

하대곤은 혼자 있고 싶었다. 그래서 조환이 떠난 후 호위무사를 겸해 집사로 데리고 있는 소부도 관수를 데리고 함께 나가도록 했다.

두 사람이 나가고 나서 혼자가 되자 하대곤은 스르르 눈을 감고 깊은 생각에 잠겼다.

'드디어 기다리던 때가 왔다!'

국상 연소불의 서찰을 통해 대왕 구부가 이름 모를 중병에 시달리고 있다는 소식을 들은 하대곤은, 자신도 모르는 사이에 두 주먹을 불끈 쥐었다.

'국상 연소불의 서찰 내용처럼 대왕 구부의 뒤를 이을 왕은 그 동생인 이련이 될 것이다. 그것은 아니 될 말이다. 고국원왕의 아들 구부가 다음 왕위를 이었으므로, 이번에는 당연히 왕제 무의 아들 해평이 그 자리를 차지해야 하지 않겠는가? 대왕 구부가 죽기 전에 혁명을 일으켜 그 자리를 해평에게 물려주어야 한다.'

하대곤은 오래도록 곱씹어온 생각을 다시금 되새기며 마음을 굳게 다졌다. 때마침 전진을 배반하고 후연을 건국한 모용수의 소식이 그의 결심을 더욱 부채질했다. 저 중원 땅에서 비수전투에 패한 전진의 부견은 지는 해이고, 그것을 기회로 삼아 옛 모용선비 세력을 규합해 후연을 세운 모용수는 뜨는 해였다. 그렇다면 고구려의 경우 대왕 구부는 지는 해이고, 해평은 뜨는 해라고 할 수 있었다.

"이련이 왕이 되기 전에 국내성을 쳐서 왕위 자리를 해평에게 물려줘야 한다."

하대곤은 이렇게 외치다가, 문득 자기 소리에 놀라 움찔 몸을 떨었다. 마음속으로 외친다는 것이 그만 밖으로 소리가 되어 나오는 바람에 그의 귀에까지 생생하게 들려왔던 것이다. 그러나 그는 내실에 혼자 앉아 있었고, 다행히도 그 소리를 듣는 자가 아무도 없었다. 그의 입에서 저절로 휴우, 하는 안도의 한숨이 새어나왔다.

4

"아버님, 부르셨습니까?"

늦은 저녁, 해평은 하대곤의 부름을 받고 달려왔다.

이때 하대곤은 벌떡 일어나 해평에게 자신이 앉았던 보료를 내주고 나서, 그 앞에 무릎을 꿇었다.

"주군! 이제부터 군신 간의 예의로 신이 주군을 모시겠사옵니다."

"아버님, 갑자기 왜 이러십니까?"

해평은 얼떨결에 반은 앉고 반은 선 엉거주춤한 자세로 물었다.

"때가 왔습니다. 이제 우리 동부가 일어설 때이옵니다. 두충이, 아니 지금은 조환이 된 그가 금덩이와 보물들을 수레에 가득 실어 보낸 것은 아시지요? 명색은 호피를 보내달라는 형식을 취하고 있지만, 전에 신과 약속한 대로 그가 군자금을 보낸 것이옵니다. 전에도 몇 번 호피를 사는 값으로 금덩이를 보낸 적은 있지만, 이번에는 그 수십 배에 달하는 자금입니다. 멀리 중원 땅에 가 있는 조환도 시대의 흐름을 읽고 있는 것이지요. 지금 전진에서는 반역의 기운이 일고 있사옵니다. 부견의 휘하 장수로 있던 연나라 모용황의 다섯째 아들 모용수가 선비 세력을 규합해 후연을 일으켰습니다. 서북풍이 우리 고구려에도 불어오고 있습니다. 바야흐로 시대의 영웅이, 나라의 주인이 바뀌고 있는 증좌이옵니다. 이 시기를 놓쳐서는 안 됩니다. 이것은 국내성의 국상께서 보내온 서찰입니다. 지금 대왕 구부는 중병을 앓고 있습니다. 구부가 죽으면 왕태제 이련이 그 자리를 차지하게 돼 있지요. 그러나 그것은 순리에 어긋난 일이옵니다. 만약 고국원왕의 대를 이어 주군의 부친이신 무 왕제께서 왕위에 올랐다면, 주군께선 당연히 태자가 되어 그다음의 대를 잇게 되었을 것이옵니다. 이련이 다음 왕위에 올라서는 안 됩니다. 그 자리는 마땅히 주군의 것이므로, 대왕 구부가 병중에 있을 때 국내성을 쳐야 하옵니다. 하여 신은 이제부터 조환이 보내온 군자금을 풀어 이웃 나라로부터 말과 무기를 사들이는 한편, 군사훈련을 더욱 강화할 것이옵니다."

하대곤의 눈에선 마른하늘에 벼락이 치듯 푸른 불길이 일어나고 있었다.

"하지만 아버님, 모든 일은 비밀리에 진행해야 하지 않겠습니까? 그러하오니 소자에게 주군이란 호칭은 가당치 않습니다. 전처럼 아들로 대해 주세요. 그리고 말과 무기를 사들이는 일은 소자에게 맡겨 주십시오. 졸개들 가운데 부여와도 거래를 튼 적이 있어 제법 상도를 아는 자들이 여럿이니, 은밀하게 진행해 기밀이 새어나가지 않도록 하겠습니다."

해평은 보료에서 일어나 하대곤에게 자리를 내주었다.

"일리 있는 말이다. 네가 고구려의 주인이 되기 전까지는 주군이란 호칭을 사용하지 않겠다. 이번에 손 행수가 수레 두 대에 싣고 온 옥이며 호박, 비단 같은 금은보화들을 팔아 호피를 구할 수 있는 데까지 구해 조환에게 보내도록 하자. 태백산 인근의 말갈족들에게 가면 여러 장의 호피를 모을 수 있을 것이다. 그리고 금덩어리로는 부여와 숙신 등에 몰래 사람을 풀어 말과 병장기들을 사들여야 할 것이야. 다른 한편으로, 쇠를 대량 구입해 대장장이들로 하여금 새롭게 칼과 창을 만들도록 해야 하고……"

하대곤의 말투는 다시 방금 전으로 돌아갔으며, 그 목소리에는 강한 힘이 실려 있었다.

"전부터 조환이 자주 호피를 구해 달라며 금덩이를 보내오는데, 그 많은 호피는 대체 어디에 쓰는 것인지 모르겠군요?"

"나도 그것이 궁금했었다. 그래서 손 행수에게 물어보니, 저 중원 땅의 군주들이 우리 고구려에서 나는 호피를 아주 좋아한다구나. 전진의 부견에게도 여러 장 호피를 상납했다는데, 그는 호피를 제후들에게 선물하여 환심을 사는 일에 썼다고 하더군. 조공을 잘하고 충성을 바치는 제후들에겐 상으로 내리고, 변경의 다스리기 어려운 제후들에겐 역심을 품지 않도록 선심으로 호피를 하사했겠지. 우리 고구려의 호랑이는 머리에 임금 왕 자가 뚜렷이 새겨져 있지 않더냐? 제후들은 부견이 내린 호랑이 가죽을 깔고 앉아 왕자王者로서의 위세를 부린다고 하더군. 호랑이를 권위의 상징으로 생각한다는 것이지. 조환은 우리가 보내는 호피로 저 서역의 제왕들에게도 환심을 사서 확고부동한 교역권을 따내곤 한다는 것이야. 무술도 으뜸이지만 조환의 상술에는 저 중원의 대상 진유량 대인도 혀를 내둘렀다고 하더군."

하대곤은 그러면서 껄껄대고 웃었다. 방금 전에 진지하게 이야기하던 분위기는 금세 부자지간의 담소로 바뀌면서 해평까지도 따라 웃게 만들었다.

"임금 왕 자가 새겨진 호피라……. 과연 그럴듯한 이야깁니다. 그동안 부견이 호피로 제후들의 환심을 샀는데, 비수전투 패배 이후 이젠 그 위세가 완전히 꺾여 버리고 말았네요."

"부견의 오만이 끝내 화를 부른 것이지. 이제 나가 보거라."

하대곤은 해평을 내보낸 후에도 눈을 지그시 감은 채 여러 차례 고개를 주억거렸다.

'국상의 의견처럼 모용수의 세력을 방어하기 위한 목적으로 서북방 국경의 요새를 증축하러 국내성의 군사들을 보내야 하는데, 그 방도가 문제로군. 묘안이 없어…….'

하대곤은 깊은 상념에 사로잡혔다.

그런데 하대곤이 찾고 있던 방도는 백제 대왕 수의 죽음으로 자연스럽게 해결될 수 있었다. 384년 4월에 백제 대왕 수가 죽었는데, 그가 바로 백제 제14대 근구수왕이었다. 근구수왕 사후 그의 장자인 태자 침류가 왕위에 올랐다.

이와 때를 같이하여 중원에서는 마침내 강족 출신의 요장이 전진의 부견을 모반하고 후진을 건국했다. 요장은 부견 밑에서 양무장군으로 있었는데, 비수전투 이후 모용수가 후연을 건국하자 혼란한 틈을 노려 강족의 세력을 규합해 나라를 세운 것이었다.

하대곤과 긴밀하게 밀서를 주고받던 국상 연소불은 백제왕 수의 죽음과 중원 땅에서 반란을 일으켜 후진을 건국한 요장의 소식을 접하자, 곧바로 편전으로 달려가 대왕 구부에게 아뢰었다.

"폐하! 이제 전진의 부견은 날개 잃은 붕새가 되어버렸사옵니다. 올해 초에 모용수가 반란을 일으켜 후연을 세우더니, 얼마 전에는 강족 출신의 요장이 부견의 그늘에서 벗어나 후진을 건국하였사옵니다. 한 번의 날갯짓에 삼천리를 나는 붕새라고 과신하던 부견은, 이제 모용수와 요장이란 두 날개를 잃어 언제 어느 때 추락할지 모르는 신세가 되어버렸사옵니다. 특히 요장의 모반으로 부견의 한쪽 날개마저 떨어지면서, 모용수는 전진이 차지하고 있던 화북의 세력권에서 완전히 벗어날 수 있게 되었사옵니다. 새롭게 후진을 세운 요장 역시 내정을 단속하는 데 힘을 기울여야 하므로 모용수와 힘겨루기를 할 겨를이 없을 것이옵니다. 이때를 틈타 모용수는 우리 고구려를 칠 절호의 기회라 여길 것이 틀림없사옵니다. 때마침 백제왕 수가 죽고, 태자가 왕위에 올랐다 하옵니다. 하온데 백제왕 수의 장자인 태자보다 둘째가 더 왕자로서의 기상을 타고났다 하여 대신들 사이에 암투가 벌어지고 있다는 소문입니다. 내란의 조짐이 보인다는 말씀이옵니다. 그러하오니 이제 남쪽 국경의 경비는 한시름 놓을 수 있게 되었사옵니다. 우후죽순처럼 일어나는 내분이 가라앉기 전까지 백제는 우리 고구려 국경을 넘볼 여력이 없다는 뜻이옵니다. 따라서 이제야말로 국내성의 군사들 중 일부를 서북 변경의 성루를 쌓는 데 보낼 수 있게 되었사옵니다."

"국상의 말이 그럴듯하오. 마침내 부왕의 원수인 백잔왕 수가 죽었구먼……. 짐의 손으로 그자를 죽이지 못한 것이 한으로 남았는데, 하늘이 끝내는 그를 용서치 않은 모양이오. 국상은 다시 부를 때까지 일단 물러가 있으시오. 짐이 이런 아우와 고계 장군을 불러 논의를 해보리다."

대왕의 목소리엔 힘이 없었으나, 적의에 찬 그의 눈빛은 날카롭게 빛났다.

'백제는 그렇다 치고 모용선비, 저들을 어찌한다?'

대왕 구부의 한은 아직 풀어지지 않았다. 고구려가 모용황에게 당한 수모를 제대로 갚아주지 못하고서 어찌 하늘나라에 가서 부왕을 대면할 수 있을지 그게 걱정이었다.

대왕은 내관에게 일러 왕태제 이련과 고구려 군사권을 쥐고 있는 태대형 고계를 편전으로 불러들였다. 고계는 전에 국내성 중앙군의 수장을 맡고 있다가 연소불이 국상의 자리에 오른 직후 태대형에 제수되었다.

연소불이 연나부를 대표한다면, 고계는 계루부를 대표하는 인물이었다. 그래서 을두미는 국상에서 물러나기 직전 대왕에게 연소불을 견제하기 위해 적극 고계를 태대형으로 천거한 것이었다. 계루부에서 군사권을 쥐고 있으면 아무리 연나부가 국상의 자리를 차지하고 있다 하더라도 함부로 권력 행사를 하지 못할 것이란 계산이 깔린 인사 조치였다.

왕태제 이련과 태대형 고계가 편전으로 들어서자 대왕이 먼저 입을 열었다.

　"짐은 아직도 모용선비에 대한 한이 남아 있소. 소문을 들으니, 모용황의 다섯째 아들 모용수가 부견의 휘하 장수로 있다가 모반하여 후연을 세웠다고 하오. 우리가 전진과 우호관계를 맺고 있을 때만 해도 요동이 조용해, 서북 국경의 안전을 도모할 수 있었소. 헌데 모용선비가 다시 세력을 규합했다면 이젠 요동의 안전을 보장할 수 없는 처지가 되고 말았소. 국상은 요동 서북 국경을 방위하는 성들의 방벽을 높이고 해자를 깊이 파서 모용선비의 준동에 대비해야 한다고 주장하고 있소. 또한 백제왕 수가 죽고 나서 내란의 조짐이 보이므로 당분간 남쪽 국경을 걱정하지 않아도 된다고 하오. 그러므로 국상은 차제에 국내성 군사를 보내서라도 요동의 성벽을 쌓도록 해야 한다고 주청하고 있는데, 고계 장군은 이에 대해 어찌 생각하시오?"

　"폐하! 전쟁 상황이 아니라면 수도 방위를 맡고 있는 국내성 군사를 함부로 낼 수 없사옵니다. 수도방위군은 외적의 침공을 막고 내부의 변란에 대비하는 두 가지의 막중한 책임을 갖고 있기 때문이옵니다. 요동지역의 성들을 보수하기 위해서는 백성들 중 젊은 인력을 뽑아 부역으로 보내는 것이 옳은 줄로 아뢰옵니다."

　"부역을 뽑는다?"

대왕은 고계와 이련 두 사람을 번갈아 쳐다보았다.

"지금은 농사철이 다가와서 백성들이 한창 바쁠 때이옵니다. 그러므로 젊은이들을 뽑아 부역을 보낸다면 백성들의 원성이 높을 것이옵니다. 가을 추수가 끝날 때까지 기다리는 것이 어떠하올는지요?"

왕태제 이련이 나섰다. 이미 그는 나이 서른이 넘어서 국내외 사정을 두루 꿰뚫는 혜안이 있었으며, 백성들을 생각하는 마음도 남다른 편이었다. 일찍이 을두미로부터 제왕학을 익혔고, 군왕은 높은 지위에서 힘을 행사하는 것이 아니라 백성과 근심을 함께 나눌 정도로 자세를 낮춰야 한다는 것을 배웠다.

"두 사람의 말에 다 일리가 있소. 허나 지금 요동의 사정이 긴박하게 돌아가고 있는 것은 불을 보듯 뻔한 노릇이니, 대체 이를 어찌하면 좋단 말이오?"

대왕은 말끝에 긴 한숨을 토해 냈다. 그 얼굴엔 병색이 완연했으며, 목소리에도 힘이 없었다.

"폐하! 이런 때일수록 심기를 굳건히 하시옵소서."

이련이 근심 어린 얼굴로 대왕을 바라보았다.

"짐은 이미 침상에 등을 붙인 채 골골한 지가 오래되었다. 요즘 들어 병은 더욱 깊어져 가슴에서 가래가 끓어 숨도 쉬기 힘들 정도로 답답할 지경이다. 그러다 보니 정신이 아득하여 작은 일에도 어떤 판단을 내리기가 쉽지 않아. 헌데 나라의 위기를 걱정해야 하는 중요한 사안을 두고 신하들이 제각기 설왕설래하니, 더더욱 답답하기 이를 데 없다. 모용선비 세력에 대비해 요동의 서북 국경을 방비하는 일은 이제부터 아우가 맡아 추진해 줘야겠다. 짐은 더 늦기 전에 아우에게 양위하고 뒷전으로 물러앉을 생각까지 하고 있다."

대왕 구부는, 그의 말처럼 가래 끓는 목소리로 힘들게 말했다.

"폐하! 천부당만부당한 말씀이옵니다. 양위하신다는 말씀은 거두어주시옵소서."

왕태제 이련이 허리를 꺾으며 읍소했다.

"그러하옵니다. 폐하! 양위는 아니 되옵니다. 가뜩이나 외세의 혼란이 가중되는 이때에 양위를 하신다는 소문이 퍼진다면, 내부에서도 준동하는 세력이 있을까 심히 우려되기 때문이옵니다. 그 말씀만은 제발 거두어주시옵소서."

고계도 어깨까지 들먹이며 간청했다.

"허허허! 알겠소. 너무 오래 병고에 시달리다 보니 짐의 마음이 약해져서 잠시 그런 생각을 해보았던 것뿐이오. 내부적으로도 혼란이 가중될 우려가 있다 하니, 짐이 방금 한 말이 밖으로 새어나가지 않도록 함구해 주시오."

대왕 구부는 요동 국경에 성을 쌓기 위해 국내성 군사를 움직이는 일은 전체 대신들이 모인 조회에서 다시 거론하기로 하고, 이련과 고계를 물러가게 했다.

5

국내성 동궁 후원 내불전에서 목탁 소리가 들려오고 있었다. 그 사이사이로 경을 읽는 대사 석정의 염불 소리가 기와지붕 처마 위의 허공으로 청량한 바람처럼 울려 퍼졌다. 내불전 뒤의 소나무 숲 위로 바람이 너울지고, 따사로운 햇살을 받은 솔잎은 더욱 짙푸르게 빛났다.

석정 옆에서는 동궁빈 하씨가 제단 위의 불상을 향해 열심히 절을 올리고 있었다. 이마에서 뚝뚝 땀방울이 떨어져 법당 바닥을 적셨지만 동작은 한 치의 흐트러짐도 없었다.

후원 숲속 어디선가 뻐꾸기가 울었다. 석정은 문득 경 읽기를 멈추고, 눈을 감은 채 한동안 뻐꾸기 소리에 귀를 기울이고 있었다. 고양이의 졸음같이 찾아온 봄날은 길었고, 하늘에 뜬 해는 다음 절기를 향해 걸음을 재촉하고 있었다.

목탁 소리가 멈추자, 열심히 절을 하던 동궁빈도 조용히 앉아 두 손을 모은 채 기도하는 자세로 돌아갔다.

"동궁빈 전하! 무엇을 그리 열심히 기도하고 계셨는지요?"

석정이 눈을 뜨고 동궁빈 쪽을 바라보며 만면에 미소를 흘렸다.

"우리 고구려와 아들 담덕의 앞날을 생각하며 기도를 드렸습니다."

동궁빈은 석정을 바라보지 않은 채 불상을 향한 자세 그대로 대답했다.

"담덕 공자가 그리우신 모양이군요. 하긴 벌써 담덕 공자를 하가촌으로 떠나보낸 지도 만 4년이 넘었군요. 그때는 나뭇가지에 물이 오르고 새싹이 짙푸른 빛으로 바뀌던 봄날이었는데, 지금은 벌써 해가 네 번이나 바뀌어 뻐꾸기가 우는 늦은 봄이 되었으니……."

"대사께선 우리 담덕이 국내성을 떠나던 날까지 기억하시는군요."

"기억하고말고요. 일곱 살 먹은 어린 나이에 말을 타려니, 남의 부축을 받지도 않고 소나무 가지를 이용해 말에 오르던 그 의젓한 모습까지 생생하게 기억이 납니다."

"허면 대사께선 우리 담덕이 얼굴도 또렷이 기억하시겠군요."

"물론이지요."

"어미가 돼서 아들 얼굴도 기억을 못하겠으니 이를 어쩌면 좋아요? 아아, 이 못난……."

동궁빈은 그렇게 말하다 말고 손으로 입을 막았다. 석정에게 자신의 부끄러운 내면을 들킨 것 같아 어쩐지 멋쩍었던 것이다.

"허허허! 동궁빈 전하의 담덕 공자에 대한 지극한 마음을 알겠습니다. 마음의 거리라는 것이 있습니다. 부처도 마음의 거리를 두면 또렷이 보이지만, 그 기도하는 마음이 지극하여 거리가 무너지면 보이는 것 같지만 보이지 않는 법입니다. 이미 자신의 마음에 부처가 들어와 있는데, 애써 그 형상으로 떠올릴 필요조차 없기 때문이지요. 생각이 곡진하면 무념무상의 경지에 이르게 됩니다. 생각이 없는 것이 아니라 그 정성의 지극함이 생각조차 잊게 만듭니다. 동궁빈 전하는 아들에 대한 생각이 너무 깊어 이미 마음속에서 일체화되었기에, 그 얼굴조차 떠오르지 않는 듯 여겨지는 것인지도 모릅니다. 실상은 너무 잘 기억하고 있는 것인데……."

석정은 마치 설법이라도 하듯 동궁빈의 마음을 달래주고 있었다.

"대사께서 하시는 말씀, 이해가 될 듯하면서도 실상은 잘 모르겠습니다."

동궁빈은 조용히 일어섰다.

"동궁빈 전하! 잠시 소승이 드릴 말씀이 있으니 차라도 한잔하시지요."

석정이 말했다. 동궁빈이 다시 자리에 앉기를 기다렸다가, 그는 시봉에게 차를 달이도록 일렀다. 시봉 명선도 이젠 제법 나이를 먹어 스무 살의 젊은 승려가 되어 있었다.

"이것은 보이차이옵니다. 장안에서 온 손 행수가 선물로 준 것이온데, 소승도 아직 맛을 보지 못했사옵니다. 며칠 전에 동궁빈 전하께 옥가락지를 선물한 그 진나라 대상 진유량 수하의 행수 말이옵니다."

"손 행수는 다시 장안으로 떠났겠지요?"

"아마 그럴 겁니다. 지난번 손 행수가 와서 하는 말을 듣고 곰곰이 생각해 보니 뭔가 걸리는 것이 있어서, 동궁빈 전하께 그 말씀을 드려야겠다고 생각했습니다."

"무슨 말씀이온지?"

동궁빈은 석정을 정면으로 바라보았다.

"손 행수가 책성에 다녀왔다 하더군요. 장안에서 서역과 옥거래를 하는 고구려 출신 중에 조환이라는 자가 있습니다. 전에 동부욕살 하대곤 장군의 호위무사로 있던 두충이라는 자가 바로 그 인물인데……."

"두충이라면 기억이 납니다. 전에도 가끔 하대곤 장군과 함께 하가촌에 다녀가곤 했지요."

"아마도 그랬을 겁니다. 소승도 전부터 그자와 몇 번 만난 적이 있어 잘 아는데, 그가 오래전 수곡성 전투에서 백제 장수에게 왼팔을 잘려 자취도 없이 사라졌습니다. 그런데 그는 살아서 전진의 수도 장안으로 들어갔습니다. 그곳에서 이름을 조환으로 바꾸고 대상단을 이끄는 진유량 대인의 수하가 되어 행수 노릇을 할 때, 당시 사신단으로 장안에 갔던 소승이 다시 만났습니다. 수완이 좋아서 저 서역의 옥 산지인 화전이란 나라의 옥 대상과 인연이 닿아, 장안의 옥 거래 독점권을 따냈다 하옵니다. 이번에 손 행수가 가져온 옥가락지도 그 조환이란 자가 보낸 것이 틀림없습니다. 한데, 그 조환이 손 행수를 통하여 동부욕살 하대곤과 거래를 하고 있는 모양입니다. 벌써 여러 차례 거래를 했다 들었습니다."

석정은 여기서 잠시 말을 끊고 넌지시 동궁빈을 바라보았다.

"거래라 하면…… 무엇을 뜻하는 것입니까?"

"비단과 금은보화를 책성으로 보내고, 그 대가로 호피를 가져가는 모양입니다. 그 북쪽의 숙신에서 나는 초피와 태백산 기슭에서 나는 호피를 여러 차례 장안으로 가져간 모양인데……."

"호피를 무엇에 쓰려고 그렇게 자주 가져가는지요?"

"전진의 부견에게 바치기도 하고, 서역 각국의 제왕들에게 호피를 선물하고 교역을 튼다 하옵니다. 전진의 제후들이나 서역의 제왕들이 호피를 좋아하는 것은, 태백산 호랑이의 이마에 임금 왕 자가 새겨져 있기 때문이라 하옵니다. 왕으로서 권위의 상징이 호피란 것이지요. 그들은 선물로 받은 호피를 깔고 앉아 제왕의 기분을 내며 한껏 만족스러워 한다고 합니다. 부견은 조환이 진상한 호피를 제후들에게 선물로 보내곤 했다는 군요."

"그런 거래라면 뭐 이상할 게 없질 않습니까?"

동궁빈은 늘 눈과 귀를 열어두어 상대의 기분을 빨리 읽을 줄 알았다. 석정의 입에서 분명 중요한 말이 나올 것 같은 마음에 그의 입을 예의 주시하고 있었다.

"그 거래의 이면에 다른 거래가 있지 않나 해서 말씀드리는 것이옵니다."

"다른 거래라뇨?"

"자주 금덩어리를 보낸다 하니 그 양이 얼마나 되는지 모르지만, 호피를 사가는 값보다 훨씬 넘친다면 결국 무엇을 뜻하겠습니까?"

"무슨 말씀이신지?"

"동궁빈 전하께선 사사롭게 당숙뻘이 되는 하대곤 장군을 뵌 적이 여러 번 있을 것이옵니다. 소승은 아직 뵌 적이 없사오나, 그 아들인 해평은 한두 번 볼 기회가 있었사옵니다. 전하께서는 해평에 대해 어떻게 생각하시는지요?"

석정은 이야기를 해평에게로 돌리고 있었다.

동궁빈은 해평의 얼굴을 떠올렸다. 이런을 만나기 전에 부친 하대용과 동부욕살 하대곤 사이에 해평과의 혼약을 구두로 약속한 적이 있었다는 사실이 새삼스럽게 떠올랐던 것이다.

"다른 거래는 뭐고, 해평에 대해서는 왜 물으시는 건지요?"

동궁빈은 정확한 석정의 의도가 무엇인지 가늠이 안 돼 그렇게 되묻지 않을 수 없었다.

"소승이 장안에 잠시 머물 때 전진의 승상 왕맹에게서 관상을 좀 배운 일이 있습니다. 왕맹은 경서에 통달했을 뿐만 아니라, 특히 상법相法에 능통한 사람입니다. 한나라 대장군 한신이 젊었을 때 그의 상을 보고 권세와 재력을 누릴 것이라고 미래를 예측한 관상가가 있습니다. 그 사람의 이름이 허부입니다. 그는 『인륜식감人倫識鑑』이란 상법을 저술로 남겼는데, 왕맹은 그 책을 통달했다 하옵니다. 부견이 전진을 강국으로 만들 수 있었던 것도 왕맹이 곁에서 장자방 같은 역할을 했기 때문이옵니다. 헌데 왕맹은 부견에게 그 휘하에 있는 모용선비 출신의 장수 모용수와 강족 출신의 장수 요장을 특히 경계해야 한다고 충언했습니다. 그러나 부견은 이를 듣지 않았습니다. 소승도 그 두 장수를 보았는데, 왕맹에게서 배운 관상학으로 볼 때 턱에 살집이 없어 하관이 좀 빈약해 보이고, 뒤통수가 튀어나와 있었습니다. 그런 상을 관상학에서는 반역의 상으로 보는데, 그 두 사람이 모두 그러했습니다. 그러나 끝내 부견은 왕맹의 말을 듣지 않고 휘하 장수로 중히 썼는데, 결국 근자에 이르러 두 사람이 모반을 해 후연과 후진을 세웠습니다."

석정은 갑자기 전진의 승상 왕맹의 관상 이야기를 꺼내더니, 다시 모용수와 요장의 반역 사건으로 화제를 돌린 후 동궁빈에게 의미심장한 눈길을 던졌다.

"대사는 관상을 믿으십니까?"

"관상은 점과는 다르고, 일종의 통계학이라고 할 수 있습니다. 왕맹에게서 관상학을 접한 후, 소승도 조금은 관상에 대해 배운 바가 있습니다만……."

석정은 말을 끊고 잠시 동궁빈을 바라보았다.

"그런데요?"

"해평의 관상이 모용수와 요장을 닮았다는 말입니다. 보셔서 알겠지만 턱이 덜 발달되어 돌출되지 않고 밋밋하게 처져 있는 데다 뒤통수가 유난히 튀어나와 있습니다. 이런 말을 하기는 뭣하지만, 반역의 상입니다. 경계해야 할 인물이지요. 장안에서 조환이 동부욕살에게 보낸 금덩어리가 대체 어디에 쓰이고 있는지 의심되는 이유입니다. 차제에 비밀리에 책성으로 첩자를 보내 동부의 움직임을 알아보도록 하는 것이 좋을 듯싶습니다."

석정의 말을 동궁빈은 바로 알아들었다.

그날 밤, 동궁빈 하씨는 왕태제 이련에게 넌지시 해평의 이야기를 꺼냈다. 그리고 동부의 움직임이 수상하니 첩자를 보내 알아보는 것이 좋을 것이라는 석정의 말을 전했다.

"나도 하가촌에서 처음 볼 때부터 해평이란 자가 왠지 마음에 들지 않았소. 무술이 뛰어나기는 하나 성질이 급하고 고집이 세서 전쟁 때마다 사고를 쳤다고 하는데, 어쩐지 철부지 같은 아이에게 날선 칼을 쥐어준 것 같아 불안하기 그지없었소."

이련은 지난 평양성 전투와 청목령 전투에서 해평이 고집을 세워 공격하다가 실패한 사건을 잘 알고 있었다. 그런 해평의 고집 때문에 평양성 전투에서는 부왕을 잃었다. 그리고 청목령 전투에서는 아군이 큰 손실을 입어, 군사를 맡았던 을두미가 군령대로 해평의 목을 치려고 했던 것을 대왕이 말리는 바람에 겨우 목숨을 구했다는 이야기도 들어서 알고 있었다.

다음 날, 이련은 태대형 고계와 만나서 긴밀한 의논을 했다.

"그렇다면 큰일이군요. 책성에 첩자를 파견하는 일이 시급한데……."

고계가 근심 어린 표정으로 이련을 쳐다보았다.

"그 일은 내게 맡겨 두세요. 적당한 사람을 택하여 비밀리에 알아보도록 하겠소."

이련은 그때 마음속으로 적당한 사람을 생각해 두었다. 유청하가 담덕을 따라 하가촌으로 떠난 후 호위무사로 데리고 있는 정호를 떠올렸던 것이다. 정호는 을두미가 태학 유생들 중에서 가장 아끼는 제자였으며, 학문뿐만 아니라 무술도 뛰어나고 병법에도 일가견을 가지고 있었다. 이는 모두 을두미가 자신의 학문을 그에게 전수해 준 덕분이었다.

태학에서 공부를 마친 유생들 중에서는 지방의 호족 자제들도 더러 있었는데, 이들은 각자 고향으로 돌아가 경당扃堂을 열었다. 각 지방에 설치된 경당에서는 경전과 무술을 가르쳤다. 이들 경당에서 지방의 호족과 평민 자제들에게 학문과 무술을 가르치는 태학 출신 유생들은 모두 정호를 잘 따르는 무리들이 었다. 따라서 이련은 동부 지역의 경당에 첩자를 파견해 작금의 책성에서 벌어지고 있는 일들을 정호에게 낱낱이 보고토록 하면 될 것이라고 판단했던 것이다.

"국상 연소불 주위에도 감시를 붙여야 할 것이옵니다. 연소불의 사위가 해평이지 않습니까? 따라서 국상 연소불과 동부 욕살 하대곤은 사돈 관계이고, 전부터 그들 사이에 은밀히 내통하고 있다는 소문이 돌고 있습니다."

고계가 소리 죽여 말했다.

"허면, 국상의 주변은 태대형께서 맡아주세요. 적당한 사람을 택하여 비밀리에 알아보도록 하시는 게 좋을 것이오. 국상이 절대로 눈치채지 못하도록……."

"알겠사옵니다. 왕태제 전하!"

고계와 이련은 눈빛으로 서로의 밀약을 재확인했다.

6

왕태제 이련의 호위무사 정호는 태학의 유생 출신들 중 무술에 뛰어난 자들을 휘하에 두고 있었다. 이들 대부분은 모두 왕손 담덕이 태어난 해에 범궐한 역도들에 대항하여 동궁을 지키는 데 일익을 담당했던 경험을 갖고 있었다. 당시 국상이었던 을두미가 동궁의 호위를 부탁하여 남게 된 유생들이었는데, 이들은 학문의 깊이도 남달랐지만 특히 무술이 뛰어나서 이련의 호위무사 역할을 하면서도 병법을 익히는 일을 게을리하지 않았다. 동궁 후원의 객사에 머물면서 학문과 무술을 익히는 데 열중하여, 마치 태학을 그곳으로 옮겨 온 듯한 분위기가 들 정도로 학구적인 열풍이 불고 있었다. 특히 내불전 승려 석정이 불교 강론을 가르치면서 호위무사들의 정신적 지주 역할을 맡게 되었고, 유불선을 두루 섭렵해 학문의 깊이를 더해 가고 있었다.

정호가 동궁전으로 들어섰다.

"전하, 부르셨사옵니까?"

"긴히 의논할 일이 있네."

왕태제 이련이 호위무사 정호를 반갑게 맞았다.

"분부만 내려주십시오."

"이리 가까이 오게."

이련은 정호를 자신의 곁으로 불러 귓속말로 속삭였다. 두 사람 사이에 비밀스런 눈빛이 오고 갔다.

정호는 이련의 말을 들으며 연신 고개를 끄덕거렸다.

"전하! 분부대로 즉시 시행하겠사옵니다."

정호는 이련의 명을 받고 동궁전을 나와 호위무사들 중 믿을 만한 자들 몇몇을 골라 밀실로 안내했다. 그는 휘하의 호위무사들에게 고구려 각처에 있는 경당에 가서 특히 변방 성주들의 움직임을 비밀리에 파악하도록 했다.

고구려가 경당을 중요하게 생각한 것은, 유사시 백성들 가운데 군사를 징집하는 데 있어 유리하기 때문이었다. 경당 출신들은 일반 백성의 자제들로 이들이 유학을 익혀 각기 고향으로 돌아가 마을의 행정적인 일을 담당했으며, 부역이나 군사를 징집할 때도 주도적 역할을 했다.

이때 정호의 밀명을 받고 동궁의 호위무사들이 변장을 한 채 지방 각처로 떠난 것은 국내성 안에서도 비밀이었다. 이련은 지방의 경당과 연계하여 지속적으로 정보를 제공받기 위해서라도 앞으로 자신의 호위무사들을 최대한 활용할 생각이었다. 이들을 이용하면 고구려 변방 각지의 움직임을 국내성에 앉아서도 손금 들여다보듯 파악할 수 있을 것이라고 판단했기 때문이다.

한편, 이련은 연나부의 움직임이 궁금하여 태대형 고계를 비밀리에 만났다.

"연나부의 움직임은 어떠합니까?"

"연나부 조의선인들의 도장이 전에는 환도산성이 있는 칠성산 북쪽의 깎아지른 절벽 밑 어디엔가 있었다고 들었습니다. 그

러나 전 대사자 우신이 가산을 정리해 국내성을 떠난 이후, 국
상 연소불이 연나부 수장 역할을 하면서 그 본거지를 어디론
가 옮겼다 하옵니다. 수하들을 풀었으니 곧 연나부 조의선인들
의 도장이 어디에 있으며, 그들에게 수상한 움직임이 있는지 동
태 파악을 하여 보고할 것이옵니다. 연나부 세력의 중심은 이
곳 국내성이고, 따라서 그들의 도장도 불과 1백 리를 넘지 않는
깊은 산속에 은거해 있을 것이라 추측됩니다. 그리고 따로 첩
자를 보내 국상 연소불의 저택 주변을 감시토록 했고, 연나부
가 동부욕살 하대곤과 어떤 관계에 있는지 세심하게 살피도록
지시해 놓았습니다."

고계의 말대로 연나부는 비밀리에 조의선인들에게 무술을
가르치는 도장을 갖고 있었다. 고구려 5부 중에서 연나부의 조
의선인 세력이 가장 컸는데, 도장의 출입은 엄격히 통제되어 신
분이 확실한 자가 아니면 접근조차 어려울 정도로 철저한 감시
체계를 유지하고 있었다.

왕태제 이런은 자신의 혼인 문제에도 연나부가 깊이 개입하
여 왕권을 위협했다는 사실을 잘 알고 있었고, 그것이 지금은
연나부와 계루부 사이의 권력 다툼으로 비화되어 내분의 씨앗
이 되고 있음을 벌써부터 감지하고 있었다. 연나부는 군사권
을 장악하고 있는 계루부와의 권력 다툼에서 밀려나면서 크게
위기를 느끼고 있었는데, 이를 극복하기 위해 남몰래 고구려의

강력한 지방 세력인 동부와 손을 잡았던 것이다. 동부욕살 하대곤의 양아들 해평과 국상 연소불의 딸 정화의 혼인이 이를 증거하고 있었다.

날씨는 한창 여름으로 치닫고 있었다. 연일 계속되는 폭염은 가뭄까지 겹쳐 땅이 쩍쩍 갈라졌으며, 곡식이 말라 죽는 것만 큼 농민들의 가슴도 까맣게 타서 그저 마른하늘만 쳐다보며 비소식을 기다리고 있었다.

그 무렵, 국내성에서는 다시 모용선비 세력의 준동에 대비하여 도성의 군사를 차출해 서북방 성벽 공사에 보내야 한다는 목소리가 강하게 빗발치고 있었다. 대왕 구부는 가뜩이나 더운데다 위급에 처한 국내외 정세에 대한 고민에 휩싸이다 보니, 오랜 병고에 울화병까지 도져 매우 신경질적인 반응을 보였다.

"그러하니 짐보고 대체 어찌하란 말이오? 서북방 변경에 군사를 파견하라는 것이오, 아니면 국내성 방위를 더 튼튼히 하라는 것이오?"

대왕은 연신 이마에 흐르는 땀을 손으로 훔쳐내며 형형한 눈빛으로 대신들을 노려보았다.

"모든 일은 다 때가 있는 법이옵니다. 실기를 하면 호미로 막을 것을 가래로 막아야 하옵니다. 국내성에 2만의 병력이 있사옵니다. 그중 우선 1만을 서북 변경으로 보낸다 해서 국내성의 안위가 걱정될 일은 아니옵니다. 지금 백잔 세력이 내홍에 휩싸여 남방의 걱정이 없을 때, 우리 고구려를 호시탐탐 노리는 모용·선비 세력을 사전에 막기 위해 북방을 튼튼히 해야 하옵니다."

국상 연소불은 연일 계속해서 같은 말을 반복하고 있었다.

"참으로 답답하오. 국상은 어찌 매일 똑같은 말만 되풀이하시오? 군사권을 가지고 있는 태대형이 말씀해 보시오. 국상의 말을 어찌 생각하시오?"

대왕의 목소리에선 답답증과 함께 짜증이 묻어나고 있었다.

가만히 듣고만 있던 태대형 고계가 눈을 들어 좌우의 대신들을 살피고 나서 마침내 결심을 굳힌 듯 입을 열었다.

"신도 그동안 고민을 많이 해왔습니다만, 이제 이 여름이 지나가면 추수기가 올 것이옵니다. 천고마비라는 말이 있습니다. 흔히 하늘이 높고 말이 살찌면 서북방 오랑캐들이 노략질을 일삼아 쳐들어온다 하여, 오래전부터 그런 말이 백성들 사이에 구전되고 있사옵니다. 모용·선비들이 준동하기 좋은 계절은 바로 가을철이니, 그에 대비한 조치가 있어야 하는 것은 당연한 일이옵니다. 사실 그동안 고민했던 것은 국상의 말처럼 백제 세력의 준동이었습니다. 그런데 소신이 몰래 첩자를 백제 땅에 파견해 알아본 결과, 백제왕 수가 죽고 나서 내부 혼란이 가중되고 있다고 합니다. 백제왕 수 다음으로 그의 장자가 왕위에 올랐으나 문약하기 이를 데 없어, 그보다 총기 있는 둘째 아들을 왕위에 앉히려고 내신좌평 진고도가 주축이 되어 비밀리에 대신들을 설득하고 있다 하옵니다. 그리하여 지금 백제왕은 허수아비에 불과하고, 내정은 진고도의 손바닥 위에서 놀고 있는 형국이옵니다. 차제에 평양성과 수곡성 성주로 하여금 성곽을 더욱 튼튼히 하고 남방의 경비에도 좀 더 신경을 쓰도록 한다면, 국내성에서 군사 1만을 서북 국경으로 파견하는 것도 가능하다고 사료되옵니다."

고계의 말에 대왕 구부가 발끈 성을 냈다.

"태대형은 어찌 한입으로 두말을 하시오? 지난번에는 국내성 군사를 절대로 움직여서는 안 된다 하지 않았소?"

"폐하의 말씀이 맞사옵니다. 지난번에 신은 분명 그렇게 아뢰었사옵니다. 군사를 움직이는 데는 반드시 때가 있사옵니다. 방금 전에 국상께서 때를 강조하면서 실기를 하면 크게 손해를 볼 일이 생긴다고 했사온데, 지난번에는 군사를 움직일 처지가 아니었으나 지금은 그때와는 상황이 많이 달라졌습니다. 백제의 내분이 확실해진 만큼 남방을 크게 염려할 필요가 없게 되었으므로 군사를 움직여도 무방하다고 판단되옵니다."

이때 왕태제 이련이 한발 앞으로 나서며 고계의 주장에 적극 동조했다.

"서북방의 성을 쌓기 위해 부역으로 청장년들을 조발하려면 농사철이 지나야 하므로, 그때까지는 우선 국내성의 군사들을 보내는 것이 좋을 듯하옵니다. 지금부터 적어도 두세 달이 지나면 추수기인데, 추수를 끝내고 나서 부역으로 농민들 중 청장년들을 조발하여 먼저 서북방으로 보낸 국내성 군사들과 교대를 시킨다면 백성들도 큰 불만이 없을 것이옵니다. 국상과 태대형의 주청을 윤허하여 주심이 옳은 줄로 아뢰옵니다."

이런까지 이렇게 나오자, 대왕의 심기도 점차 누그러졌다.

"신료들의 의견이 그러하다면 짐도 굳이 반대할 의향은 없소. 태대형은 국내성 군사들 중 1만을 선별해 하루빨리 서북방 변경으로 보내도록 하시오. 그 대신 평양성에 파발을 띄워 국내성에 위급한 일이 생길 경우 봉수가 오르면 급히 군사를 출동시킬 수 있도록 특별히 신경을 쓰라 이르시오."

대왕의 명이 떨어지자, 태대형 고계는 평양성으로 파말마를 띄우고 국내성 군사들을 선별하느라 분주하게 움직였다. 국내성 군사 1만이 서북 변경으로 떠날 때, 고계는 계루부의 대로 고연제를 파견군의 장수로 삼았다.

파견 군사들이 국내성을 떠나기 전날 밤, 고계와 고연제는 비밀리에 왕태제 이런의 동궁전 밀실에서 만났다. 그들은 이미 며칠 전부터 밀약을 해놓고 있었다.

밀실에는 먼저 또 한 사람이 와 있었다. 고계와 고연제는 밀실로 들어서다 말고 이런 이외에 다른 사람이 있는 것을 보고 문 앞에서 멈칫했다. 그러나 그들도 곧 그가 이런을 그림자처럼 따라다니는 호위무사 정호인 것을 알아보았다.

"이 사람을 오라고 한 것은 동부욕살 하대곤과 해평의 동태에 대해 제대로 파악하고 있기 때문입니다. 두 분께 그대가 수집한 정보를 사실 그대로 말씀드리게."

고계와 고연제가 자리에 앉기를 기다려 이련이 정호에게 말했다.

"책성의 동부 군사들 움직임이 심상치 않은 것은 사실이옵니다. 최근 들어 말과 무기를 대량으로 사들였으며, 군사훈련도 강화하고 있습니다. 말은 서북방의 부여에서 들여오고, 특별히 동북방의 숙신으로부터 독화살을 사들이고 있다 하옵니다. 또한 국상의 집사가 자주 책성을 방문하여 동부욕살 하대곤 장군을 만나는 것이 목격된 바 있사옵니다."

"흐음…… 독화살이라?"

고계가 정호를 바라보았다.

"숙신에서는 담비 가죽인 초피를 얻기 위하여 예로부터 독화살로 사냥을 하였는데, 책성에서는 초피와 함께 독화살도 다량으로 구입하고 있다 하옵니다. 뿐만 아니라 쇠도 사들여 대장장이들로 하여금 새로 칼과 창을 벼리게 하고 있다 들었사옵니다. 그래서 책성 인근의 백성들 사이에선 곧 전쟁이 일어날 것이라는 풍문까지 나돌고 있습니다."

"흐음, 국상 저택 주변을 살피게 한 첩자로부터도 그와 비슷

한 보고가 있었습니다. 국상의 집사가 여러 번 동부의 책성을 다녀온 것이 확실하다고 하는데, 이는 필시 국상과 동부욕살 사이에 밀계가 있는 것이 분명합니다."

고계가 이련을 바라보며 말했다.

"두 사람의 말이 이처럼 딱 들어맞는 걸 보면 머지않아 책성의 군사들이 비밀리에 움직일 것이오. 이번에 서북 변경으로 국내성 군사 1만을 이끌고 가게 될 고연제 장군께선 잘 들으셔야 하오. 국내성 군사를 서북 변경에 파견하는 것은 우리가 연나부 세력을 속이기 위해 세운 계략일 뿐이오. 장군께선 일단 서북 변경으로 떠나되, 군사를 두 부대로 나누어 2천은 그대로 서북으로 향한 진군을 계속하게 하고, 8천은 군사를 되돌려 비밀리에 환도성으로 들어가시오. 이 사실이 연나부에 알려지면 안 되니, 특히 군사들 입을 철저히 막아야 할 것이오."

"전하, 명심하겠습니다. 이미 환도성으로 향하게 될 8천 군사의 향도들에게 단단히 일러놓았습니다."

"환도산성의 군사들에게도 소문이 밖으로 새어나가지 않도록 잘 방비해야 할 것이오. 그리고 우리 국내성 병력 8천이 환도성으로 입성한 뒤에는 단 한 명의 군사들도 성 밖으로 빠져나가게 해서는 안 됩니다. 그러다가 동부의 군사들이 움직이기 시작하면 곧 연락을 취할 테니, 그때 작전대로 신속히 출동할 수 있도록 하시오."

태대형 고계가 단단히 일렀다.

"연나부가 동부 군사들을 끌어들이기 위해서는 반드시 국내성 안에서 내응을 하는 무리들이 있을 것이오. 국상이 분명 연나부 조의선인 무사들을 민간인으로 위장시켜 국내성에 잠입시켰다가 먼저 책동을 일으킬 것이니, 이에 대한 방비도 철저하게 해야 하지 않겠소?"

이련이 고계에게 다짐을 주듯 물었다.

"전하, 너무 염려치 마시옵소서. 군사들을 시켜 성 밖에서 들어오는 낯선 자들의 동태를 파악하고 있사오니, 그들의 일거수일투족은 우리의 감시망에 걸려들 수밖에 없사옵니다. 그보다는 저들이 우선 전하부터 노릴 것이오니, 날랜 군사들을 동궁전 주변에 더 배치해 두도록 하겠사옵니다."

"우선 대왕 폐하의 안전을 철저하게 보호해야 할 것이오."

고계의 말에 이련이 다시금 다짐을 주었다.

"물론입니다. 폐하 주변에도 무술이 뛰어난 군사들을 배치하여 단단히 방비토록 하겠사옵니다."

밀담을 끝낸 고계와 고연제는 아무도 모르게 동궁전을 빠져나와 각자의 처소로 돌아갔다.

망명

1

국상 연소불의 집사 관수가 급히 밀서를 갖고 책성으로 달려왔다. 동부욕살 하대곤은 국상의 밀서를 몇 번씩이나 반복해서 읽었다.

하대곤은 입술을 지그시 깨물며 한동안 천장을 노려보고 있었다. 그가 언제나 마음속의 주군으로 모셨던 왕제 무의 얼굴이 떠올랐다.

'주군! 지금 어디 계시옵니까? 살아 계시옵니까?'

하대곤의 얼굴에선 어느 사이 노기가 싹 가시고 슬픔이 어리는 듯하더니 이내 눈동자에 이슬까지 맺혔다. 왕제 무에 대한 그리움이 한꺼번에 몰려왔던 것이다. 그 어른거리는 눈물 위로 해평의 얼굴이 자연스럽게 겹쳐졌다.

'이제 때가 왔다. 내 반드시 대왕 구부를 몰아내고 작은 주군을 그 자리에 세우고 말리라. 고구려 왕위가 지금의 이련에게로 이어지는 것은 용납할 수 없는 일이다. 내 어찌 시퍼렇게 두 눈을 뜨고 그 꼴을 두고 보란 말이냐?'

하대곤은 잠시 감상에 젖어 감고 있던 눈을 번쩍 뜨고 관수에게 물었다.

"국내성의 1만 군사가 진정 서북 변경으로 떠났단 말인가?"

"예, 장군! 제 눈으로 똑똑히 목격했습니다. 첩자까지 붙여 며칠간 그 뒤를 밟게 했는데, 그자가 돌아와서 하는 말에 의하면 며칠째 국내성 군사들이 서북 변경을 향해 계속 진군해 가고 있었다 합니다. 아마도 지금으로부터 열흘 후쯤에는 서북 변경에 도착할 것으로 사료됩니다."

"틀림없는 사실이렷다?"

하대곤은 관수에게 몇 번씩 확인을 거듭한 후에야 국내성 1만의 군사가 서북 변경으로 빠져나간 사실을 믿게 되었다.

"장군께서 명령만 내리시면 연나부 조의선인들도 곧 산속 도장에서 하산할 것입니다. 서너 명씩 조를 짜서 행상 차림으로 변장하고 국내성에 잠입할 계획입니다. 국상께서는 기밀을 요하는 일이므로 더 이상 시일을 지체하면 저 계루부 세력이 눈치챌 염려가 있다고, 어서 빨리 장군께서 결단해 주시기만 기다리고 계십니다."

"조의선인들에게는 비밀리에 국내성에 잠입해 있다가 우리 동부 군사가 국내성에 이르렀을 때 행동을 개시하라고 이르게. 지금이 보름이니 그믐쯤이 좋을 거야. 별도의 기별이 가겠지만, 그때를 기하여 성안 곳곳에 불을 질러 국내성을 지키는 군사들을 교란시켜 놓아야 하네. 그 불길을 신호로 우리 동부 군사가 국내성을 들이칠 것이네. 따로 서찰은 필요 없고, 국상께는 구두로 그렇게 전하도록 하게."

하대곤은 만약 서찰을 써줄 경우 그것이 도중에 계루부 세력의 손에 들어갈 우려가 있다고 생각했던 것이다. 그만큼 그는 이번 거사에 신중을 기했다.

국상의 집사 관수가 다시 국내성으로 돌아가고 나서, 곧 하대곤은 해평으로 하여금 동부 군사들의 훈련을 더욱 강화하고 군 체제를 재정비하라 일렀다. 그믐이 가까워질 때까지 철저히 기밀을 유지하면서 해평에게조차 출병 날짜를 알리지 않았다.

해평도 출병 날짜가 가까운 것을 어렴풋이 알고 있는 눈치였지만, 단단히 준비만 하고 있을 뿐 애써 묻지 않았다. 그만큼 기밀을 요하는 사항임을 그 역시 잘 알고 있었기 때문이다.

그 무렵 해평의 무술사범 우적은 큰 고민에 싸여 있었다. 부여 땅 어느 깊은 산속에서 도를 닦고 있을 스승 무명선사를 떠올릴 때마다 약속을 제대로 지키지 못하고 있다는 자책감 때문에 몹시 괴롭기만 했다. 그가 하산할 때 스승은 아들 해평이 혹시 하대곤의 말만 듣고 반역을 일으킬지 모르니 사전에 막아 달라고 신신당부를 했다. 뒤늦게 스승은 아들을 하대곤에게 보낸 것을 크게 후회하고 있었던 것이다.

명색은 당시 대사자 우신이 동부로 우적을 보낸 것처럼 되어 있지만, 사실 그는 스스로 원해서 책성을 찾아왔던 것이다. 처음부터 우신의 저택에서 식객 생활을 하지 않고 곧바로 동부로 갈 수도 있었으나, 그는 의심 많은 하대곤이 눈치를 채지 못하도록 하기 위해 믿을 만한 소개장을 써줄 인물을 찾고 있었다. 그런 연유로 찾은 인물이 종친인 대사자 우신이었다. 그렇게 우신의 식객으로 머물 때 우적은 그 집 외동딸 소진에게 검술을 가르쳐주었던 것이다.

그런데 때마침 하대곤과 우신이 새롭게 연락하고 있는 것을 눈치로 알고, 우적은 스스로 동부에 밀사로 가기를 자청했다. 동부의 거성인 책성에 입성한 후 그는 해평의 무술사범이 되어 스승의 부탁을 실천하기 위해 부단한 노력을 기울여 왔다. 그러나 원래 해평은 강한 고집에 공격적인 성격을 갖고 있어서 그의 말을 잘 듣지 않았다.

인간의 타고난 성격은 고치기 어려운 법이었다. 그래도 우적은 해평에게 공격보다는 후퇴를, 살인검보다는 활인검의 방법을 가르치려고 절치부심하며 노력을 게을리하지 않았다. 하지만 해평은 사사건건 그런 가르침에 대해 불만을 토로하는 것이었다.

"훌륭한 장수는 적이든 아군이든 살상을 적게 하고 싸움에서 이기는 것을 상책으로 여긴다. 따라서 전장에서 공격은 반드시 아군의 피해가 적으면서 크게 이길 수 있는 전략이 설 때 가능한 것이고, 만약에 아군의 피해가 크다고 느껴지면 그 즉시 후퇴해서 사상자를 적게 내야만 한다. 물론 어떤 일이 일어날지 분간하기 어려운 전장에서는 어쩔 수 없는 경우가 발생하기 마련이지만, 지혜로운 장수는 그런 경우까지 미리 계산해서 군사의 피해를 줄인다."

우적이 이렇게 설명해도 해평은 전쟁에 출전할 때마다 자신의 고집대로 작전을 펴서 많은 사상자를 내곤 했다.

최근 들어 동부 군사들의 움직임을 예의 주시하고 있던 우적은 곧 닥쳐올 고구려의 우환을 점치고 있었다. 이제 막을 수 없는 단계까지 왔다고 생각했을 때, 그는 해평과 함께 단둘이서 말을 타고 동쪽 바다를 향해 달렸다.

해평이 물었다.

"사부님, 대체 어디로 가시는 것입니까?"

"갑자기 바다가 보고 싶구나."

우적은 말을 달리며 해평을 향해 소리쳤다.

동쪽 바닷가 둔덕에 이르렀을 때, 우적은 문득 말을 세웠다. 해평도 말을 세우고 심호흡을 했다. 한여름의 찌는 듯한 날씨라 온몸이 땀으로 후줄근하게 젖었지만, 상쾌한 바닷바람을 맞으면서 몸은 물론 마음까지 시원해지는 느낌이 들었다.

"이곳은 숙신 땅에 속하지 않습니까?"

"맞다. 고구려와 국경을 맞대고 있는 곳이지. 숙신의 종족들은 산과 바다에서 먹을 것을 취하지. 산에는 각종 짐승을 잡아 고기는 먹고 가죽은 말려 팔기도 하는 산척들이 있지만, 이곳에서는 바다에 배를 띄워 물고기를 잡는 어부들도 많이 살고 있다. 예전에 내가 부여 땅에서 숙신의 한 어부를 만난 일이 있다. 그땐 숙신이 부여의 지배를 받고 있었지. 자, 저 물결을 보아라. 그 숙신 출신 어부가 이런 말을 하더구나. 해류는 일정한 규칙을 가지고 흐르는데, 어선을 띄우고 나서 노를 젓지 않고 가만히 놔두어도 물결을 따라 흘러간다고 한다. 여기에서 배를 띄우면 어디로 갈 것 같으냐?"

우적은 의미심장한 눈빛으로 해평을 바라보았다.

"먼 바다로 가겠지요."

"먼 바다 저편에 큰 섬이 있다. 왜국이지. 숙신 출신 어부의 말이 고기잡이를 하다 풍랑을 만나 해류에 떠내려갔는데, 배가 좌초된 곳이 왜국 땅이었다고 하더군. 당시 그 어부는 왜구의 포로가 되었다가 용케 풀려나 다시 숙신으로 돌아왔다고 말하더라."

"왜구들이 사는 섬나라 말인가요?"

"그렇다. 언젠가는 우리 고구려가 저들의 섬까지 쳐들어가 왜구들을 다스려야 한다. 그래야만 더 이상 저들이 바다를 건너와 우리 고구려 백성들을 괴롭히지 못할 것 아니냐?"

우적의 말에 해평은 가만히 입을 다물고 있었다. 왜 스승이 자신에게 그런 이야기를 하는 것인지 마음속으로 가늠해 보고 있었던 것이다. 도무지 짐작이 가지 않았지만, 고구려 백성을 위하여 장차 왜구를 지배해야 한다는 말만은 맞는 것 같았다. 왜구들은 시시때때로 배를 타고 뭍으로 올라와 고구려 마을을 공격해 약탈을 일삼곤 했다. 동해와 서해 가리지 않고 쳐들어와 바닷가 마을을 쑥대밭으로 만들어놓곤 했던 것이다.

그날 책성으로 돌아온 해평은 마음이 바빴다. 늦은 밤에 하대곤이 긴밀히 의논할 게 있다면서 부른 것이었다.

"내일 밤 국내성으로 출병할 것이다. 준비는 다 돼 있겠지?"

하대곤이 가라앉은 목소리로 나직하게 말했다. 그러나 그 목소리에선 어떤 결기 같은 것이 느껴졌다.

"예! 명령만 내리시면 곧바로 출병할 수 있습니다."

해평도 굳게 결심이 선 눈빛으로 하대곤을 바라보았다.

"네 사부인 우적은 대동하지 않을 것이다."

"아니, 왜요?"

"아직까지도 믿음이 안 가는 인물이다. 해서, 여기에 소부와 함께 성을 지키는 책임을 맡길 것이다."

하대곤은 이미 집사이자 호위무사인 소부에게 책성을 굳건히 지키면서 은밀히 우적도 감시하라는 명을 내려두고 있었다.

"소자도 사부님의 생각을 도통 알 수 없으므로 아버님이 성을 지키십시오. 소자는 기마대 병력을, 소부는 보병을 이끌고 출전토록 하겠습니다."

"아니다. 내가 가야 제대로 일을 마무리할 수 있다. 성의 방비에 대해서는 크게 걱정하지 않아도 된다. 부여나 숙신은 이미 우리가 수차례 금덩이를 보내 변방 장수들을 다독거려 놓았으니 안심해도 될 것이다."

드디어 다음 날 밤에 책성의 군사들은 국내성을 향해 출동했다. 무려 1만의 병력이 진군하기 때문에, 자칫하면 그들의 움직임이 사전에 발각될 수도 있었다. 그래서 주로 인가가 없는 산길로 가되, 밤에만 신속히 이동했다. 사흘 후 자정 무렵까지는 국내성 동문 근처에 이를 수 있도록 진군 속도를 최대한 높였다.

칠월 그믐, 캄캄한 칠흑의 밤이 무르익어 가고 있었다. 한낮의 찌는 듯한 더위는 밤까지 이어졌고, 소리를 최대한 죽이기 위해 모두 입에 하무를 문 동부의 군사들은 어둠 속에서 더운 입김만 불어대고 있었다. 하늘에 먹구름까지 끼어 고온다습한 기후가 군사들의 숨통을 턱턱 막았던 것이다.

하대곤은 국내성 동문 인근의 둔덕 숲에 군사들을 숨긴 채 신호가 오르기만을 기다리고 있었다. 책성을 떠날 때 그는 미리 첩자를 국상 연소불에게 보냈다. 전에 관수를 통해 구두로 지시를 내렸지만, 다시 첩자에게 일러 그믐밤 자정 무렵 미리 잠입한 연나부 조의선인 출신 무사들로 하여금 성내 곳곳에 불을 지르도록 했다. 그 불길을 신호로 동부 군사들도 국내성을 들이칠 작정이었다.

국내성 인근에는 숲이 많았다. 캄캄한 숲속에서 뻐꾸기가 울었다. 아무 소리도 들리지 않는 것보다, 적요한 가운데 간헐적으로 우는 뻐꾸기 소리가 오히려 숨 막히는 공기를 더욱 팽팽한 긴장감으로 조장하고 있는 것만 같았다.

이때 국내성 동문 밖 둔덕에 동부 군사들과 함께 엎드려 있던 하대곤과 해평은, 안개비까지 내려 잔뜩 습기를 머금은 후텁지근한 더위를 견디기 힘들었다. 그래서 가끔 들려오는 뻐꾸기 소리에도 가슴이 벌렁거렸다. 초조하다는 증거였다. 국내성 안에서 불길이 솟아올라야 할 텐데, 아무리 기다려도 소식이 없자 뭔가 잘못되어 가고 있는 것 같은 느낌조차 드는 것이었다.

"아버님, 연나부 조의선인들과 연락이 잘 되지 않은 것 아닐까요?"

조바심이 난 해평이 하대곤에게 속삭이듯 말했다.

"그렇진 않을 거다. 좀 더 기다려 보자."

하대곤은 하늘을 쳐다보았다. 별이 보이지 않았다. 낮부터 몰려들던 구름이 하늘에 두꺼운 층의 장막을 드리워. 그믐밤은 더더욱 칠흑처럼 어두웠다. 낮에 뜨겁게 달구어진 지열까지 구름층을 뚫지 못해 습기 가득한 공기가 다시 땅으로 내려오면서 후텁지근한 열기를 뿜어댔다.

바로 그때였다.

국내성 곳곳에서 드디어 불길이 치솟기 시작했다. 갑자기 성안이 환하게 밝아지면서 군사들이 지르는 함성이 동문 밖 둔덕까지 들려왔다. 아니, 그것은 함성이 아니라 국내성을 지키던 군사들이 갑자기 일어난 불을 끄기 위해 갈팡질팡하며 아우성치는 소리였다.

"군사들은 곧바로 국내성을 향해 총공격하라!"

하대곤이 어둠 속에서 몸을 벌떡 일으키며 소리쳤다.

"우리 기마대가 먼저 공격한다! 성에 닿으면 즉시 쇠갈고리를 걸어 성벽을 넘어라!"

해평도 칼을 빼어들고 말 위에서 기마대를 향해 외쳤다.

어둠 속에서 말 울음소리가 길게 울리며, 해평이 이끄는 기마대가 국내성을 향해 진격해 들어갔다. 그 뒤를 이어 하대곤의 지휘를 받으며 동부의 보병들이 출격했다. 모든 군사들은 투구에 흰 끈을 묶어 어둠 속에서도 피아를 구분할 수 있도록 했다.

2

국내성 동문 밖 둔덕에서 성벽까지는 불과 두 마장 거리밖에 안 되었다. 해평은 기마대를 끌고 앞장서서 말을 달려 가장 먼저 성벽 앞에 도착했다.

"모두들 말 등을 밟고 올라가 성벽을 뛰어넘어라!"

해평이 소리치며 시범을 보이기라도 하듯, 자신이 타고 온 말의 안장 위로 올라가 가볍게 쇠갈고리를 걸고 성벽에 매달렸다. 그를 따라온 기마병들도 같은 방법으로 성벽을 뛰어넘기 시작했다.

그런데 바로 그때였다. 국내성 동문 밖의 좌우측 갈대와 밀림 속에서 함성이 일어나더니 일군의 군사들이 쏟아져 나왔다. 강가에 있는 갈대는 키를 넘었고, 그 반대쪽 잡목 숲은 녹음이 짙어 군사들을 숨기기에 좋았다. 이 두 곳에서 쏟아져 나온 군사들은 바로 보름 전에 국내성을 떠나 서북 변경으로 성을 쌓으러 간다면서 비밀리에 환도성으로 들어갔던 8천 병력이었다.

태대형 고계는 첩자를 동부로 보내 책성 군사의 움직임을 수시로 보고토록 했다. 그리고 드디어 책성의 군사들이 국내성을 향해 진군하기 시작했다는 보고를 받고 곧바로 환도성에 대기하고 있던 고연제로 하여금 휘하 군사들을 비밀리에 이동시키라고 명했다. 이렇게 8천의 군사는 동문 밖 길목 좌우에 각기 4천씩 나누어 잠복한 채 밤을 지새우며 기다리고 있었던 것이다.

고연제는 동부군을 이끄는 해평의 선봉이 성벽을 타고 넘을 때까지 기다렸다가 그 허리를 끊었다. 갑자기 국내성 동문 좌우에서 군사들이 달려들자, 하대곤이 이끌던 중군의 보병들은 당황하여 어찌할 줄 몰랐다. 좌우에서 몰려나온 국내성 군사들에 의해 동부 군사들은 졸지에 두 갈래로 나뉘어졌다. 무려 1만이 넘는 군사지만 허리가 두 동강이 나자 앞뒤 분간을 못하고 갈팡질팡하기 시작했다.

"투구에 흰 띠를 두른 자들이 반군들이다. 사정 두지 말고 제압하라."

고연제가 소리쳤다.

이렇게 되자 성벽 가까이 접근해 있던 앞쪽의 동부 군사들은 겁을 잔뜩 집어먹고 쫓기듯 성벽을 뛰어넘었다. 그러나 허리가 잘려 진로가 막혀버린 뒤쪽의 동부 군사들은 아예 흰 띠를 풀어버리고 도망치는 자가 속출했다.

"도망치는 자는 이 칼이 용서치 않겠다! 총돌격하라!"

전혀 예상치 못한 복병을 만나 크게 당황한 하대곤은 앞서 성벽을 뛰어넘은 해평과 그가 이끄는 기마대가 걱정되어 보병에게 후퇴 명령을 내릴 수가 없었다. 수단은 오직 하나, 어둠 속에서 육박전을 감행할 수밖에 없었다.

하늘에 잔뜩 먹구름이 끼어 가까운 곳에서도 피아를 분간하기 어려운 데다, 갑자기 동문 좌우측에서 나타난 국내성 군사들의 전력 파악도 쉽지 않았다. 양군은 서로 누가 누군지 분간도 잘 안 되는 가운데, 자신을 공격하는 쪽은 무조건 적이라 생각하고 마구 창칼을 휘둘렀다. 여기저기서 비명소리가 요란했으며, 그런 아비규환 속에서 사상자가 속출했다.

'아아, 먼저 성벽을 뛰어넘은 주군이 걱정이구나!'

하대곤은 마음속으로 부르짖었다.

기선을 제압한 쪽은 국내성 중앙군을 이끄는 고연제의 군사들이었다. 당혹감을 느낀 동부 반군은 겁에 질려 육박전을 하다 말고 도망치기에 바빴다. 하대곤이 뒤에서 군사들을 밀어붙이며 호통을 쳐댔기 때문에, 앞에서 싸우던 반군은 갈대숲으로 몸을 숨겨 배밀이를 하듯 기어서 강물로 뛰어들었다. 캄캄한 그믐밤이라 전후좌우 구분이 안 가 강물로 뛰어든 반군들 중 상당수는 익사하고 말았다.

한번 밀리기 시작하면 대책 없는 것이 육박전이었다. 기세에서 밀린 동부 반군은 등을 돌려 도망치다 공격하는 반군과 격돌하여 피아를 구분하지 못하고 저희들끼리 싸우다 죽는 자가 태반이었다. 그도 그럴 것이 도망치는 반군은 머리에 두른 흰 띠를 벗어버렸으므로, 하대곤의 명령을 받고 무조건 앞으로 돌격하던 동부 반군들은 마주 달려오는 아군을 국내성 중앙군으로 오인할 수밖에 없었던 것이다.

"모두 후퇴하라!"

뒤늦게 위급한 사태임을 파악한 하대곤은 결국 징을 울려 동부군에게 후퇴 명령을 내렸다. 하대곤은 어둠을 헤치며 무조건 말을 달려 국내성에서 점점 멀어져 가면서도, 먼저 성벽을 뛰어넘어 성안으로 들어간 해평이 걱정되어 안절부절못하고 있었다.

'아아, 주군을 살려야 하는데! 부디 무탈하길 빕니다.'

후퇴를 하면서도 하대곤의 마음은 국내성으로 달려가고 있었다. 오직 믿을 것은 해평의 무술 실력밖에 없으므로, 부디 살아서 책성으로 돌아오기만을 빌 뿐이었다.

왕태제 이련과 동궁빈 하씨는 잠을 자는 척하고 누워 있다가 함성 소리가 들리자 반사적으로 머리맡에 둔 칼부터 잡았다.

"우리가 짐작하고 있던 대로 하대곤과 해평이 반란을 일으켰소. 지금 동부 군사들이 국내성을 공격하는 게 틀림없소."

이련이 급히 갑옷을 걸쳐 입으며 말했다.

"이를 어쩌죠? 우리 담덕이는? 간밤에 아들 꿈을 꾸었어요. 담덕이가 맹수에게 쫓겨 숲속을 헤매고 있는 꿈이었어요."

동궁빈의 당황한 얼굴을 보며 이련은 문밖으로 뛰쳐나가려고 하다 멈칫하고 뒤를 돌아보았다.

"담덕이는 괜찮을 거요. 놈들이 하가촌까지 신경을 쓰지는 못하겠지. 더구나 하가촌 도장에는 을두미 사부도 계시고, 유청하 사범이 우리 담덕이를 호위하고 있질 않소?"

"그렇지만 만약을 알 수 없잖아요."

어느새 동궁빈도 갑옷을 입은 후 칼을 들고 따라나섰다.

"이미 예상하고 있던 일로 철저하게 대비를 해두었으니, 빈께서는 굳이 나설 필요 없을 거요. 잠시 몸을 피해 있으면 역도들을 일망타진할 수 있을 테니 아무 걱정 마시오."

"신첩도 전하를 호위하겠어요."

동궁빈은 해평의 무술 실력을 잘 알고 있었다. 왕태제를 보호할 호위무사들이 많지만, 만약을 대비하여 자신이 옆에 꼭 붙어 있어야겠다고 생각한 것이었다.

"허헛. 참! 나도 이젠 이 한 몸 앞가림할 정도의 실력은 되니, 크게 염려하지 않아도 됩니다."

이련은 여유 있게 웃었다.

"아무래도 담덕이 걱정돼서 그래요. 호위무사 중 하나를 하가촌 도장에 급파해 해평의 반란 소식을 알리는 게 좋겠어요."

"만약을 대비해 그렇게 합시다."

이련이 막 동궁전 뜰로 나설 때 호위무사 정호가 졸개들을 이끌고 달려왔다. 그는 곧 호위무사 중 말을 잘 타는 자를 뽑아 하가촌 도장으로 급파하기로 했다.

"잠깐!"

호위무사가 하가촌 도장으로 막 떠나려고 할 때, 동궁빈이 그를 불러 세웠다.

"무슨 하명하실 말씀이라도……?"

"하가촌 도장은 압록강 중류 강가에 있다. 강을 건너면 바로 개마고원 말갈부락으로 가는 길이니, 담덕을 우선 그곳으로 피신시키라 이르도록 하라."

이 같은 동궁빈의 명을 받고 호위무사는 곧 그 자리를 떠났다. 그는 국내성 동문이 동부 군사들의 침입으로 혼란스러운 걸 알고, 일단 남문 쪽으로 말을 달려 성을 빠져나갔다. 그곳에서 강변길을 타고 동쪽으로 곧장 달리면 다음 날 중참 때쯤이면 하가촌 도장에 도달할 수 있을 것이었다.

한편, 국내성 성벽을 타고 넘은 해평은 졸개들을 이끌고 동문 쪽으로 달려갔다. 빨리 동문을 열어야만 하대곤이 진두지휘하는 동부 군사들을 성안으로 곧장 끌어들일 수 있기 때문이었다. 그러나 미리 준비를 철저히 하고 있던 국내성 군사들은 두 겹 세 겹으로 철저하게 동문을 지키고 있었다. 해평 일행은 동문 근처도 가보지 못한 채 국내성 군사들과 대치해 일대 격전을 벌였다.

태대형 고계도 동문 근처에 있다가 해평의 무리들을 맞았다.

"횃불을 밝혀라. 역도들은 투구에 흰 띠를 두르고 있다. 그런 놈들은 한 놈도 살려두지 말고 가차 없이 베어라."

고계가 벼락같이 외치자, 국내성 군사들은 일제히 준비해 두었던 횃불을 밝혔다. 주위가 환해지면서 해평 일행은 졸지에 두세 겹으로 포위를 당하고 말았다.

"포위망을 뚫어라!"

해평은 앞장서서 칼을 휘두르며 동문 쪽으로 접근하다 고계의 목소리가 들리자 이미 기밀이 새어나갔음을 깨달았다. 성 밖에서도 군사들의 함성이 들려오는 것을 보면 동부 군사와 국내성 군사 사이에 일대 접전이 벌어지고 있음이 분명했다. 생각이 거기까지 미치자 그는 일단 이 위기에서 벗어나는 길이 급선무임을 깨달았다. 그는 무작정 칼을 휘두르며 포위망을 뚫기에 바빴다.

"역도 수괴 해평은 꼼짝 마라. 이미 성 밖의 반군들도 우리 국내성 군사들에게 모조리 도륙당했다. 순순히 항복하는 것이 좋을 것이다."

횃불에 드러난 반군들 속에서 해평의 모습을 발견한 고계가 소리쳤다.

그러나 해평은 고계의 소리에 귀를 기울일 틈도 없었다. 눈

앞에 어른거리는 횃불을 든 국내성 군사들 서넛을 순식간에 쓰러뜨린 그는 재빠르게 어둠 속으로 모습을 감추었다.

'이대로 포기할 순 없다. 미리 국내성에 잠입했다는 연나부 조의선인들은 대체 무엇을 하고 있는 것인가? 그들을 만나 세력을 규합하면 아직도 늦지 않았다.'

해평은 궁궐을 향해 달려가며 마음속으로 외쳤다. 뒤돌아보니 국내성 군사들의 포위망에서 벗어나 그를 따르는 졸개들이 기십 명은 되었다. 그리고 산발적으로 국내성 곳곳에서도 동부 군사들이 흩어져 분투하고 있는 모습이 어둠 속에서 어렴풋이 보였다. 칠흑의 밤이라 피아의 구분이 어렵기 때문에, 싸움은 혼전 양상으로 흘러 아직 승패를 가늠할 수 없는 상황이었다.

어렵게 포위망에서 벗어난 해평 일행은 마침내 국내성 궁궐 담을 뛰어넘었다.

"지금 대왕 구부는 중환을 앓는 병자이므로 그대로 방치해 둬도 머지않아 죽을 목숨이다. 우리의 목표는 왕태제 이련이다. 동궁전으로 가자."

해평은 뒤따르는 졸개들을 향해 외쳤다.

이때 낮게 가라앉은 먹구름 속에서 번개와 천둥이 치더니 갑자기 폭우가 쏟아지기 시작했다. 연나부 조의선인들이 민가에 놓은 불이 하늘 높이 타오르며 주변을 환하게 밝히더니, 폭우가 쏟아지면서 순식간에 불길이 잦아들고 말았다. 국내성 군사들이 밝히던 횃불들도 폭우 속에선 속수무책이었다.

폭우가 쏟아지면서 주변이 짙은 어둠으로 변하자, 해평은 국내성 군사들의 추격을 따돌릴 수 있어 불행 중 다행이라 생각했다. 어둠 속에서 피아간에 쫓고 쫓기는 발자국 소리와 함성만 요란하게 들려왔다.

마침내 동궁전에 이르러 해평 일행은 왕태제 이련을 호위하는 무사들과 맞닥뜨렸다.

"이제 모든 것이 끝났다. 해평은 순순히 무릎을 꿇고 항복하라."

이련이 호위무사들 뒤편에서 해평을 향해 외쳤다.

"이련이로구나! 마침 잘 만났다. 그렇지 않아도 이 해평이 진작부터 너를 벼르고 있었다."

해평도 지지 않고 어둠 저쪽을 향해 소리쳤다. 폭우 때문에 앞을 분간하기 쉽지 않았지만, 어둠 속에서 희미하게 움직이는 그림자와 질퍽대는 발자국 소리로 상대의 움직임을 간파할 수 있었다. 간혹 번개가 칠 때면 대낮처럼 밝게 동궁전 앞마당을 비춰 피아를 구분하기 어렵지 않았다.

싸움은 어지럽게 한 덩어리로 얽혔다. 번갯불은 순간에 불과했고 그 이후 어둠은 더욱 깊었으므로, 눈보다 귀로 상대의 움직임을 파악해 칼을 휘둘러야만 했다. 감각만으로 적을 향해 칼을 휘두르다 보니 피아의 구분보다 먼저 자기를 보호하기 위해서라도 달려드는 상대를 찔러야만 했다.

이처럼 어지러운 싸움판에서도 해평은 칼을 사정없이 휘두르며 왕태제 이련을 찾아 호위무사들의 벽을 뚫고 앞으로 나갔다. 때마침 다시 번개가 칠 때 그는 상대를 발견했다.

"이련은 꼼짝 말아라! 내 칼이 너를 기다리며 운 지 오래다."

해평은 호위무사 두세 명을 순식간에 쓰러뜨린 후 이련을 향해 칼을 겨눴다.

"네가 해평이냐? 오래전부터 너와 한판 겨루고 싶었다."

이련도 해평의 칼을 비껴 막으며 외쳤다.

어둠 속에서 칼과 칼의 부딪치는 소리가 요란한 가운데, 두 사람의 몸놀림은 바람처럼 빨랐다. 몇 번의 공방이 오고 간 끝에 해평의 공격에 점차 이련이 밀리기 시작했다. 뒤로 주춤거리며 밀려날 때, 어디선가 검은 그림자가 두 사람 사이로 뛰어들었다. 동궁빈 하씨였다.

"이게 누구야? 연화 아니냐?"

해평이 동궁빈의 칼을 막아내며 흰 이를 드러내고 씨익, 웃었다.

"해평 오라버니! 어쩌다 역도가 되셨소? 하늘 무서운 줄 아세요."

동궁빈이 침착하게 말했다.

"무엄하다, 이놈! 왕태제 전하와 동궁빈 전하를 손끝 하나 건

드렸다간 목숨을 부지하기 어려울 것이다."

동궁전 앞마당을 동분서주하며 역도들을 상대로 싸우던 이련의 호위무사 정호가 그 사이로 끼어들었다.

"네놈은 또 누구냐?"

해평은 졸지에 세 사람에게 둘러싸이고 말았다.

"그건 알 필요 없고 내 칼부터 받아라."

정호는 해평을 향해 칼을 뻗었다.

상대의 칼을 옆으로 슬쩍 피하면서 동궁전 앞마당을 살펴본 해평은 방금까지 대등하던 싸움의 형세가 어느새 동부 군사들에게 불리하게 기울고 있음을 간파했다. 자신의 뒤를 따르던 동부 군사들이 거의 제거되고 불과 몇 명만 살아남아 분전하고 있었던 것이다. 그런 데다 그가 아무리 날랜 칼솜씨를 자랑한다 하더라도 세 사람을 상대로 싸우기에는 너무 버거웠다.

바로 그때였다. 어둠 저쪽에서 한 무리의 검은 제복을 입은 무사들이 달려오고 있었다.

"해평 장군! 어디 계시오?"

이렇게 외치며 마침내 동궁전 앞마당을 향해 짓쳐들어온 것은 연나부 조의선인의 우두머리 연정균이었다.

"나 여기 있소. 내가 해평이오."

해평은 열심히 세 사람의 칼을 막아내며 뒤돌아볼 새도 없이 소리쳤다.

"해평 장군! 살아 계시니 천만다행이오."

연정균은 해평의 앞을 가로막으며 세 사람을 향해 뛰어들었다.

"지금 상황이 어떠하오?"

서로 등을 기댄 상태에서 상대와 겨루며 해평이 연정균에게 물었다.

"일단 이 자리를 피하고 봐야 합니다. 곧 국내성 군사들이 이곳으로 몰려올 것입니다."

연정균의 말이 채 끝나기도 전에, 연나부 조의선인 무사들이 나타났던 쪽에서 큰 함성과 함께 수많은 군사들이 칼과 창을 번쩍이며 달려왔다. 고계가 이끄는 국내성 군사들이었다.

"쳇! 아쉽지만 어쩔 수 없게 됐군!"

해평은 입으로는 그렇게 말하면서도 여전히 칼로는 세 사람을 상대하고 있었다. 이때를 틈타 연정균은 퇴로를 확보했고, 해평이 그 뒤를 따르자 연나부 조의선인들도 그들을 쫓는 국내성 군사들과 교전을 벌이면서 후퇴해 궁궐 담을 뛰어넘었다.

폭풍우가 계속되는 가운데 그날 밤새도록 교전이 있었고, 새벽이 희읍하게 밝아올 무렵에야 미처 국내성을 빠져나가지 못한 동부 군사들은 모두 제압되었다. 성안에 들어온 동부 군사들 중 죽거나 부상당해 포로가 된 자가 1천이 넘었고, 나머지 병력은 다시 성벽을 뛰어넘어 어디론가 뿔뿔이 흩어져 제각기 달아났다.

3

동궁빈이 하가촌 도장으로 보낸 호위무사는 국내성 남문을 벗어난 지 얼마 지나지 않아 폭우를 만났다. 그는 폭우 속에서도 전속력으로 말을 달렸다. 비는 새벽 동이 틀 무렵쯤 되어서야 그쳤다. 그는 압록강 강변을 따라 쉬지 않고 말을 달려 정오가 가까워서야 하가촌 무술도장에 도착했다.

밤새 비를 맞고 달린 말은 곧 쓰러질 듯 입과 코로 더운 김을 훅훅 뿜어대고 있었다. 호위무사 역시 말에서 내려 쓰러질 듯 비칠거리며 을두미 앞까지 겨우 와서 엎어졌다.

"무슨 일인가?"

을두미는 호위무사의 표정을 보고 금세 국내성에 무슨 변란이 일어났음을 직감했다.

"동부욕살 하대곤과 그 아들 해평이 반란을 일으켰습니다. 간밤에 그들은 동부 군사를 이끌고 와서 국내성을 들이쳤습니다. 그래서 왕태제 전하와 동궁빈 전하께서 담덕 공자를 염려해 저를 급히 이곳으로 보낸 것입니다."

호무위사는 숨을 헐떡거리면서도 말은 조리 있게 전했다.

"허면 국내성은 어찌 되었는가? 대왕 폐하의 안위는 어찌 되

있는가? 왕태제 전하와 동궁빈 전하는 어찌하고 계신가?"

을두미는 다급하게 궁금한 것을 거듭 물었다.

"명령을 받자마자 궁궐을 벗어나 달려오는 길이라, 국내성 안의 사정은 전혀 모릅니다."

"허허, 사태가 매우 위급한 모양이로군!"

을두미는 곁에서 심부름을 하는 동자에게 담덕과 그를 호위하는 무사들을 모두 불러오게 했다.

"동궁빈 전하께오서 담덕 공자님을 압록강 건너 개마고원 말 갈부락으로 피신시키라 하셨습니다."

"흐음!"

호위무사의 말에 을두미의 안색이 금세 어두워졌다.

"그렇게 상황이 좋지 않단 말인가?"

"상황이 안 좋은 것이 아니라, 이미 국내성에서는 동부 군사들의 반란을 미리 감지하고 있었습니다. 사전에 그에 대한 대비를 철저하게 하고 있었으므로 쉽게 공략 당하지는 않을 것입니다. 그보다는, 만약을 모르니 미리 담덕 공자를 안전하게 모시라는 동궁빈 전하의 분부가 있었습니다."

국내성에서 달려온 호위무사가 말을 마치기 바쁘게 담덕과 마동이 달려왔고, 뒤미처 유청하와 그가 거느린 호위무사들이 급히 들이닥쳤다.

"사부님, 무슨 일이십니까?"

목소리가 변성기에 들어선 담덕은 그사이에 키가 훌쩍 커서 이미 골격이 다 성장한 어른에 가까웠다. 아직 해맑은 얼굴과 목소리만 소년티를 벗지 못해 앳되어 보일 뿐이었다.

"공자님, 국내성에 동부의 반란군이 쳐들어왔습니다. 동궁빈 전하께서 사람을 보내 사태를 알려왔습니다. 만약을 모르니 공자님을 개마고원 말갈부락으로 피신시키라는 명이 있으셨습니다."

"궁궐에 반란이 일어났다구요?"

담덕은 놀란 입을 다물지 못했다.

이때 을두미는 마동과 유청하를 돌아보고 외쳤다.

"마동은 그리 알고 공자님을 모실 채비를 서둘러라. 그리고 유 사범은 이제부터 휘하 무사들을 이끌고 담덕 공자 곁을 지키며 철저히 호위토록 하시오. 단 한순간도 공자 곁을 떠나서는 아니 되오."

백발을 휘날리는 노인이지만 을두미의 눈빛은 갓 벼린 칼날처럼 시퍼렇게 살아 있었다. 유청하는 담덕의 호위무사 총책을 맡으면서 하가촌 도장의 무술사범까지 겸하고 있었다.

"사부님, 피신이라니요? 국내성이 위기에 처했는데 신하 된 도리로서 대왕 폐하의 안위를 위해 달려가야지요. 그리고 핏줄을 나눈 자식이 어서 달려가 위기에 처한 부모님을 도와야지 도피를 하다니요? 말갈부락으로는 안 갈 겁니다. 국내성으로 가겠으니 사부님께서 허락해 주십시오."

담덕의 말에 을두미는 잠시 미간을 모은 채 침묵을 지켰다. 들고 보니 담덕의 말에도 일리가 있었던 것이다.

한참 뜸을 들이던 끝에 마침내 을두미가 입을 열었다.

"공자님 말씀이 일견 옳은 것은 사실이나, 이번 사태는 그렇게 간단한 문제가 아닙니다. 국내성이 위급에 처했다면 공자님이 간다고 해서 쉽게 해결될 수 있는 사안도 아닙니다. 이는 고구려 왕실의 안위에 관계된 중대 사안으로, 동궁빈 전하께서 깊이 고민하신 끝에 공자님을 피신시키라 지시한 일이옵니다. 공자님은 고구려의 천손이십니다. 옥체를 보존하셔야 하옵니다. 삼강오륜으로 보면 당연히 자식 된 도리로 부모가 위급에 처했을 때 목숨을 걸고 달려가 구해야 하겠지요. 그러나 천손은 사람의 자식이기 이전에 하느님의 자손입니다. 그러므로 일반 백성의 덕목인 삼강오륜이 아니라 하늘의 명에 따라야 하는 것이옵니다. 공자님을 안전한 곳으로 모시는 것은 바로 하느님의 명입니다. 그러니 어서 배를 타고 도강할 준비를 하십시오."

을두미는 담덕을 향해 허리를 굽히고 정중하게 천손에 대한 예를 올렸다. 그러더니 태도를 바꾸어 무서운 얼굴로 마동을 향해 소리쳤다.

"마동아, 뭘 꾸물거리고 있느냐? 어서 강가로 나가 배를 대거라."

마동은 은근슬쩍 담덕의 눈치부터 살폈다.

"그래도 나는 도망치지 않을 것입니다. 혼자서라도 국내성으로 달려가겠습니다."

담덕은 자신의 말을 끌어내기 위해 마구간으로 달려갔다.

"마동아! 어서 가서 담덕 공자를 말리지 않고 뭐하느냐?"

을두미가 수염까지 부들부들 떨며 호통을 치자, 그때서야 마동은 정신을 차리고 담덕의 뒤를 쫓아갔다.

담덕과 마동이 시야에서 사라지고 나서, 을두미는 유청하와 호위무사들을 돌아다보았다.

"강제로라도 담덕 공자를 배에 태워 강을 건너게 해야 하오. 그리 알고 모두들 서둘러 담덕 공자를 호위토록 하시오."

"예, 사부님! 자, 다들 담덕 공자를 모시러 가자."

유청하는 휘하 무사들을 데리고 을두미 곁을 떠나려다 말고 문득 궁금한 것이 있어 다시 뒤로 돌아섰다.

"왜 그러시오?"

을두미가 무서운 눈으로 물었다.

"사부님께선 어찌하려고 그러시는지요?"

"나는 도장의 장정들과 함께 역도들을 대적할 것이오. 지금 당장 서둘러야 하거늘, 유 사범은 뭘 그리 머뭇거리시오?"

을두미가 소리쳤다.

"사부님도 저희들과 함께 말갈부락으로 떠나셔야 하지 않겠습니까?"

"아니오. 나는 도장의 장정들을 하가촌의 종마장으로 보내야 하오. 역도들이 그곳으로도 들이닥칠지 모르지 않소? 우리 도장의 임무는 하 대인의 상단을 지키는 일이니, 마땅히 그리 해야지요. 그런 연후 나는 혼자서라도 이 도장을 지키고 있다가 국내성 사태가 일단락되면 곧바로 말갈부락으로 담덕 공자를 모시러 갈 것이오. 유 사범은 왕태제 전하와 동궁빈 전하가 특별히 담덕 공자의 호위를 맡겼으므로, 그 임무에 충실토록 하시오. 어서 서두르시오."

을두미는 그렇게 말해 놓고 나서, 국내성에서 온 호위무사를 바라보았다.

"동궁빈 전하께 전하실 말씀이라도 있으신지요?"

호위무사가 을두미를 바라보았다.

"담덕 공자는 분부하신 대로 안전하게 모실 것이니, 그리 전하게. 어서 빨리 떠나게."

을두미는 호위무사가 다시 말을 타고 도장을 떠나는 것을 본 후 그 자신도 서둘러 행동에 옮겨야 한다고 판단하고, 장정들이 무술훈련을 하는 곳으로 급히 발걸음을 옮겼다.

한편, 유청하는 휘하의 호위무사들을 이끌고 담덕과 마동이 간 마구간 쪽으로 달려갔다. 마구간 앞에서는 말을 탄 담덕과 고삐를 잡은 마동이 한창 실랑이를 벌이고 있었다.

"공자님, 사부님 말씀을 들으셔야 합니다. 어서 말에서 내려 배를 타러 가시지요."

"아니야, 난 국내성으로 가야 해! 말고삐를 당장 놓지 않으면 이 칼로 네 팔을 베어버리겠다!"

그래도 마동은 말고삐를 잡은 채 놓지 않았고, 담덕은 칼을 빼어들고 계속 엄포를 놓았다.

"공자님! 이러시면 안 됩니다. 어서 칼을 거두세요."

급히 달려온 유청하가 외쳤다.

"사범님도 내가 말갈부락으로 도망쳐야 한다고 생각하십니까?"

이번에는 담덕이 유청하에게 따지고 들었다.

"사부님 말씀이 하나도 그르지 않습니다. 이는 또한 국내성에 계신 동궁빈 전하의 명이십니다. 어서 말에서 내리십시오. 얘들아! 뭐하느냐? 어서 담덕 공자를 배로 모셔라."

유청하는 휘하의 호위무사들을 향해 외쳤다.

"예, 알겠습니다."

호위무사들은 곧 담덕에게로 달려들었다. 그들은 강제로라도 그를 말에서 끌어내리려고 했다.

이렇게 되자 담덕도 자신의 고집을 꺾고 빼었던 칼을 다시 칼집에 꽂았다. 호위무사들이 달려든다고 해서 칼로 그들을 벨 수는 없는 노릇이기 때문이었다.

"나를 강제로 끌어내릴 생각 마라."

담덕은 스스로 말에서 훌쩍 뛰어내렸다. 그러고 나서 그는 앞장서서 배가 매어져 있는 강가로 향했다. 담덕은 더 이상 버텨봤자 고구려 왕손으로서의 체면만 깎일 수 있다고 판단했던 것이다. 더구나 모친 동궁빈의 명이라고 유청하가 말하자, 그 명을 함부로 거역하기도 어렵다고 생각했다.

곧 담덕 일행은 강가의 선착장에 도착했다. 그러나 간밤에 내린 폭우로 물이 범람하는 바람에 도저히 배를 띄울 수가 없었다. 몇 번 배를 띄우려고 시도해 보았으나, 바윗덩어리도 떠내려갈 듯한 세찬 물결은 그것을 허락하지 않았다. 마음은 급한데 귀중한 시간만 흘러갈 뿐이었다.

"이거 큰일이로군!"

유청하는 낙심한 얼굴로 마동을 쳐다보았다. 그 눈빛은 이런 상황에서 어찌해 볼 다른 방도가 없느냐고 묻고 있었다.

그러나 마동에게도 뾰족한 대안이 떠오르지 않았다.

"거센 물살이 잔잔해질 때까지 기다리는 수밖에 없습니다. 이런 물살을 헤치고 배를 저어 나갔다간 모두가 물귀신이 되고 말 겁니다."

유청하도 마동의 말에 고개를 끄덕일 수밖에 없었다.

"오늘은 안 되겠다. 날이 저물기 전에 도장으로 돌아가자."

유청하 일행은 결국 도장으로 돌아왔다.

이때 을두미는 도장에서 무술을 배우는 장정들을 모두 하가촌 종마장으로 보내놓고 홀로 마당에 서서 국내성 쪽을 바라보고 있었다. 그는 손에 장검을 들고 언제 닥쳐올지 모를 사태에 대비하고 있었던 것이다.

"아직도 떠나지 않았다니, 대체 어찌 된 일이냐?"

을두미가 도장에 들어서는 마동을 보고 소리쳤다.

"사부님, 간밤에 내린 폭우로 강물이 범람해 배를 띄울 수가 없었습니다. 거센 물살에 휩쓸려 배가 전복될 위험이 큽니다. 내일은 되어야 물살이 좀 수그러들 것 같습니다."

마동이 대답했다.

"허허, 그렇다면 큰일이 아닌가?"

을두미가 막 말을 마쳤을 때였다. 국내성 방향에서 무술도장을 향해 급히 달려오는 말 한 필이 있었다. 도장 가까이 오는데 보니, 말 위에 탄 사람은 다름 아닌 국내성 사태를 알리기 위해 동궁빈 하씨가 보냈던 바로 그 호위무사였다.

"큰일 났습니다."

말에서 뛰어내리자마자 호위무사가 말했다.

"지금쯤은 국내성에 도착했을 줄 알았는데, 왜 다시 돌아왔는가?"

을두미가 당혹스러운 얼굴로 물었다.

"해평 무리가 이쪽으로 달려오고 있습니다. 담덕 공자를 어서 피신시켜야 합니다."

"무엇이? 국내성은 어찌 되었고?"

"국내성까지 가지도 못하고 도중에 해평 무리를 만났습니다. 그러니 국내성 사정을 알 사이도 없이 위급을 알리기 위해 이렇게 되돌아온 것입니다."

호위무사가 숨 고를 겨를도 없이, 그가 방금 달려온 쪽에서 한 떼의 말 탄 무리들이 나타났다. 그들은 전속력으로 하가촌 무술도장을 향해 달려오고 있었다.

"자, 모두들 해평의 무리들과 맞서 싸울 준비를 갖춰라!"

을두미가 외쳤다.

이미 유청하 일행은 담덕을 호위해 개마고원 말갈부락으로 가기 위해 완벽하게 무장하고 있었다. 담덕과 마동도 칼과 활, 수리검 등을 각자 갖추고 있었으므로 달리 준비할 것은 없었다.

곧 해평의 무리들이 도장으로 들이닥쳤다. 해평이 이끌고 온 병력은 갑옷으로 무장을 한 동부의 기마대와 검은 도복을 걸친 연나부의 조의선인들이었다. 어림잡아 기백은 될 듯싶었다.

순간 을두미는 긴장하지 않을 수 없었다. 도장의 무사들은 기십 명인데 해평의 무리 기백 명을 대적하기란 중과부적일 수밖에 없다는 생각이 들자, 그는 마동을 향해 다급하게 외쳤다.

"마동아! 우리가 싸우는 틈을 타서 너는 급히 담덕 공자를 모시고 강가로 달려가 무조건 배에 타거라."

"사부님, 아닙니다. 우리도 저들과 싸울 것입니다."

이렇게 외친 것은 마동이 아닌 담덕이었다.

"안 됩니다. 공자께선 어서 빨리 여기서 벗어나셔야 합니다."

을두미는 담덕을 마동에게로 떠밀고, 마주 오는 해평의 무리들을 향해 달려갔다. 하가촌 무술도장 일대에서는 곧 격전이 벌어졌다.

"국상 어른이 아니시오?"

마주 달려오는 을두미를 보고, 해평이 말 위에서 입술을 비틀며 웃었다.

"네 이놈! 오래전 청목령 전투에서 작전 명령을 위반했을 때 네놈의 목을 쳤어야 했는데…… 해평, 네가 감히 반역을 꿈꾸다니? 간이 배 밖으로 나온 놈이 아니더냐?"

을두미가 노령에도 불구하고 카랑카랑한 목소리로 호통을 쳤다.

"노인장, 목숨 아까우면 그만 항복을 하시지요. 국내성은 이미 우리 동부 군사들에 의해 접수되었고, 나는 지금 담덕의 목을 가지러 왔소이다."

해평은 천연덕스럽게 거짓말을 해댔다.

두 사람이 이렇게 말로 싸울 때 다른 무리들은 병장기로 찌르고 베고 내리치면서 한데 어우러져 싸웠다. 금세 도장 곳곳은 피바다를 이루었고, 누가 베고 누가 죽는지 분간하기도 어려웠다.

을두미는 죽기를 각오하고 해평에게로 달려들었다. 그는 해평이 타고 있는 말부터 베어버렸다. 껑충 앞다리를 공중으로 드는가 싶더니, 이내 말은 앞으로 거꾸러졌다. 그러나 이미 해평은 그 전에 말 위에서 뛰어내렸다.

사실 해평은 을두미와 겨루기를 꺼렸다. 노령이지만 이미 그의 무술 실력을 알고 있기에 애써 피하고 싶었다. 그보다도 먼저 담덕을 찾는 일이 중요하다고 생각했다. 그는 태백산에서 호랑이 사냥을 할 때 담덕이 당차게 대들던 기억을 결코 잊을 수 없었다.

'내가 단단히 벼르고 있던 참이다. 꼬마둥이 담덕아, 각오해라.'

해평은 을두미를 제쳐두고 피아간에 난전을 벌이는 가운데로 뛰어들었다. 담덕을 찾기 위해서였다.

한편, 담덕은 해평의 무리들과 싸우다가 마동이 억지로 끌어다 말에 태우고 강가로 달리는 바람에 도장에서 벗어났다.

"마동아, 이놈아! 나를 내려놔라!"

담덕이 마동의 고삐 잡은 손을 잡아채며 소리쳤다. 그러나 마동은 들은 척도 하지 않고 말에 채찍을 가했다.

"아앗, 저기 담덕이 도망친다!"

싸움터를 찾아 헤매던 해평은 말을 타고 강가로 달리는 담덕과 마동을 발견했다. 그는 급히 옆에 있던 졸개의 말을 가로채 올라타고 양발로 박차를 가했다.

"네 이놈! 게 서지 못할까?"

난전 속에서 떼로 덤비는 동부 군사들과 대치하던 을두미도 담덕의 뒤를 쫓는 해평을 발견하고 소리쳤다. 그 역시 말을 탄 동부 군사를 칼로 베어버리고 그 말에 올라 해평의 뒤를 급히 쫓았다.

담덕과 마동이 막 배에 올랐을 때, 해평도 강가에 도달했다.

"담덕아! 이 해평이 네 목을 가지러 왔다!"

말에서 뛰어내린 해평은 배를 향해 달려들었다. 이때 배 위에서 마동이 수리검을 날렸다. 왼쪽 팔에 화상을 입은 듯 찌릿한 통증을 느낀 해평은 깜짝 놀라 주춤거리지 않을 수 없었다.

"마동아, 어서 닻의 밧줄을 끊고 배를 띄워라."

뒤미처 도착한 을두미가 말에서 뛰어내리며 소리쳤다. 그 소리에 해평이 뒤로 돌아서며 을두미를 향해 칼을 겨누었다.

그때 연나부 조의선인의 우두머리 연정균이 졸개들과 동부 군사들을 거느리고 강가로 달려왔다. 이미 도장은 그들에 의해 쑥대밭이 되었고, 유청하 이하 호위무사들도 칼에 맞아 거지반 죽거나 부상을 당하고 말았다. 남은 것은 을두미뿐이었다.

"주군! 저 노인의 머리는 소장에게 맡겨주시오."

연정균이 해평의 앞을 가로막으며 소리쳤다.

"그래 주시겠소? 나는 담덕을 맡겠소."

을두미에게서 떨어져 나온 해평은 강으로 눈을 돌려 담덕과 마동의 행방을 찾았다. 그러나 그때 이미 두 사람을 태운 배는 강물의 거센 물살 가운데로 휩쓸려 멀리 떠내려가고 있었다. 화살을 쏘아도 사거리가 미치지 못할 정도의 거리였다.

실망한 표정으로 해평이 돌아섰을 때, 연정균은 을두미를 상대로 거침없이 몰아붙이며 다가들고 있었다. 그러자 그의 휘하에 있던 조의선인들도 을두미를 둘러싸며 한꺼번에 공격해 들어갔다.

"이놈들! 내가 저승에 가서도 원수를 반드시 갚고야 말리라!"

연나부 조의선인 몇 명을 순식간에 쓰러뜨린 을두미는 결국 여러 군데 칼을 맞아 피를 흘리며 앞으로 엎어졌다. 최종적으로는 연정균의 칼이 그의 가슴을 우측 어깨에서 좌측 허리로 그어 내렸던 것이다.

4

하대곤이 이끄는 동부 반군들은 고계와 고연제가 이끄는 국내성 군사들에게 쫓겨 후퇴를 거듭하다 마침내 하가촌에 이르렀다. 반군들은 거의 다 도망쳤고 국내성 군사들에게 죽거나 포로가 된 자들도 기천은 되었다. 그래서 끝까지 하대곤을 따르는 졸개들은 불과 3천을 넘지 않았다. 그들 중엔 말을 탄 기병들도 있었으나, 대개는 보병들로 이루어져 있었다.

"종마장에 가서 말을 탈취하라!"

하대곤은 수하의 보병들에게 이렇게 명하고, 기마대 수십 기를 거느리고 하대용의 저택으로 들이닥쳤다.

이때 하대용은 을두미가 무술도장에서 보낸 장정들과 함께 반군들에게 대적하기 위해 저택을 지키고 있었다. 곧 하가촌 장정들과 하대곤 수하의 기마대 사이에 치열한 전투가 벌어졌다.

"형님, 대체 이게 무슨 짓이오?"

하대용이 장정들 뒤에 서 있다가 하대곤을 발견하고 소리쳤다.

"오냐, 너 잘 만났다. 내 오늘 같은 날이 오기를 진작부터 벼르고 있었다."

하대곤이 칼을 높이 치켜들었다.

"감히 반역을 꿈꾸다니. 이러고도 살아남기를 바라시오? 이미 나는 국내성 소식을 들었소. 모반에 실패하여 국내성 군사들에게 쫓기고 있다는 것을……. 그러니 곧 국내성 군사들이 이곳으로 들이닥치기 전에 항복하시오. 형님이 우리 하씨 집안을 멸문시킬 셈이시오?"

하대용은 침착했다.

"시끄럽다, 이놈아! 네놈이 연화를 우리 해평과 맺어주기로 나와 약속해 놓고 허욕에 사로잡혀 이련에게 주지 않았느냐? 그러니 우리 하씨의 멸문지화를 자초한 것은 바로 네놈이다. 이련이 대왕의 자리에 오를 줄 아느냐? 이번에는 실패했다만, 내 반드시 이련 대신 우리 해평이를 그 자리에 앉히고 말리라. 그 전에 네놈의 명줄부터 끊어주마. 기다려라!"

하대곤은 무방비 상태에 있는 하대용에게 달려들었다. 그때 집사 호자무가 종마장에서 말을 달려오다가 위험에 처한 하대용을 발견했다.

"칼을 멈춰라. 내가 네놈을 상대해 주마."

막 하대곤이 하대용을 향해 칼을 휘두르려는 순간, 호자무는 급한 김에 오른손에 든 칼을 날렸다.

하대곤은 소리 나는 쪽을 쳐다보다가 호자무의 날랜 행동에 놀라 순간적으로 허리를 틀었다. 어느 사이 호자무의 칼이 하대곤의 목을 향해 날아왔던 것이다. 칼은 하대곤의 어깨 위를 살짝 스쳐 하대용의 저택 대문 기둥에 가서 꽂혔다. 깊은 상처는 아니지만 피가 갑옷 위로 흘렀다.

"호자무, 네 이놈! 감히 내게 대들다니?"

하대곤은 일단 하대용을 제쳐놓고 호자무를 향해 칼을 겨누었다.

광개토태왕 담덕

호자무는 쌍칼을 잘 썼다. 먼저 칼 하나는 하대곤을 향해 날렸으나, 다른 하나의 칼이 그의 손에 쥐어져 있었다.

"대인 어른, 어서 이곳을 피하십시오. 여기는 제게 맡겨두시고 무술도장의 담덕 공자님부터 구하셔야 합니다."

호자무는 몸으로 하대용의 앞을 막아서며 어깨 너머로 외쳤다. 갑자기 닥친 일이라 우두망찰하고 서 있던 하대용은 그때서야 정신을 차리고 저택 안으로 도망쳤다.

"어디로 도망치느냐?"

하대곤이 하대용을 향해 소리쳤으나, 그 사이를 호자무가 가로막는 바람에 추격하지 못했다. 하대곤과 호자무가 겨루는 동안, 하대용은 마구간으로 달려가 자신이 애용하던 흰색 말을 타고 뒷문으로 빠져나갔다.

호자무는 최대한 시간을 끌 필요가 있었다. 하대용이 저택을 빠져나가 안전한 곳으로 도망칠 충분한 여유를 주어야만 했던 것이다. 그는 자유자재로 말을 타는 재주가 있었으므로, 하대곤의 칼을 요리조리 잘 피했다.

하대곤은 당황하기 시작했다. 호자무가 칼을 피하면서 자꾸 시간을 끌자, 추격하는 국내성 군사들이 언제 들이닥칠지 몰라 불안했던 것이다. 국내성 안으로 들어갔던 해평은 또 어찌 되었는지 행방이 묘연하여 더욱 애를 태우고 있었다.

더 이상 지체할 수가 없다고 판단한 하대곤은 호자무가 타고 있는 말의 목부터 베었다. 그리고 그다음 말에서 떨어진 호자무의 가슴을 향해 칼을 찔러 나갔다. 운동 신경이 발달한 호자무는 수레바퀴처럼 몸을 데굴데굴 굴려 하대곤의 칼을 번번이 피했다. 그러던 중 하대곤의 칼이 호자무의 겨드랑이를 슬쩍 스쳐 지나갔다. 쓰벅, 하는 아픔이 전해졌다.

바로 그때 무술도장에서 을두미가 보낸 장정이 말을 달려오며 소리쳤다.

"하대곤은 이 창을 받아라!"

땅 위를 데굴데굴 구르는 호자무를 칼로 찌르고 있던 하대곤은 급히 허리를 숙여 날아오는 창을 피했다. 이제 하대곤의 칼은 호자무보다 창을 날린 장정에게로 향했다. 그 장정은 한칼에 목이 땅바닥으로 떨어졌다.

그사이 호자무는 하대곤을 피해 급히 저택 안으로 숨었다. 왼쪽 겨드랑이에 자상을 입어 다행히도 목숨에는 지장이 없었으나, 동부의 군사들을 상대로 싸우기는 힘든 지경에 이르렀다. 그는 오른손으로 피가 흐르는 겨드랑이를 꽉 누른 채 급한 김에 창고로 뛰어들어 마초 더미 속으로 몸을 숨겼다.

호자무가 사라진 저택 쪽을 바라보던 하대곤이 소리쳤다.

"시간이 없다. 저택으로 들어가 닥치는 대로 재물들을 찾아내 말에 실어라. 값나가는 것은 모두 챙겨라."

이미 하대용 수하의 장정들은 동부의 반군들에 의해 거의 제거된 뒤였다. 반군들은 하대곤의 명이 떨어지자 저택의 방 곳곳을 뒤져 금고와 숨겨둔 재물들을 들춰내 말에 실었다.

집 안에 있던 여자들은 모두들 방구석에 머리를 처박거나 이불로 몸을 감싼 채 흐느껴 울었다. 그러니 동부 반군들은 방마다 마음대로 뒤져 재물을 털어내도 거리낄 것이 없었다. 여자들이 애용하는 목걸이나 팔찌 등 귀중품을 보자, 욕심 사나운 자들은 그것들을 마구 제 주머니에 우겨넣었다.

그 무렵, 종마장에서 말을 탈취한 동부의 보병들도 하가촌의 집들을 뒤져 곡간에서 식량들을 실어내 말에 실었다. 그들은 비적 떼와 다를 바가 없었다. 대항하는 남자들은 그들의 칼날에 쓰러졌고, 여자들은 부엌이며 골방으로 숨기에 바빴다.

졸지에 하가촌은 쑥대밭으로 변했다. 집들은 모두 불에 탔고, 반군들은 연기 자욱한 하가촌을 뒤로한 채 책성을 향해 말을 달렸다.

이때 뒤미처 고계와 고연제가 국내성 군사들을 이끌고 하가촌으로 들이닥쳤다.

"한발 늦었구나! 어서 반군 추격에 나서라. 멀리 가지 못했을 것이다."

고계는 군사들을 향해 소리쳤다.

한편, 말을 타고 단신으로 무술도장을 향해 달려가던 하대용은 도중에 왕태제 이련과 동궁빈 하씨가 이끄는 국내성 군사들을 만났다.

"아버님, 종마장은 어찌 되었습니까?"

동궁빈이 먼저 하대용을 발견했다.

"왕태제 전하, 동궁빈 전하! 두 분 다 무사하셨군요. 다행입니다. 하가촌 종마장은 하대곤의 반군들에 의해 약탈을 당했습니다. 말이나 재물은 다시 기르고 모으면 되지만, 그보다 지금 담덕 공자가 있는 무술도장이 어찌 되었는지 알 수 없습니다. 어서 그쪽으로 가십시다."

하대용은 앞장서서 무술도장을 향해 말을 달렸다.

"제발 우리 담덕이가 무사해야 할 텐데……."

동궁빈은 부친 하대용과 말 머리를 나란히 한 채 말을 달리며 안타깝게 소리쳤다.

"아무래도 해평이 놈이 무술도장을 그냥 지나치지 않았을 것입니다."

말을 타고 달리면서 하대용은 아까부터 걱정스럽던 말을 꺼냈다. 하대곤이 하가촌으로 쳐들어온 것을 보면, 그 아들 해평은 무술도장으로 들이닥쳤을 가능성이 높았던 것이다.

"해평을 놓친 것이 억울합니다."

이런도 동궁빈과 함께 말 머리를 같이한 채 달려가면서 말했다.

"왕태제 전하, 해평일 보았습니까?"

하대용이 이련을 돌아보았다.

"해평이 반군을 거느리고 동궁전으로 쳐들어왔으나, 우리 호위무사들과 국내성 군사들의 반격을 견디지 못해 도망쳤습니다. 뒤미처 달려온 연나부 조의선인들이 해평을 호위해 궁궐 담을 넘는 바람에 곧바로 추격하지 못한 것이 한입니다."

이련은 이를 부드득 갈아붙였다.

그러는 사이 어느덧 일행은 무술도장에 도착했다. 피로 물든 마당에는 죽어 자빠진 시신들이 즐비했다. 습기가 밴 더운 바람결을 타고 피비린내가 후욱, 코끝을 스쳤다.

"한발 늦었군!"

하대용이 외치며 말에서 뛰어내렸다.

이련과 동궁빈도 말에서 뛰어내리기 바쁘게 시신들을 살피느라 정신이 없었다.

"담덕아! 우리 담덕이 어디 있니?"

동궁빈은 시신들마다 들추어보며 거의 울음 섞인 소리로 뛰어다녔다.

"여봐라! 아직 목숨 붙어 있는 사람이 있는지 살펴봐라."

이련이 졸개들에게 외쳤다.

무술도장 사방을 수색하던 이련의 호위무사 정호가 강가에서 을두미를 발견했다.

"왕태제 전하! 을두미 사부님이 여기 계십니다."

정호는 땅에 엎어져 꼼짝도 하지 않는 을두미에게 다가가 숨을 쉬는지 살펴보았다.

"뭐라? 을두미 사부님이?"

이련이 달려왔다. 그 뒤를 이어 동궁빈과 하대용도 숨이 턱에 닿을 정도로 급히 말을 몰아 강가에 이르렀다.

"살아 계시느냐?"

말에서 뛰어내린 동궁빈이 물었다.

"아직 숨이 끊어지진 않으신 것 같습니다. 그러나 워낙 상처를 많이 입어서⋯⋯."

엎드려 을두미의 호흡을 살피던 정호가 가장 먼저 도착한 이련에게 자리를 내주며 말했다.

"사부님, 정신 차리세요! 사부님!"

이련이 을두미의 상체를 두 팔로 끌어안았다.

"아아, 사부님!"

동궁빈도 이련 옆에 쓰러지듯 엎어졌다.

"가만, 누구든 어서 물 한 바가지 떠오시오."

하대용은 침착하게 주위를 둘러보며 말했다. 그 소리를 듣고 정신을 차린 정호가 곧 도장으로 달려가 바가지에 물을 떠가지고 왔다. 하대용은 물을 한 모금 입에 머금어 죽은 듯 누워 있는 을두미의 얼굴을 향해 내뿜었다. 그러고 난 후 바가지를 기울여 을두미의 입에 물을 조금씩 흘려 넣었다. 잠시 후 끙, 소리를 하며 을두미가 가늘게 눈을 떴다.

"정신이 드시오?"

하대용이 을두미의 몸을 흔들며 소리쳤다.

"사, 사부님! 정신 차리세요."

동궁빈이 울먹이는 목소리로 말했다.

"사부님! 눈을 좀 더 크게 떠보세요."

이런이 을두미 가까이 얼굴을 들이대며 외쳤다.

"저, 전하! 이런 모습을 보이다니, 면목이 없습니다."

을두미가 기어들어가는 목소리로 말했다.

"아닙니다. 아닙니다…… 그런데 사부님! 우리 다. 담덕이는 어찌 되었습니까?"

동궁빈도 을두미 가까이 얼굴을 들이댔다.

"도, 동궁빈 전하! 담덕 공자는 배에 태워…… 마동이와 함께……."

을두미는 말을 하면서도 무척 힘에 겨운 듯 숨을 헐떡이고 있었다.

"담덕이를 배에 태워 말갈부락으로 보냈단 말인가요?"

"마동이는 누구요?"

동궁빈과 이런이 거의 동시에 물었다.

"워낙…… 물살이 거세어서, 강을…… 건너갔는지는 모르……."

"마동이와 함께 배를 탔다면 조금 안심이 됩니다."

마동의 존재를 알고 있는 하대용이 말했다.

"아버님, 대체 마동이가 누구인가요?"

동궁빈은 매우 걱정되는 눈빛으로 하대용을 쳐다보았다.

"마동이는 을두미 사부께서 담덕 공자의 호위무사로 키운 열댓 살 된 소년입니다. 무술이 뛰어나고 수리검을 잘 던지는 소년 무사지요."

하대용은 안심하라는 듯 동궁빈을 위로했다.

"여봐라! 일단 을두미 사부님을 도장 숙소로 옮겨라."

왕태제 이련의 명을 받고 정호가 급히 축 늘어진 을두미를 등에 업었다.

그날 무술도장 앞마당에 널브러진 사상자들을 수습하고 보니, 기절했다가 깨어난 호위무사는 세 명에 불과했다. 살아난 자 중에서는 담덕의 호위무사 유청하도 있었다. 그 역시 을두미 이상으로 상처가 깊었다. 그러나 다행스럽게도 그는 젊었기 때문인지 많은 피를 흘리고도 을두미보다 먼저 상태가 좋아졌다.

정신을 차린 유청하가 힘겹게 몸을 일으켜 무릎을 꿇었다.

"왕태제 전하! 동궁빈 전하! 담덕 공자를 제대로 호위하지 못한 죄 죽어 마땅합니다. 죽여주시옵소서."

"유 사범, 정신 차리세요. 지금 죽는 것은 그대의 막중한 임무를 저버리는 것입니다. 아직 우리 담덕이는 살아 있어요. 그대가 어서 몸을 추슬러 일어나야 우리 담덕이의 행방을 찾을 것 아닙니까? 그 임무를 완수하기 전까지는 죽을 수도 없는 몸임을 어찌 모르십니까?"

동궁빈은 준엄하게 유청하를 꾸짖었다.

을두미는 결국 그날 밤을 넘기지 못했다. 피를 너무 많이 흘린 탓에 끝내 다시 눈을 뜨지 못했던 것이다.

"사부님!"

누구보다 을두미의 제자 연화의 슬픔은 컸다.

다음 날 왕태제 이련은 하대용과 동궁빈 하씨에게 사부 을두미의 장례를 준비하라고 이른 후, 해평의 무리들을 추격하기 위해 휘하 군사들을 이끌고 책성을 향해 말을 달렸다.

흰 상복으로 갈아입은 동궁빈이 을두미의 시신을 지켰다. 동궁빈이기 이전에 옛날의 연화로 돌아가서 마땅히 제자로서 사부의 예로 장례를 치러야 한다고 생각했다.

동궁빈이 옆에 있는 부친 하대용에게 말했다.

"아버님! 여름날이라 시신이 상하기 쉽습니다. 벌써 쉬파리들이 도장 주변에 들끓고 있어요. 사부님의 시신을 온전하게 지키려면 일찍 가매장을 하는 방법밖에 없을 것 같아요. 그런 연후 왕태제 전하께서 해평의 무리들을 물리치고 돌아왔을 때, 대왕 폐하께 주청하여 국가장에 준하는 장례를 치러야 한다고 생각합니다. 적어도 국내성의 태학 유생들로 하여금 상여를 메도록 해야 하지 않겠습니까? 을부미 사부께선 태학박사로서 태학을 이끈 최초의 수장이셨으니까요."

이렇게 말하는 동궁빈의 눈에서는 눈물이 두 볼을 타고 흘러내려 흰 상복의 옷소매가 흠뻑 젖었다. 흐르는 눈물을 옷소매로 닦고 닦아도 하염없이 흐르는 눈물을 멈출 길이 없었던 것이다.

"동궁빈 전하의 마음과 이 아비의 마음이 같습니다. 국가장이 되었든 태학장이 되었든 제대로 된 장례를 치르되, 장례비용은 내가 다 대겠습니다. 국가가 위기에 처했는데, 명색이 대상인 내가 도와야 하지 않겠습니까? 을두미 사부는 국상이자 태학박사이기 이전에 왕태제 전하와 동궁빈 전하, 그리고 우리 왕손의 스승이 아니겠습니까?"

하대용은 동부의 반군이 쳐들어와 종마장 재산을 거의 탈취해 갔을 거라고 짐작했지만, 무술도장을 키운 을두미 사부의 장례만큼은 자신이 책임져야 한다고 생각했다. 딸 동궁빈의 부탁이 아니더라도 마땅히 그리해야 한다고 벌써부터 마음먹고 있었던 것이다.

5

동부욕살 하대곤과 해평이 군사들을 이끌고 국내성으로 향한 지 사흘이 지났다. 그날 새벽 일찌감치 눈을 뜬 우적은 미리 간단한 짐을 꾸려놓았다. 괴나리봇짐 하나에 지팡이……. 그가 책성에 처음 찾아왔을 때 몸에 지니고 있던 것들이었다.

아직 날이 밝기 직전, 간밤에 뒤숭숭한 흉몽을 꾸다가 깨어난 우적은 언뜻 꿈결에 사부 무명선사를 본 듯했다. 이슬비 내린 뒤 뿌옇게 운무가 어린 가운데 등을 보이고 사라지며 가끔 뒤를 돌아보는 그 모습이 선연했다.

'아아, 사부님은 지금 어디에 계실까? 살아 계시기나 한 것일까? 평생의 숙원이던 무명검법은 완성하셨을까?'

우적의 사부인 왕제 무는 수십 년 동안 고구려 땅도 밟지 못하고 부여 땅을 떠돌아 다녔다. 그는 고구려의 검술을 집대성하여 무명검법을 완성하겠다며 스스로 무명선사라 칭하고 방랑 생활을 계속했다. 그리고 어느 날인가 제자들을 하산시킨 후 홀로 표표히 자취를 감추었다.

그때 무명선사는 초막을 떠나면서 우적에게 당부했다.

"아들 해평을 책성에 보냈는데, 아무래도 동부욕살 하대곤이 역심을 품고 있는 것 같다. 우적, 그대가 가서 내 아들을 고구려의 훌륭한 무사로 만들어라. 내 아들이 절대 하대곤을 따라 반역의 대열에 서도록 해서는 안 된다. 내가 하대곤의 욕심을 아느니라. 그걸 미처 생각 못하고 해평을 책성으로 보내다니……."

우적은 책성에 와서 해평의 사부 노릇을 했으나, 끝내는 하대곤의 역심으로부터 그를 지켜내지 못했다. 이미 동부의 반역은 기정사실화되었고, 앞으로 해평의 운명은 어찌 될지 몰랐다.

우적은 이미 하대곤의 동부 반군이 실패할 것을 예상하고 있었다. 그래서 해평으로 하여금 동쪽 해변 포구에서 배를 타고 왜국으로 망명하라고 넌지시 암시를 주기까지 했던 것이다.

"이 못난 놈이 결국 사부님 명을 지키지 못했습니다. 끝까지 설득하지 못하고 저 하대곤의 역모에 해평을 앞세우고 말았습니다. 으흐흑!"

우적은 어깨를 들먹이며 울컥 솟구치는 감정을 애써 억제하려고 했으나, 어느 사이 흐느낌이 입술을 비집고 밖으로 새어나와 피울음이 되고 말았다.

그 새벽에 동부 반군들이 책성으로 들이닥쳤다. 우적은 반군의 실패를 미리 예상하고 있었기 때문에 크게 놀라지 않았다. 그러나 해평의 모습이 보이지 않자 덜컥 가슴부터 내려앉았다.

"장군, 해평은 어찌 되었습니까?"

우적이 하대곤에게 물었다.

"먼저 국내성으로 진입했는데, 그 이후 어찌 되었는지 통 행방을 알 수 없소. 국내성에서 우리가 쳐들어온다는 걸 미리 알고 있었던 모양이오. 이곳 책성에 첩자가 있는 게 틀림없는데,

국내성에 우리의 전략을 알려준 게 대체 누굴 것 같소?"

하대곤은 땅을 내려다보며 길게 한숨을 쉬었다. 그러더니 우적을 향해 눈을 치뜨고 바라보는 낯빛이 예사롭지 않았다.

그때 우적은 가슴이 뜨끔하지 않을 수 없었다. 그는 동부지역의 경당에도 관여하고 있었는데, 국내성의 태학에서 공부를 마치고 돌아온 귀족 자제들과 함께 지방의 유생들에게 무술을 가르치고 있었다. 가끔 태학의 유생들이 경당을 찾곤 했는데, 그들에게 알게 모르게 책성의 분위기를 전한 것이 사실이었던 것이다.

하대곤의 싸늘한 눈빛은 국내성과 내통한 자로 우적을 의심하고 있는 것 같았다. 왜냐하면 우적은 대사자 우신의 친척으로, 그의 딸 소진의 사부이기도 했다. 그러므로 소진과 해평의 혼사가 결렬된 이후, 우적도 마음이 바뀌었을 가능성이 있다고 생각했던 것이다.

"책성에 국내성의 첩자가 있다니요? 그럴 리가 있겠습니까?"

우적은 자신을 의심하는 하대곤의 눈빛을 슬쩍 피했다.

"아아, 국내성 군사들이 요동 변경으로 성벽을 쌓으러 간 것이 아니었어. 국상 연소불의 정보를 믿은 내가 잘못이지."

하대곤은 다시 땅이 꺼져라 한숨을 쉬었다.

"장군! 이제 어찌하시렵니까?"

"끝까지 저들과 싸우면서 후일을 기약해야지요."

하대곤은 이를 부드득 갈았다.

"문제는 해평의 거취입니다. 이대로 책성에 두었다간 결과를 예측하기 어렵습니다."

"그럼 이제 와서 어찌하자는 것이오?"

"왜국으로 망명시키는 길밖에 없습니다. 동쪽 바다 항구에서 배를 띄우면 해류가 왜국의 섬에 가닿게 되어 있습니다. 해평을 망명시키는 길만이 후일을 기약할 수 있는 유일한 방법입니다."

우적의 말에 하대곤은 다시금 그를 올려다보았다.

"사부께선 진정 그렇게 생각하시오?"

하대곤의 눈빛에선 어느새 적의가 사라져 있었다. 우적의 해평을 생각하는 마음이, 그 진정 어린 눈빛을 통해 금세 느껴졌기 때문이다.

"지금으로선 그 길밖에 없습니다. 냉정하게 판단하셔야 합니다."

"흐음……."

하대곤은 신음을 깨물며 깊은 생각에 잠겼다.

이렇게 하대곤이 절치부심하고 있을 무렵, 해평의 기마대와 연정균이 이끄는 연나부 조의선인 무리들도 성으로 들이닥쳤다.

"무사했구나? 천만다행이다."

하대곤은 달려가 해평을 끌어안았다.

"후퇴하다가 이런의 국내성 군사들에게 추격을 당해, 그들과 접전을 벌이느라 늦었습니다. 곧 국내성 군사들이 이곳 책성으로 들이닥칠 것 같습니다. 신속하게 대책을 세워야 합니다."

해평이 다급하게 외쳤다.

"이번에 동부 군사들을 많이 잃었지만, 아직 책성에는 농성할 전투 병력이 적잖이 남아 있다. 성벽이 튼튼한 데다 비축된 식량도 충분하고, 일당백의 우리 군사들이 있는데 무슨 걱정이냐?"

하대곤은 일단 해평을 안심시킨 후, 국내성 군사들의 공격에 대비해 철저히 방어를 하라고 책성의 휘하 장수들에게 지시했다.

책성에서 국내성으로 이끌고 간 병력 1만 중 사상자와 포로가 되거나 도망친 병력이 절반을 넘었다. 살아 돌아온 병력과 책성에 남아 있던 5천의 병력을 합쳐 채 1만이 되지 않았다. 그런데도 하대곤은 해평과 휘하 장수들 앞에서 애써 자신감을 내보였는데, 그것은 책성 군사들의 사기가 꺾이도록 해서는 안 된다는 판단 때문이었다.

그날 저녁 무렵, 이런과 고계의 군사들이 모두 합류하여 책성을 포위했다. 국내성을 지키던 병력 중 5천을 더 추격군에 포함시켜 도합 1만 3천의 병력이었다. 하대곤은 야습을 걱정해 철저히 방어를 하라 지시했지만, 그날은 피아간에 모두가 지쳐 전투할 엄두를 내지 못한 채 휴식을 취했다.

하대곤은 늦은 밤 해평과 마주했다.

"주군!"

하대곤이 무릎을 꿇었다.

"아버님!"

해평이 당황하여 하대곤을 쳐다보았다.

"이제부터 소장은 군신 관계를 엄격히 지킬 것이옵니다. 아까 낮에 우적 사부와 의논했습니다만, 주군께선 왜국으로 망명하십시오. 망명을 준비하는 동안 소장은 이 책성을 굳게 지켜 주군께서 안전하게 이 땅을 떠나실 수 있도록 힘쓰겠습니다."

"망명이라니요?"

해평이 화들짝 놀라 하대곤을 바라보았다.

"소장은 이대로 책성을 사수할 생각입니다만, 주군께선 살아남아 후일을 기약해야 하옵니다."

"망명을 한다면 아버님도 같이 가셔야죠."

"아닙니다. 소장은 이 책성에 뼈를 묻겠습니다. 부디 주군께선 왜국에서 힘을 길러 언젠가는 다시 고구려로 돌아와 대왕의 자리를 차지하셔야 하옵니다."

"아버님……"

"소장이 주군의 사부 우적 선생에게 당부하여 이미 동쪽 항구에 배를 마련토록 일러놨습니다. 국내성 군사들이 오기 전에 동문을 빠져 나갔으니, 저들이 눈치채지 못할 것입니다. 범선 서른 척을 모으려면 시일이 꽤 걸릴 것입니다. 그동안 주군을 보좌할 날랜 군사로 3백만 가려 뽑으십시오. 배에 싣고 갈 물목들은 소장이 집사에게 일러 준비토록 하겠습니다. 더 이상 망설일 시간이 없습니다. 결단을 내리셔야 합니다."

하대곤은 해평 앞에 엎드려 간청했다. 그의 두 눈에서 굵은 눈물이 방바닥으로 뚝뚝 떨어져 내렸다.

"아버님, 그러지 마시고 일어나세요."

"아닙니다. 주군께서 결단을 내리지 않으면 소장은 밤새도록 이대로 있겠습니다. 아니, 며칠이고 멈추지 않고 간청을 드릴 것이옵니다."

하대곤의 간청을 해평은 물리치기 어려웠다. 그 역시 어떤 감동으로 가슴까지 울렁거리며 참을 수 없이 눈물이 쏟아져 내렸다.

"아버님 말씀에 따르겠습니다."

해평은 벌떡 일어났다. 그러고는 엎어져 있는 하대곤을 두 손으로 부축해 일으켜 세웠다.

"고맙습니다. 주군! 반드시 주군을 살려야 소장은 먼 훗날 저 승에 가서 무 왕제 전하를 뵈올 수 있습니다."

하대곤은 눈물로 범벅된 얼굴을 들어 해평을 바라보았다.

그날 이후 해평은 외국으로 망명할 준비를 서둘렀다. 그는 아내와 열 살 난 아들을 데리고 가기로 했다. 그리고 자신이 훈련시킨 날랜 기마병들과 연정균의 연나부 조의선인들을 합쳐 동행할 군사 3백을 선발했고, 집사 소부는 그들이 가져갈 각종 무기며 의복이며 군량미를 챙기느라 바빴다. 하대곤이 하가촌의 하대용 저택에서 탈취한 각종 금붙이와 보물들, 그리고 군사들을 시켜 종마장에서 몰고 온 말들 중에 망명할 때 가져갈 것들도 빠짐없이 가려냈다.

그러는 사이에 대엿새가 훌쩍 지나갔다. 책성을 포위한 국내성 군사들은 연일 공성전투를 벌이면서 남쪽의 평양성과 서북방 요새에서 지원 병력이 도착하기만을 고대하고 있었다.

책성을 방어하는 반군 세력은 1만이 조금 못 미치는 데 비하여 성을 공격하는 국내성 군사는 1만 3천이었으나, 공성전투에선 오히려 국내성 군사가 불리한 형편이었다. 공성전투는 방어군보다 공격군이 적어도 세 배 이상은 되어야 승산이 있었다. 책성은 난공불락의 요새이므로, 그보다 더 많은 병력이 필요할지도 몰랐다.

그러나 하대곤은 점점 초조해지기 시작했다. 국내성 군사들에 대항해 방어하는 것도 버거운 형편인데, 그들을 돕기 위해 다른 성에서 차출된 진압군이 들이닥친다면 더 이상 버텨내기 힘들 것이기 때문이었다. 연일 책성을 방어하면서 부상병이 속출하자, 반군들 사이에서 차츰 야음을 틈타 도망치는 자들이 생겨나기 시작했다. 시일을 끌면 끌수록 판세는 더욱 불리해질 것이었다.

이렇게 하대곤이 근심을 하고 있던 차에 드디어 우적에게서 연락이 왔다. 동부 문루에 서찰을 묶은 화살이 날아든 것이었다. 서찰에는 고구려 동북쪽 국경 너머 숙신의 어부들에게서 범선 서른 척을 구했으니, 해평 일행으로 하여금 빨리 성을 빠져나와 항구로 오라는 것이었다.

"드디어 주군의 사부이신 우적 선생에게서 연락이 왔습니다. 오늘 밤에 성을 빠져나가야 합니다. 동문은 국내성 군사들의 감시가 심하니, 북문으로 나가 산길을 타고 가십시오. 그쪽은 산악지대지만 위험 지역만 벗어나면 동쪽 바다의 항구로 가는 길이 더 수월하게 열려 있습니다. 길을 잘 아는 수하를 붙여드리겠습니다."

하대곤이 해평에게 단단히 일렀다.

"아버님, 얼마 전에 우적 사부께서 항구로 가는 길을 가르쳐 주셔서 소자도 잘 알고 있습니다."

"오, 그래요? 다행이로군요. 역시 우적 선생은 이러한 사태가 벌어질 것을 예견하고 있었던 모양입니다. 참으로 고마운 일이로군요. 더 이상 시간을 지체할 수 없습니다. 소장은 남문과 서문 쪽으로 군사들을 몰고 나가 국내성 군사들과 접전을 벌이겠습니다. 밤에 저들의 진채를 들이쳐 불을 놓으면 진화작업을 하랴 싸움을 하랴 정신없을 것입니다. 그러면 북문과 동문을 포위하고 있던 국내성 군사들이 그쪽으로 몰려들 것입니다. 그 사이에 북문으로 빠져나가십시오. 반드시 목숨을 보존하셔야 합니다, 주군!"

하대곤은 눈을 부릅뜨고 해평을 바라보았다. 그러더니 책성을 굳게 지키고 있던 군사들에게 각자 횃불을 만들게 했다.

"아버님!"

해평이 소리쳤으나 하대곤은 뒤도 돌아보지 않고 군사들을 이끈 채 서둘러 성문을 열고 나갔다. 그가 야멸차게 뒷모습을 보이며 성을 빠져나간 것은 해평으로 하여금 미련 두지 말고 어서 떠나라는 뜻이었다.

성문을 나온 하대곤은 국내성 군사들의 진채를 향해 말을 몰았다.

"진채를 모두 불태워라! 사정 두지 말고 짓밟아라!"

성안에서 방어만 하던 하대곤이 갑자기 군사를 이끌고 성문 밖으로 나오자 국내성 군사들은 당황하지 않을 수 없었다. 그러나 국내성 군사들도 곧 정신을 차리고 반군을 맞아 창칼을 휘둘렀다. 구름 낀 날씨지만 보름을 며칠 앞둔 배 불룩한 달이 중천에 떠 있었다. 구름에 가렸다 얼굴을 내밀었다 하는 달은 그저 태연하기만 했다.

그때 하대곤을 발견한 진압군 대장 고계가 소리쳤다.

"반적의 수괴는 항복을 하라. 곧 지원군들이 들이닥칠 것이다. 책성의 군사들이 무슨 죄가 있느냐? 네놈 하대곤과 해평의 목만 내놓으면 나머지 군사들은 무사할 것이다."

"고계, 네 이놈! 무슨 잔소리가 그리 많으냐? 오늘 반드시 네놈의 목을 쳐서 저 성벽 위에 높다랗게 걸겠다."

하대곤이 칼을 치켜들고 고계에게로 달려들었다. 하대곤은 최대한 고계를 놀리면서 시간을 끌 작정이었다. 오래도록 지연 작전을 펴야만 해평이 무사하게 책성을 벗어날 수 있을 것이기 때문이었다.

그러나 국내성 군사들에 비하여 책성 군사들은 중과부적이었다. 그 며칠 사이 책성 군사들 중 성벽을 넘어 도망친 자들이 많아 병력이 크게 약화되어 있었던 것이다. 전세가 점점 기울어지자 반군들이 창칼을 버리고 달아나기 시작했다.

당황한 하대곤은 뒤로 주춤주춤 물러날 수밖에 없었다. 고계는 그 기회를 노려 창을 길게 뻗었다. 두 장수는 희미한 달빛 아래서 창과 칼을 부딪치며 치열한 결투를 벌였다.

하대곤은 사생결단을 하고 고계를 향해 덤벼들었고, 고계는 노련하게 상대의 칼을 피하면서 창으로 빈틈을 노렸다. 창칼이 부딪칠 때마다 불꽃이 시퍼렇게 일어났다. 40여 합을 싸우는 사이 하대곤은 지쳐버렸다. 더 이상 버틸 힘이 없었다. 그의 주변에도 책성의 군사들보다 국내성 진압군의 수가 훨씬 많이 보였다.

그때 왕태제 이련이 급히 말을 타고 나타나 고계의 등 뒤에다 대고 외쳤다.

"장군! 해평이 북문으로 도망쳤습니다. 나는 지금 해평을 잡으러 가니, 하대곤의 목을 장군에게 부탁합니다."

하대곤은 이련의 소리에 깜짝 놀랐다.

"이련, 네 이놈! 대체 어디로 가려는 것이냐?"

갑자기 하대곤이 고계와의 싸움을 멈추고 이련에게로 칼을 들이대며 달려들었다. 조금이라도 해평이 더 멀리 도망가도록 하기 위해서였다. 급한 나머지 고계를 밀쳐두고 이련부터 제거하려던 것인데, 그것은 너무 안이한 생각이었다.

하대곤이 이련에게로 덤벼드는 순간, 고계의 창이 그의 등판에 꽂혔던 것이다. 그 바람에 하대곤은 말에서 떨어져 버둥거렸다. 고계가 다시 창을 빼어 이번에는 가슴을 향해 찌르려고 할 때였다.

"멈추어라! 내가 네 창을 맞아 죽었다는 소리는 듣기 싫다."

하대곤은 자신의 칼로 목을 그으며 앞으로 푹 고꾸라졌다. 곧 목에서는 뜨거운 선혈이 뿜어져 나왔고, 그는 그 자리에서 절명해 버렸다.

그러는 사이에 이련은 휘하의 군사들을 이끌고 해평의 무리를 추격하기 위해 동쪽 바다를 향해 달려갔다. 밤길이라 방향을 가늠하기 어려워 추격하는 데 무척 애를 먹었다. 높은 산과 깊은 계곡을 여러 차례 오르내리고서야 마침내 항구가 보이는 산마루에 도착했다.

어느새 날이 훤하게 밝았다. 이련이 휘하 군사들을 이끌고 서둘러 해변으로 달려갔을 때는 이미 해평 일행을 태운 범선들이 바다 가운데 떠서 돛에 바람을 잔뜩 실은 채 수면 위를 미끄러지고 있었다. 밤새 긴 운무 때문에 범선의 끄트머리만 드러나, 돛과 깃발의 펄럭임이 까마득히 먼 거리에 있는 것처럼 느껴졌다.

범선이 뜰 때 해평은 졸개들을 시켜 항구에 정박해 있는 다른 어선들을 몽땅 불태워 버렸다. 국내성 진압군이 추격할 수 없게 만든 것이었다.

"아, 한발 늦었구나!"

왕태제 이련은 안타깝게 외쳤다.

바로 그때, 언덕 위의 숲속에 숨어 멀리 떠나가는 범선들을 바라보던 우적은 소리 없이 발길을 돌렸다. 그는 허름한 거지꼴 차림의 옷에 괴나리봇짐을 등에 지고 있었으며, 손에는 지팡이가 들려져 있었다. 몇 해 전 책성에 올 때의 차림 그대로였다.

우적은 책성 쪽이 아닌 부여 땅을 향해 천천히 발걸음을 옮겼다. 산속의 안개가 옷자락을 휘감는 듯하더니, 그의 모습은 어느 사이 홀연히 자취를 감추어 버렸다. 조금씩 어둠을 지우며 밀려든 새벽안개가 삽시간에 계곡을 가득 메워 가까운 숲조차 보이지 않게 되었다.

〈4권에 계속〉